權力巔峰

SUPREME POWER

卷8 移花接木

夢入洪荒 著

目錄

Contents

第一章 冤假錯案 5

第二章 緩兵之計 31

第三章 重用與利用 63

第四章 自負情結 93

第五章 慕容倩雪 127

第六章 空中插曲 157

第七章 暗棋深藏 191

第八章 突下戰帖 221

第九章 移花接木 253

第十章 群雌會 283

第一章

冤假錯案

這些老百姓所提供的資料，記錄著無數個讓人悲憫的事實，甚至有不少是老百姓用生命堆積起來的冤假錯案。從老百姓的資料中，可以看到黑煤鎮所存在的問題已經讓很多老百姓深受其害。柳擎宇被這些資料深深地刺痛了。

就在嚴衛東向孫玉龍彙報的同時，柳擎宇也正在和省紀委書記韓儒超通電話。

韓儒超聽柳擎宇報告完案子的內情後，憤怒地說：

「擎宇，這件事既然查清楚了，那就必須立刻給姚家人一個交代，讓遼源市第三監獄立刻無罪釋放姚家人，並且討論對姚家人的補償問題，對那些涉嫌瀆職的官員，必須依法追究其任，問題嚴重的，絕對依法處理，絕不姑息！」

說完後，韓儒超略微頓了一下，隨後聲音變得有些沉重道：

「至於你剛才所提到的黑煤鎮存在的煤礦問題，我建議你千萬不要操之過急，省裡之所以有那麼多的領導支持你下去當這個紀委書記，尤其是曾書記那麼強力地支持，其主要原因就是在黑煤鎮那邊。這樣跟你說吧，黑煤鎮雖然只是一個小鎮，但是關係網可硬得很啊。」

「韓伯伯，這個黑煤鎮不過是個區區小鎮罷了，有那麼厲害嗎？連你對它都如此忌憚？」柳擎宇忍不住問道。

韓儒超苦笑道：「擎宇啊，你把事情想得太簡單了，如果黑煤鎮只是個普通的小鎮，別說是曾書記了，就是曾書記秘書一句暗示的話，也能把整件事查得水落石出。甚至只需要你們東江市隨便出來一個有能力的副市長都可以擺平，問題的關鍵並不在這裡，而是在黑煤鎮背後的關係網上。

「黑煤鎮的關係錯綜複雜，盤根錯節，而且這些年來，很多官員或明或暗地參與到諸多煤礦之中，其中的複雜程度非同一般，否則的話，何以省裡接連空降兩個紀委書記下去都折戟沉沙？難道下面的那些官員不知道省裡已經對黑煤鎮動了怒氣嗎？

「知道！他們完全清楚！但是他們卻不得不那樣做，因為一旦黑煤鎮和東江市的內幕被調查出來，將會有一大批官員因此落馬。省裡之所以一直沒有大動干戈，也有著深深的顧慮，因為黑煤鎮、東江市所有貪污的官員已經組成了一個龐大的利益鏈條，其中涉及的資金高達數百億甚至上千億，這些資金近年來和境外有著密切的聯繫。

「省裡擔心的是，一旦打草驚蛇，這些資金將會瘋狂外逃，那樣，我們的國家將會面臨巨額損失，這種損失省裡承受不起。另外，裡面還涉及了一些高層博奕的東西，曾書記雖然是一把手，但是也是要受到諸多制衡的，不能搞一言堂，省裡很多有識之士對此也深為理解。所以，當曾書記提名你擔任東江市紀委書記的時候，在省裡才能有那麼多的支持者，你也才能順利地空降過去。

「擎宇啊，你要記住，你肩上擔子之沉重遠遠超出了你的想像，之前之所以沒有人告訴你黑煤鎮的事情，就是上級領導對你的考驗，如果你不能憑自己的本事發現裡面的真相，省裡是不放心把查處這件事的任務交給你的。

「當然，既然你發現了，我現在也就可以把這件事情對你講了。不過，你千萬要記住，黑煤鎮的事絕對不能魯莽行事，尤其是在你布局，進行最後的收網之時，更得小心，一定要確保國家財產，尤其是那些被貪腐分子所掌控的巨額資金不能逃往國外，而且必須確保政局的穩定，不能為了查這個案子而搞得人心惶惶，甚至是草木皆兵。

「我可以明確地告訴你，省裡對孫玉龍早就不滿了，但是為什麼還要放任他繼續留在東江市呢，就是因為他的存在能夠確保當地的局面穩定……」

隨後，韓儒超向柳擎宇講了很多資料，讓柳擎宇對東江市的局面有一個基本的瞭解。但是更多的內情和問題，依然需要柳擎宇親自去發現和瞭解，因為東江市以黑煤鎮為中心形成的這個龐大的利益集團十分嚴謹、周密和龐大，能力也相當之大，那段塌陷的高速公路也和這個利益集團相關，都屬於內部利益的平衡甚至輸送。

雖然韓儒超只向他點撥了一點點，依然聽得柳擎宇心中震驚不已，直到此刻，柳擎宇才意識到此次的東江市之行真的是凶險萬分。

更糟的是，自己根本就不知道那個龐大的利益集團中，**到底誰才是真正的老大**，更不知道**這個利益集團到底都有什麼人，他們的總部在哪裡，他們用什麼方式來進行聯繫，他們的金錢運作方式如何，利益輸送如何進行，利益如何平衡……**

掛斷電話，柳擎宇先暫時放下有關黑煤鎮的問題，因為在他看來，目前最關鍵的問題是要為姚翠花一家平反，要讓他們的冤情昭雪。

想到這裡，柳擎宇立刻撥通了市委書記孫玉龍的電話：「孫書記，現在我得向您彙報一件十分緊急的事。」

孫玉龍本來聽完嚴衛東的彙報後正在生氣呢，接到柳擎宇的電話，立刻不悅地說道：「什麼事？」

柳擎宇報告道：「我們市紀委在經過將近廿四小時的努力之後，終於把省紀委韓書記親自轉交給我們有關姚翠花一家人的案件查個水落石出，姚家人的確是被冤枉的，這是一件性質十分惡劣，影響十分嚴重的冤假錯案……」

接著，柳擎宇便把整件事的來龍去脈和結果向孫玉龍做了完整的報告，隨後說道：「孫書記，剛才韓書記告訴我，希望我們東江市必須立刻為姚翠花一家人平反。」

孫玉龍聽到柳擎宇並沒有提到煤礦的事，心情略微好了一點，加上柳擎宇又提到了韓儒超，他便點點頭說道：「好，那咱們明天開會，在會議上討論一下這件事吧。」

「孫書記，韓書記對此事十分關注，我的建議是我們立刻通知遼源市第三監獄，讓他們馬上放人，同時派出專車把他們接回來，我認為，最好有一個有分量的領導去向姚翠花一家人道歉，並且進行賠償。否則，我擔心這件事一旦再次被媒體報導出來，我們東江市市委市政府就真的被動了。」柳擎宇話中有話地說道。

孫玉龍的臉色立時沉了下來。

顯然，他聽懂了柳擎宇話中的真實意思，柳擎宇是在暗示他，這件事必須在今天晚上辦好，一刻都不能拖延。雖然柳擎宇在陳述中沒有說一句過分的話語，但是孫玉龍卻知道柳擎宇這是在威脅自己。

想到此處，孫玉龍的心中異常憤怒，於是冷冷地說道：

「柳同志，我想你身為紀委書記，應該具有保密意識，如果這件事真的被媒體報導出來，那麼你這個負責人應該承擔首要責任。再者，現在很多監獄的工作人員都已經睡覺去了，尤其是遼源市第三監獄的領導們，他們不在，不上班，誰能夠簽字放人？我看這件事還是等明天上班之後再說吧。」

柳擎宇憤怒地說：「孫書記，且不說姚翠花這個案子是否需要保密，我認為，身為東江市的市委領導，在我們東江市發生性質如此惡劣的冤假錯案，難道我們就不應該積極為姚翠花一家人平反嗎？難道我們不應該為這件事積極奔走、去做點什麼嗎？您可知道，現在的每一分每一秒，對姚家人來說都是煎熬，既然出現了冤假錯案，案情也已經都搞清楚了，難道不應該儘快把含冤受屈的人救出來嗎？我們應該特事特辦才對！」

柳擎宇頓了一下，沉痛地說：「孫書記，說實在的，這件事我已經憤怒到了極點，我決定在明天上午召開新聞發布會，就這件冤假錯案的案情進展情況公諸於眾，我要把每一個涉及這個案子的人都公開在媒體上，用輿論的力量來對製造冤案的行為進行最嚴厲的譴責，讓那些為了一己之私對百姓的生命和自由、財產安全置若罔聞的貪官污吏、黑心醫生等徹底曝光！以儆效尤！……」

柳擎宇的話還沒有說完呢，孫玉龍便怒聲責備道：

「柳同志，我鄭重地提醒你一句，你也是東江市市委班子成員，我希望你在做事的時候考慮一下你要做的事情對我們東江市產生的影響，這種冤假錯案，其他地方連捂蓋子都來不及呢，你憑什麼把它公布出來？我絕對不同意！」

柳擎宇堅持己見道：「孫書記，我再次提醒您一句，正是因為我是東江市市委班子成員，所以我才決定要舉行這次新聞發布會，目的就是表現出我們東江市堅定打擊冤假錯案的決心和魄力。

「我要透過這種形式來展現我們東江市市委班子的自信和堅決，告訴東江市每個地區和部門的公務人員，不管任何人、任何勢力，要想為了自己的利益蓄意傷害他人，尤其是老百姓的利益，不管他們職位有多高，背景有多強，我們東江市市委班子都絕對不會姑息，所以我認為，這個新聞發布會非常有必要舉辦！

「哦，孫書記，我還忘了告訴您一件事，韓書記對此事非常關注，如果不舉行新聞發布會的話，省紀委有可能要親自舉報了，到那個時候，我們東江市恐怕會更加被動！

「我準備定於明天上午九點半在凱旋大酒店舉行發布會，希望您能夠批准。同時，也希望您能積極協調一下，讓姚翠花一家人能夠在發布會的時候從監獄釋放並趕到現場，我也會和電視臺協調此事，進行現場直播。希望能夠在十分鐘內得到您的回覆。」

說完，柳擎宇直接掛斷了電話。

平時，對自己的領導，柳擎宇是非常尊敬的，哪怕是對一名同事甚至是下屬，柳擎宇都非常客氣，絕對不會輕易掛斷對方的電話，也不會用這種語氣和對方說話。

但是今天，孫玉龍的表現讓柳擎宇實在無法對他升起尊重之心。

身為東江市的一把手，在東江市發生了這麼重大冤假錯案的情況下，**他想到的竟然不是怎樣儘快去解除受害者的痛苦，為受害人出力，去撫慰受害人的創傷，而是只想如何遮掩此事！**

不管孫玉龍到底是出於何種目的，也不管孫玉龍到底是有意還是無意，此舉讓柳擎宇對他徹底失望了。所以，**他毫不猶豫地採用最強勢的做法來推動此事，而且還要驅狼逐虎**。

他知道，以自己的能力，無法在最短時間內把姚家人釋放出來，但是他相信孫玉龍可以，既然他用正常管道向孫玉龍請示無法說動他，那他也只能採用這種十分強硬的威逼來達到目的了。

掛斷電話後，孫玉龍氣得把手機狠狠地摔在地上，怒道：「柳擎宇，你太過分了！太過分了！」

站在一旁的于慶生趕忙問道：「孫書記，怎麼回事？」

孫玉龍把柳擎宇的話重複了一遍，于慶生聽完，沉吟了一下，突然笑著說道：「孫書記，我看柳擎宇這樣做，對我們東江市也未必是壞事。」

孫玉龍一愣：「哦？不是壞事？怎麼說？」

于慶生分析道：「一般而言，大多數的官員在自己轄區內出現了冤假錯案後，首先想到的就是趕快遮掩起來，然而，姚翠花這件案子影響力實在是太大了，以前就有很多媒體報導過此事，而且省紀委韓書記也的確非常關注這件事，這種情況下，我們想遮掩實在不易，反而有可能產生更大的危機。

「柳擎宇的做法，我認為是目前對我們東江市最有利的做法，雖然新聞發布會以後，我們東江市會直接被推到風口浪尖，成為眾矢之的，但是同時，我們也可以透過此舉，真正展現出我們東江市市委班子對腐敗、冤假錯案堅決打擊的決心和魄力，展現出我們在這方面工作的透明和自信。

「而且，我認為您也該出席新聞發布會，而且要進行發言，狠狠地擠壓柳擎宇的發言空間和時間，化被動為主動。還有，一定要大力強調這次新聞發布會是由東江市紀委負責發起的，這樣一來，您既在新聞發布會上有了露臉的表現，柳擎宇又成了眾矢之的。」

「眾矢之的？為什麼？」孫玉龍不解地道。

于慶生笑道：「您想想，這個冤假錯案在之前可是經過數個調查小組調查過的，柳擎宇雖然把案子破了，得到了名聲，但是也得罪了一大批人，這些人甚至包括省裡和北京那邊的調查小組成員，他這等於是狠狠打那些調查小組的臉啊！以後他的工作甚至是仕途將會更加艱難，阻礙更多。甚至根本不用我們出手，有人就會想辦法收拾他了，誰讓他那麼愛出風頭呢！」

孫玉龍聽完于慶生的分析後，不禁點點頭道：「慶生啊，你的這番話很有道理，看來，很多時候，事情換個角度去思考，就會得出截然相反的結論。好，那我這就給柳擎宇回覆，滿足他的要求。」

說完，孫玉龍拿起桌上的電話，撥通了柳擎宇的電話。

「柳同志，我現在正式回覆你的請示，我同意你的要求，市紀委明天舉行新聞發布會！我明天準備親自出場，為你們助陣，同時，我這邊也會積極協調儘快釋放姚翠花的家人，並且確保他們明天準時出現在新聞發布會現場。」

聽到孫玉龍這麼快就給自己回覆，而且支持力度如此之大，柳擎宇先是一愣，隨即便笑了。孫玉龍的想法，柳擎宇在瞬間便看懂了，暗嘆這個孫玉龍還真是一個狡猾的傢伙，竟然在這麼短的時間內就想出了**反客為主**的辦法，想要主導新聞發布會，並且為自己埋下釘子。

柳擎宇對此並不在意，心中暗道：「孫玉龍啊孫玉龍，既然你想要反客為主，又愛出風頭，又撈好處和名聲，還順帶著幫我栽刺，那我就讓你得逞吧，只要能夠讓姚翠花一家人的冤情得以昭雪，我吃點虧也沒什麼。」

想到這裡，柳擎宇便對孫玉龍說：「孫書記，您能夠親自出席這次新聞發布會真是太好了，我相信您的出席一定會讓這次新聞發布會增色不少。孫書記，要不您看這樣行不，明天的新聞發布會就由您來主持吧，這樣也顯得我們東江市市委對冤假錯案的重視，表現出咱們市委領導對老百姓切身利益的關心。」

孫玉龍聽到柳擎宇這樣說，也不推辭，允諾道：「好吧，我主持沒有問題，不過呢，主角還是你們市紀委啊！我會在新聞發布會上對你們市紀委的表現提出表揚的。」

再次掛斷電話，孫玉龍和柳擎宇各自露出了得意的笑容。

他們都認為自己將會通過這次新聞發布會得到自己想要得到的東西。

第二天，新聞發布會準時舉行，孫玉龍主持了本次新聞發布會。

在新聞發布會上，孫玉龍以極其嚴肅的話語、鏗鏘的語調，表達了東江市市委班子對於這次冤假錯案的憤怒和堅決處理涉案人員的決心，並當場請出了姚翠花一家人，親自向他們鞠躬道歉，也代表市委市政府送上了一百二十萬的賠償金，作為東江市方面工作失誤的補償，並且說明涉案人員已經全部進入司法程序，將會依法得到應有的懲罰。

姚翠花一家自然對孫玉龍和東江市市委市政府表示感激萬分。姚翠花更是激動地說道：「感謝政府，感謝市紀委的柳書記，我始終相信，政府一定會還給我們一個公道的，最後我們一家人總算等到了，謝謝。」

孫玉龍又對東江市紀委在廿四小時之內弄清這個案件進行了表揚，只不過在整個過程中，孫玉龍並沒有讓柳擎宇說話。

柳擎宇倒也沒說什麼。整個新聞發布會算是圓滿成功。

東江市電視臺以及遼源市電視臺和白雲省電視臺對新聞發布會也進行了轉播。這起冤假錯案再次在整個白雲省大地上激起了一股熱議！

然而柳擎宇萬萬沒有想到，這次新聞發布會的舉行，使他本來在黑煤鎮事件上打算採取逐步推進、逐漸滲透的謀劃卻受到了衝擊，逼得他不得不以十分強勢的方式切入此案，為他的東江市之旅增加了諸多變數。

由於新聞媒體的現場直播，孫玉龍一下子獲得許多媒體的關注，尤其是在孫玉龍的指示之下，東江市市委宣傳部們非常積極地「配合」各路記者的工作，孫玉龍的名字立時鋪天蓋地地出現在各大報章上。

在報導中，孫玉龍被塑造成一種積極又有鐵腕手段的樣貌，東江市紀委的所有行動都是在孫玉龍的指示下完成的，而實際的執行者和操作者——柳擎宇的名字，只出現了幾次。

隨後的兩天內，省委、省紀委同步掀起了一場聲勢浩大的整治冤假錯案的行動，集中力量對各處存在的上訪案件重新審理。

在這次行動中，總計翻出冤假錯案廿八起，創下白雲省歷史之最，有二十多名處級幹部、三十多名科級幹部在這次行動中因為涉嫌參與製造冤假錯案而被雙規。

與此同時，白雲省召開常委會，在省委常委會上，省委書記曾鴻濤指示，白雲省今後要建立健全冤假錯案責任追究機制，凡是涉及冤假錯案的公務人員，不管過去多久時間，只要被查出來，證據確鑿的話，所有涉案人員一律嚴懲不貸，並追究其責任。

同時在會議上，曾鴻濤也指出全省政法機關必須加大內部整頓、整改力度，要以實效取信於民。

與這次聲勢浩大的整頓行為形成鮮明對比的是，經過姚翠花案件後，作為整個整頓行動的導火線的引燃者——東江市紀委卻顯得異常平靜。

柳擎宇每天都坐在辦公室內研究各種卷宗和資料，三大巡視小組這段時間則由三個組長帶領，在各個鄉鎮進行調研，東江市紀委的這種平靜整整持續了將近一個星期的時間。

這天晚上，東江市一個茶館內。

市委書記孫玉龍、紀委副書記嚴衛東、黑煤鎮鎮委書記于慶生、副鎮長趙金龍幾人再次聚在一起。

趙金龍放下茶杯，首先發言道：「孫書記，從目前東江市紀委方面的行動來看，柳擎宇似乎並沒有關注到黑煤鎮的事啊，巡視小組到現在也還沒有巡視到我們黑煤鎮。但是我總感覺到心中有些不安。」

孫玉龍怪道：「你有什麼好不安的？」

趙金龍嘆道：「我不安恰恰是因為巡視小組的人到現在還沒有巡視到我們黑煤鎮，因為從距離上看，黑煤鎮離市區不遠不近，坐車一個小時也就到了；從位置上看，黑煤鎮位於東江市北部，交通也不是不便利，但是三個巡視小組卻偏偏忽略了它。我懷疑是不是柳擎宇在給巡視小組下達指示的時候，故意指示他們這樣做的。如果真是這樣的話，我認為柳擎宇恐怕是有意為之，或許他心中對我們黑煤鎮已經高度重視了。」

孫玉龍問道：「那你認為柳擎宇既然如此重視，為什麼偏偏讓三大巡視小組避開黑煤鎮呢？」

趙金龍想了想道：「我認為柳擎宇可能是擔心**打草驚蛇**，怕我們知道他要動我們黑煤鎮。這也正是我所擔心的，因為他越是這樣做，說明他越想動我們黑煤鎮；他現在不動，是因為他可能沒有找到切入點，也可能是他正在尋找切入點。」

趙金龍這番話說完，其他三人都陷入沉思之中。

尤其是孫玉龍，他的臉色明顯暗沉了許多。

一開始他也對柳擎宇在姚翠花案件中的動作有所擔心，他也擔心柳擎宇會去動黑煤鎮。然而，柳擎宇除了處理涉案人員外，並沒有向外延伸，介入黑煤鎮的事。

隨著時間推移，他慢慢開始放鬆警惕了，而且他相信，就算柳擎宇真的從姚家人嘴裡得到黑煤鎮的資料，這點資料也不足以引起柳擎宇重視，除非柳擎宇這次空降是受到省裡某些重量級人物的指示來攪局的。對於這一點，從柳擎宇來到東江市之後，他一直在小心地戒備著。

雖然趙金龍這個副鎮長級別不高，但是他對趙金龍相當重視，因為這傢伙腦瓜轉得特別快，思考問題的深度和廣度也和一般人不一樣，所以他一直把趙金龍視作重要的狗頭軍師。

加上趙金龍的名字和自己的名字有些相近，自己是玉龍，趙金龍是金龍，金龍自然不如玉龍高級，所以從名字上，他認為自己可以牢牢地壓制著趙金龍，便將他從一個普通的黑煤鎮煤老闆透過運作，讓他做到副鎮長這個位置上。

今天趙金龍的話讓孫玉龍心中一個翻個，再次警醒了他。

孫玉龍沉思了一會，道：「嗯，金龍說的，很值得大家深思。大家也都說說自己的看法。老嚴，你在柳擎宇手下工作，先說說你的想法。」

孫玉龍目光看向嚴衛東。

嚴衛東深表贊同地說：「我認為老趙說得很有道理，我最近也一直讓紀委辦公室的人留意柳擎宇，柳擎宇最近研究的資料很多，其中也包含黑煤鎮以及和煤炭資源領域相關的資料。如果老趙沒有提醒我，我可能還真想不出柳擎宇到底想要做什麼。

「我們是不是可以假設一下，如果柳擎宇以研究其他資料為幌子，重點研究的卻是黑煤鎮的相關資料，那麼再結合巡視小組偏偏不去黑煤鎮調研的訊息，或許能得出一個結論：三大巡視小組不調研黑煤鎮只是幌子，目的是迷惑黑煤鎮的領導們，包括市委其他領導。**柳擎宇一直按兵不動恐怕也是幌子**，很有可能他是在處心積慮想要對我們黑煤鎮動手。他之所以一直沒有動手，是因為**他還沒有摸清我們黑煤鎮到底是什麼狀況，怕投鼠忌器**，不敢輕易動手。」

嚴衛東說完，孫玉龍滿意地點點頭，嚴衛東的分析推理能力果然相當強，如果不是柳擎宇空降下來，他都想要把嚴衛東扶植起來，擔任東江市紀委書記、市委常委了。嚴衛東剛才的這番推論也相當合乎情理。

孫玉龍看向于慶生：「老于啊，你是黑煤鎮的老大，你說說你的看法。」

于慶生淡淡一笑，道：「我認為老趙和老嚴的話都非常有道理，基本上也算是把柳擎宇的想法給點透了。但是，不管柳擎宇到底在黑煤鎮打什麼主意，我認為我們黑煤鎮都沒有任何好畏懼的。

「我不否認柳擎宇是一個能力很強的年輕人，也很有想法，但是他畢竟剛到我們東江市，他連市紀委都沒有完全掌控呢，就想對我們黑煤鎮動手，他憑什麼啊？**他有什麼可以打出來的牌嗎**？我沒有看到！

「柳擎宇唯一能夠動用的大概也只有三大巡視小組了吧！而巡視小組的三位組長中，不僅有一直和柳擎宇不太對盤的鄭博方，還有葉建群那個前任紀委書記留下來的老人，只要我們在三大巡視小組的身上多下下功夫，我認為柳擎宇很難在東江市掀起什麼風浪，就更別提我們黑煤鎮了。

「孫書記，您是知道的，咱黑煤鎮可不是普通的小鎮，**這裡面的水深著呢**。省裡好像早就有消息說有些領導看咱們黑煤鎮不順眼，想要把咱們黑煤鎮擺平了，但是這麼多年過去了，我們黑煤鎮還不是一直好好的。誰能動得了我們呢！」

說到這裡，于慶生挺直了腰桿說道：

「孫書記，我認為，柳擎宇就算不想到我們黑煤鎮來，我都打算把他引到我們黑煤鎮來，因為這裡面的水那麼深，就算我們動不了柳擎宇，未必別人不能動柳擎宇啊，萬一柳擎宇再來個車禍什麼的，我們不就徹底省心了嘛！」

于慶生說完，臉上露出一絲陰險的笑容。

此刻，坐在辦公室裡的柳擎宇突然感覺到身上一陣陣發冷。

柳擎宇之所以感到身上發冷，是因為這些天他透過三大巡視小組回報的資料看到了很多讓他感覺到極其危險的東西。

尤其是鄭博方所負責的巡視小組，更是將他們從所負責的轄區內搜集到的情形，十分詳細地告訴了柳擎宇。

從這些情報中，柳擎宇深深地感受到東江市存在的諸多問題。

東江市不僅僅是黑煤鎮存在產煤區，其他鄉鎮也有產煤區，這些產煤區都有一個共同的經銷商體系，雖然一開始各個產煤區出來的煤炭賣給不同的經銷商，但是實際上，這些經銷商通過許多手法之後，幾乎全都把目標指向了黑煤鎮。

只不過由於對方的手法太過於隱秘複雜，鄭博方他們不敢輕易深入調查，以免打草驚蛇，但是僅僅從目前所摸查到的情況來看，整個東江市在煤炭領域絕對存在著一個巨大的利益集團，這個龐大的利益集團以煤炭為核心和仲介，組成了一個十分巨大的利益輸送集團。**這個利益集團幾乎涵蓋了東江市的政界、商界、黑道勢力。他們彼此聯動，利益共享**。

其他兩個巡視小組所傳回來的資料沒有鄭博方提供的資料那麼詳盡，由於柳擎宇並沒有叮囑他們重點關注煤炭領域，所以他們回報來的資料什麼都有，但即便是這些五花八門的資料，也反映出了很多問題。

其中最為嚴重的就是農民的土地問題，各種強行徵收的賦稅問題，尤其是基層官員腐敗嚴重，卻官官相護，無法查處。

看著一份份的資料，柳擎宇感覺自己陷入了一個千頭萬緒，卻又偏偏必須理清楚的艱難局面之中，因為這個龐大的利益集團能力太大，手法太複雜，自己想查清楚很難很難，也絕對是牽一髮而動全身。

而且柳擎宇從三個小組回報的情況中還發現了一些很詭異的事，那就是每當某些調查案正查到關鍵的時候，要麼是充滿正義感的官員被調離原來的崗位，不然就是突然猝死或者出意外，這讓柳擎宇在感到憤怒的同時，也感覺到後脊背一陣陣發涼。

太囂張了！這個龐大的利益集團竟然可以**把手伸得那麼長，把事做得那麼絕**。

現在，整個東江市幾乎成了一個人人沉默的城市。沒有人敢站出來反擊腐敗分子，檯面上被打擊的腐敗分子，反而恰恰是那些想要查出腐敗之人的人，他們直接被打擊報復了。

柳擎宇看著眼前的資料，彷彿看到一個表面上平靜，但是實際上內部卻在慢慢悶燒的火藥桶，而自己似乎就坐在這個隨時有可能爆發的火藥桶上。

與此同時，柳擎宇也看到整個東江市的老百姓都坐在這個巨大的火藥桶上，自己這個時候絕對不能退，因為如果自己退了，就沒有人能夠去把這個火藥桶熄滅了。

自己必須滅火。

此刻，柳擎宇的眉頭一直緊皺著，因為他一直找不到一個很好的切入點。雖然柳擎宇知道黑煤鎮問題重重，但是如何切入黑煤鎮的事，卻需要**超凡的政治智慧。**

就在這時候，嚴衛東滿臉憤怒地敲開房門走了進來，打斷了柳擎宇的沉思，大聲說道：「柳書記，大事不好了。」

柳擎宇一愣，看著嚴衛東的表情，眉頭一皺，因為他發現雖然嚴衛東臉上寫滿了憤怒，但是他的眉宇間卻暗藏著一股興奮和幸災樂禍。

「怎麼了？出什麼事了？」柳擎宇臉色不變，聲音平靜地問道。

嚴衛東嚷嚷道：「柳書記，現在外面來了十幾個黑煤鎮的村民，手中高舉著標語，說是要舉報你的違法行為，我不敢擅自做主，就先來向您彙報了。

「柳書記，據我所知，現場已經有媒體記者到場了，正在對那些村民進行採訪，不過有一點您放心，到現在為止，那些村民並沒有和那些記者說什麼，他們說不見到您，絕不和記者說，他們要當著所有媒體記者的面質問你，為什麼要做出那麼多對不起黑煤鎮老百姓的事。我已經給市公安局那邊打電話，讓他們派人過來處理這件事，您看要不要直接把這些老百姓抓起來，關進非正常上訪訓導中心去？」

說話間，嚴衛東的眼底深處略過一絲陰狠之色。**他所說的每一句話都蘊含著陷阱，只要柳擎宇有一條照自己的說法去做，都將陷入難以自拔的局勢之中。**

讓嚴衛東十分失望的是，柳擎宇聽完只擺擺手：

「不用，都不用，既然這些老百姓要舉報我，還要當著媒體的面，逃避是不行的，使用強硬手段鎮壓更不行，老百姓不同於暴徒和惡勢力，他們是最樸實的，如果不是他們的利益受到了嚴重侵害，他們是絕對不會走上這條路的。

「這樣吧，嚴同志，你親自和市公安局那邊溝通一下，他們可以到現場維持秩序，但是絕對不能對任何一個老百姓動武，如果誰膽敢動老百姓一根手指頭，那麼這次負責維持秩序的領導直接承擔責任，而你也要為此承擔責任！這件事我就交給你了，希望你不要讓我失望。」

聽到柳擎宇這樣說，嚴衛東心中有些鬱悶，他本來的打算是，只要柳擎宇同意市公安局的人過來，他就暗中讓對方到現場後對老百姓施加壓力，造成雙方矛盾衝突逐漸加深，最好是當著諸多媒體記者的面爆發衝突，讓一些人受傷，這樣一來，不管柳擎宇有沒有下令對老百姓動手，這個責任和惡名都將會落在柳擎宇的頭上。

原因很簡單，因為這些老百姓是為了舉報柳擎宇才來鬧事的，現在他們被打了，除了柳擎宇這個紀委書記能夠動用這種關係以外，還有誰會動用？還有誰願意沒事找事呢？再加上現場媒體的推波助瀾，柳擎宇立刻就會被推到風口浪尖，這時候，只要有一些領導稍微動動嘴，柳擎宇就有可能被拿下了。

嚴衛東這個算盤打得是相當精，只不過柳擎宇早就看出了他的小算盤，根本就沒有上當。嚴衛東見一計不成，再生新計，他滿臉嚴肅地看著向柳擎宇說道：

「柳書記，那現場的那些媒體記者怎麼辦？要不要我讓公安人員把他們驅離，或者是讓咱們紀委辦公室派出人去公關一下，給每個記者塞點紅包，讓他們直接回去，不要報導此事？」

柳擎宇再次擺手說道：「我看這兩種行為都不需要，這樣吧，你告訴現場那些群眾和媒體記者，我會在半個小時之後，在市紀委門口，和那些群眾當著所有媒體記者的面交談，**我倒要看看我柳擎宇哪裡做了對不起他們的事**，我相信，我柳擎宇行得正，坐得端，不會有任何問題。」

見柳擎宇要親上火場，嚴衛東頓時高興起來。柳擎宇雖然躲過自己前面的暗算，卻沒有防到自己後面的陷阱，他哪裡知道，現場的那些記者大部分都是自己打電話請來的，為的就是借此機會幫助柳擎宇出出名。

平時這個柳擎宇猴精猴精的，一涉及到自己的名譽就這麼衝動，竟說要和那些老百姓面對面談，卻不知道，不管他和老百姓們談些什麼，如何證明自己是無罪、清白的，寫新聞的可是和自己關係不錯的記者，這些記者只要在寫報導的時候稍微那麼暗示一下，就可以讓柳擎宇黃泥巴吊褲襠，不是屎也是屎了。

嚴衛東應和了柳擎宇的指示後，立刻興奮地向外走去，**他相信這一次自己絕對可以讓柳擎宇吃不了兜著走！**

嚴衛東回去之後，立刻忙碌起來。

他先給市公安局的朋友打電話，讓他們暫時執行A計畫，先以穩妥的方式確保那些聚集在市紀委門口的老百姓不鬧事。他另有打算。

市公安局那邊的人自然也不願意和老百姓發生衝突，畢竟這種事一旦處理不好很難控制，弄不好自己就要受到牽連，能夠不發生衝突當然是最好的。

隨後，嚴衛東又指示一些嫡系人馬，暗中給東江市，尤其是遼源市駐東江市的媒體打電話，告訴他們東江市紀委門口發生了老百姓要當面怒斥紀委書記的事。還說柳擎宇要當面和老百姓辯論。

這絕對是十分具有爆炸性的事件。老百姓當面告上紀委書記，而紀委書記要和老百姓直接對質，這種事在其他地方是絕對不可能發生的，一般的人躲都來不及了，哪會傻乎乎的親自站上火場啊?!只能說**柳擎宇實在是太衝動、太自信了，他根本就不知道官場的險惡。**

一件事並不是你看到是什麼樣子，報導出來就會是什麼樣子的，關鍵在於媒體記者手中的那枝筆！在於媒體記者的立場是偏向誰！

正常來說，媒體記者大多數都能夠保持公平公正的立場去報導事情，問題在於，一旦這件事牽扯到了官場鬥爭，有政治力或者其他勢力在裡面進行控制與引導時，最終的結果往往是當事人很難控制的。

等部署完畢，嚴衛東沒有在辦公室待著，而是來到市紀委外面，一邊假惺惺地勸說那些老百姓，一邊指揮現場，確保現場的穩定。

他在勸說群眾的時候，還不停誇獎柳擎宇的好，說柳擎宇絕對不會做出危害老百姓的事。其實他這哪裡是在勸說，簡直是在火上澆油啊。

只不過那些老百姓聽了，並沒有嚴衛東想像中的怒髮衝冠，反而顯得異常平靜，只是聚集在一起默默地等待著。

時間一分一秒地過去，紀委大院外圍觀的群眾越來越多，到達現場的媒體也越來越多，甚至還有一些白雲省和其他省駐遼源市的記者趕了過來。

柳擎宇站在窗口，望著大門口越來越喧囂的人群，臉色顯得十分平靜。經歷了這兩年的官場磨礪之後，柳擎宇在很多事情上，尤其是在做人做事的心態上，比以前在狼牙大隊的時候更加沉穩，越是到了關鍵時刻，到了生死存亡的時刻，他的心態越發沉穩。

就在這時候，柳擎宇的手機突然響了起來。

柳擎宇一看電話，是省紀委書記韓儒超打來的，連忙接通了電話，笑著說道：「韓叔叔，您好。」

韓儒超也沒有跟柳擎宇客套，開門見山地說道：

「擎宇啊，我聽說你們東江市紀委那邊出事了，你被一群老百姓堵在紀委大院，老百姓要當面告你？這事是真的假的？我可跟你說啊，現在這件事已經傳遍整個省委了，很多省委省政府的領導都在默默地觀察著，而且已經有一些聲音，說你做事不夠牢靠，太過衝動，建議調整你的工作。

「擎宇，這件事你一定要處理好啊，千萬不能激化衝突，不能被別人抓住把柄，否則，恐怕你在東江市還沒有施展你的抱負呢就得被別人拿下了。孰輕孰重，你心中一定要有數啊。」

柳擎宇淡然處之地說道：「韓叔叔，您放心吧，這事我心中有數。」

韓儒超聽了一愣：「心中有數？難道這件事是你在背後操控的？」

以韓儒超的精明，自然明白柳擎宇不可能無緣無故地有這種強烈的自信心，所以，按照這種邏輯，他立刻合理地推斷這件事背後是柳擎宇布的局。

柳擎宇笑道：「韓叔叔，你也太看得起我了，您不要忘了，上次姚翠花一案之後，我就一直待在紀委大院裡，根本沒有出去。」

這下可把韓儒超搞糊塗了，細問地說：「那你為什麼這麼有自信呢？我可不相信你和這件事沒有關係。」

柳擎宇解釋道：「韓叔叔，這一點您說得沒錯，這事很有可能和我有點關係，不過具體到底是不是，我現在也還不好斷定，得我親自去見過那些要當面上告我的老百姓之後，我才能最終確定這件事的內幕到底是什麼。」

聽到柳擎宇有把握處理好這件事，韓儒超便不再多說什麼，掛斷了電話。

他原本還擔心柳擎宇年輕，容易掉入東江市那些人的陷阱中。從眼前柳擎宇的表現來看，自己倒是小覷了柳擎宇這傢伙，這小子不愧是老領導劉飛的兒子，果然是**虎父無犬子**啊。只不過他有些好奇，柳擎宇這小子那麼充足的信心是從哪裡來的。

第二章

緩兵之計

以孫玉龍和東江市巨大的腐敗集團的性格，是絕對不會容忍自己在東江市大幹一場的，所以，他必須要想辦法讓唐紹剛對自己多幾分忌憚，使他不敢輕易和孫玉龍合作。而實行緩兵之計最好的辦法就是震懾！

半個小時後，柳擎宇在嚴衛東熱切的期待中，腳步穩健地來到了市紀委的大門口。值班室的門衛打開自動門，當柳擎宇走出大門的那一剎那，現場十幾台攝影機、照相機全都對準了柳擎宇，快門聲響成一片。

嚴衛東眼神中那種興奮、期待之情簡直難以掩飾，他似乎已經看到柳擎宇被那些充滿憤怒的老百姓包圍，甚至謾罵推搡的場景。

嚴衛東的目光向那些老百姓飄去，他琢磨著自己要不要為這些老百姓介紹一下柳擎宇的身分，讓這些人更容易把怒火集中到柳擎宇的身上。

不過，嚴衛東此刻雖然極度興奮，卻沒有按照自己的想法去做，因為如果自己真的介紹柳擎宇的話，恐怕柳擎宇會對自己心生不滿，反正柳擎宇都出來了，肯定跑不了，那就順其自然吧。

然而，讓嚴衛東沒有想到的一幕出現了。

柳擎宇出來後，立刻滿臉含笑著看向在場的老百姓說道：

「各位鄉親，大家好，我是東江市新上任的紀委書記柳擎宇，我聽說大家提出要求要見我，並且在媒體面前對我提出控訴，不知道大家要控訴我什麼？」

在嚴衛東想來，柳擎宇說完後，現場的老百姓應該是義憤填膺，大力指責柳擎宇才對。然而，當柳擎宇表明身分後，老百姓紛紛採取同一個動作——把手伸進衣服口袋或隨身提包內，然後拿出一份份資料，紛紛湧到柳擎宇身邊。

他們將資料遞給柳擎宇，聲音充滿了焦慮和期待，紛紛央求道：

「柳書記，您好，這是我的冤案資料，求求您一定要為我平反我的案子啊，我實在是太冤了，恐怕竇娥也沒有我冤啊！黑煤鎮的那些煤老闆實在是太殘忍，太沒有人性了。」

柳擎宇不慌不忙地接過眾人手中的資料，隨即粗略地掃過，便發現這些人資料中哭訴的幾乎百分之九十都和黑煤鎮的煤礦有關。

其中有一個女人的丈夫死在煤礦中，沒有得到任何死因的說明，只拿到丈夫的屍體，也沒有獲得任何賠償；還有一個是親人被運煤車壓死，沒有人管；最倒楣的是一戶農民，他們家五畝承包地因為被亂挖亂採而致塌陷，卻沒有人賠償。

這些老百姓所提供的資料，一樁樁、一件件，全都記錄著一個甚至數個讓人悲憫的事實，甚至有不少是老百姓用性命堆積起來的冤假錯案。

從老百姓的資料中，可以看到黑煤鎮所存在的一連串問題已經嚴重影響到當地老百姓正常的生活，讓很多老百姓深受其害。

此時此刻，**柳擎宇被這些資料深深地刺痛了。**

而**嚴衛東則是被眼前的這一幕徹底驚呆了**。

他怎麼也想不通，為什麼原本應該是針對柳擎宇進行大力批判和控訴的局勢，會演變成一場對柳擎宇擊鼓申冤的陳情大會。

此刻，同樣傻掉的還有一些媒體的記者們。

當然，也有一些記者大為振奮，他們並不是因為嚴衛東的關係來的，而是來找新聞的，看到這種戲劇化的轉變，立刻意識到具有極大的新聞價值，便毫不猶豫地拿起手中的攝影機、照相機拍攝起來。

而柳擎宇此刻臉上的表情顯得異常凝重，感覺到自己的心在滴血。**如此多的冤假錯案，為什麼以前沒有人調查？難道除了姚翠花，還有李翠花、王翠花嗎？**

這黑煤鎮到底怎麼了？

此時的柳擎宇，陷入到空前的憤怒之中。

不過越是如此，柳擎宇反而漸漸鎮定下來，臉上的表情也慢慢恢復了正常。

他環視著這些穿著破衣爛衫，眼中卻充滿希冀的老百姓，對眾人深深一鞠躬道：

「各位鄉親們，你們受苦了。沒有想到你們的身上竟然有這麼多苦大仇深的慘痛遭遇，這是我們東江市整個市委班子的責任，也是我這個紀委書記的責任，我們沒有把我們的工作做好，讓大家的權益遭到了野蠻的侵犯。

「在這裡，我向大家保證，我身為紀委書記、東江市市委常委，一定會做好我的工作，我會前往黑煤鎮，視察黑煤鎮存在的諸多問題，如果大家的冤案和黑煤鎮的幹部有關，我們東江市紀委會極力打擊，決不手軟，決不姑息。」

說到這裡，柳擎宇又轉頭看向在場的記者說道：

「各位新聞媒體的記者們，我不知道你們是否能夠公平公正的報導這則新聞，但是我想請在場的各位新聞媒體記者們看看我手中這些老百姓遞交的各種申訴資料。先不去管這些申訴資料本身的對與錯，僅僅是老百姓一封封用鮮血簽名的申訴資料，我想你們記者就有必要，也有義務來報導此事！」

說著，柳擎宇便把手中的資料遞給身邊一位記者。

那名記者瞥了嚴衛東一眼，他是嚴衛東喊來對付柳擎宇的，可是此時的氣氛讓他不得不立刻做出抉擇。因為當著這麼多記者的面，如果自己拒絕接過資料，那就意味著自己來是另有目的的，那就真的被柳擎宇那番話料中了。

而柳擎宇剛才的那番話也是一個激將法，逼著在場的記者們一定得接過資料看一看，哪怕是裝裝樣子也好。

誰知那記者不看還好，只看了幾份資料之後，心中的怒氣便衝到了腦門上了。他真的怒了。哪怕他和嚴衛東關係不錯，有時候也會接受一些金錢報酬，但他終歸是科班出身的記者，骨子裡不乏新聞記者那種悲天憫人、倡善懲惡的根深蒂固的理念。

這個記者拿起手中的照相機，讓旁邊的朋友幫忙，開始拍攝這些資料。

柳擎宇見狀，說道：「這位朋友，我看這樣吧，你負責拍攝其中的一份，然後把其他的交給在場的記者朋友們，大家分頭進行拍攝，之後再彼此交換手中的素材；同時，也請留下聯繫方式，回去以後，我也會整理出一份完整版的資料，交給辦公室副主任溫友山同志，大家到時候可以和他進行溝通索要。」

聽柳擎宇這樣說，記者們紛紛湧到第一名記者旁邊開始行動起來。

雖然有些人的確是別有用心來的，但是現場發生的事讓他們意識到，這件事背後的新聞價值更大，所以毫不猶豫地衝上來加入行動。

二十分鐘後，柳擎宇收回所有資料，隨後對各位記者說道：

「各位媒體界的朋友們，今天我給大家看這些資料，主要有兩層意思，其一，希望大家能夠本著新聞記者的良知報導此事，為這些可憐的老百姓提供一些力所能及的幫助；其二，希望大家能夠為他們做一個見證，確保他們不要因為今天的申訴，回去之後遭到各種不公的待遇，甚至是某些勢力的打擊報復。」

說完，柳擎宇又看向嚴衛東道：

「嚴同志，現在交給你一個艱巨的任務，那就是和黑煤鎮的領導們溝通，讓他們親自派人到我們紀委門口把這些群眾接回去，你要嚴肅地告訴他們，他們必須將這些老百姓安全地送回黑煤鎮的家，並且絕對不允許對他們任何一個人或者他們的家人進行打擊報復，否則的話，讓我發現任何一個人，或者他們的家人受到了打擊報復或者任何形式的不公平待遇，我會追究到底，決不姑息。」

事情如此反轉，令嚴衛東心中那叫一個鬱悶，他完全沒有料到這些老百姓竟然不是來控訴柳擎宇的，反而是來告狀的，而且告的還是黑煤鎮的事，這讓他頭都大了。

尤其是最後柳擎宇交給他的這個任務，差點沒噁心死他，因為這個任務絕對是個得罪人的活，幹好了，肯定得罪黑煤鎮的人，幹得不好，柳擎宇肯定會給自己穿小鞋，而且柳擎宇又是當著這麼多記者面宣布，這就等於有了見證人，自己想要抵賴都不能，更是推脫不了，因為其他的副主任沒有一個在紀委大院，巡視的巡視，調研的調研。只剩下他這個常務副書記和柳擎宇這個書記。

無奈之下，嚴衛東只能捏著鼻子點點頭，當著所有人的面給黑煤鎮的鎮長打了個電話，讓他派人過來把這些老百姓給接回去。

回到辦公室後，柳擎宇立刻把辦公室副主任溫友山喊了過來，把手中的資料讓他複印並掃描存檔，然後把這些資料按照那些記者留下的聯繫方式發給他們。

溫友山接到這份任務，心中一暖。

複印和掃描資料的事看似很小，實際上卻帶著柳擎宇的一種態度。如果柳擎宇十分重視這些資料，那麼這些資料就非常重要，他把資料交給自己，說明他對自己十分信任，也說明自己當時的投名狀收到了切實的效果，不管柳擎宇最終是否會選擇自己為辦公室主任，至少可以確定這個辦公室副主任的位置是穩固的，這也不枉自己冒著偌大的風險向柳擎宇靠攏。

吩咐完，柳擎宇本來已經低下頭去看文件，溫友山也準備離開了，柳擎宇卻又突然抬起頭來喊住了溫友山：

「溫同志，請留步，有件事我想向你瞭解一下，之前嚴衛東同志建議我，把那些控訴我的人關到東江市的訓導中心去，不知道你對這個訓導中心有多少瞭解？」

溫友山一聽，連忙說道：「哦，是這樣的，國家不是下令取消了看守所嗎？但是呢，在我們東江市，各種社會矛盾很多，尤其是有些老百姓因為種種原因，經常會用上訪、堵路甚至是跳樓等激進的方式，這些人以前可以放在看守所進行看管，但是由於看守所取消了，這些人無法再關了，市裡有些領導考慮到這些人又不能不處理，否則一旦他們出去鬧事，就會對我們東江市的形象，甚至是相關領導同志的官帽子產生影響，所以便有人提議成立訓導中心，專門用來消除那些所謂的社會不穩定因素。」

柳擎宇聽了，臉色當時便沉了下來，問道：「這事我們東江市的政法委書記陳志宏同志知道嗎？」

溫友山點點頭：「知道的，這個訓導中心的成立必須有他的簽字。」

柳擎宇臉色更加嚴峻了幾分。略微沉思了一下，對溫友山說道：「這樣吧，溫同志，你安排輛車在樓下等著，同時你通知一下劉亞洲同志，讓他到我辦公室來一趟。」

溫友山聽到柳擎宇的安排後一愣，他猜柳擎宇這是要前往訓導中心，但問題是，他為什麼讓劉亞洲陪他去，而不是自己陪他去呢？

溫友山有疑問歸有疑問，還是趕緊去執行柳擎宇的指示了。

劉亞洲接到溫友山的電話後亦是一愣，心中也開始泛起嘀咕來：

「這柳擎宇為什麼要讓溫友山通知我呢？他這是什麼意思？難道現在溫友山獲得他的信任了嗎？」

過了一會兒，劉亞洲來到柳擎宇的辦公室內，滿臉陪笑道：

「柳書記，您找我？」

柳擎宇說道：「是啊，劉同志，你來得正好，你準備一下，跟我去視察一個地方。」

劉亞洲立刻問：「去哪裡？」

柳擎宇賣著關子道：「你先去樓下等我，到地方你自然就知道了。」

劉亞洲立刻意識到，柳擎宇肯定是有重要的事情要做，因為他沒有告訴自己要去哪裡。雖然嘴上不說，但是劉亞洲心中卻暗暗留意起來。

等回到自己辦公室後，劉亞洲立刻拿出手機撥通了嚴衛東的電話：

「嚴書記，柳擎宇讓我去樓下等他，說是要去下面視察。」

嚴衛東眉頭一皺：「他沒說要去視察哪裡？」

劉亞洲搖搖頭道：「柳擎宇沒有說，不過我有一種預感，柳擎宇這次肯定是下去找麻煩的。」

嚴衛東哼聲道：「既然他不說，還真有這種可能，希望不要是去黑煤鎮啊，這個柳擎宇，真是太狡猾了！你找到機會，立刻給我發簡訊或者打電話。」

劉亞洲連忙說道：「好，我有機會馬上給你打電話。」

掛斷電話後，劉亞洲收拾一下自己的東西，立刻趕到樓下，看到司機已經把車在一旁等候，便搭訕地說道：「陳師傅，今天咱們去哪裡啊？」

陳師傅是柳擎宇現在的專職司機，姓陳，叫陳東強，轉業軍人出身，以前一直負責開東江市紀委的大車，在市紀委內算是比較邊緣化的人物，柳擎宇到了東江市以後第五天，便立刻把陳東強調了過來，成為他的專職司機。

陳東強見劉亞洲滿臉和藹地跟自己說話，便笑著說道：「劉主任，對不起啊，我也不太清楚到底要去哪裡，我只是接到通知，說是讓我在樓下等著，估計柳書記下來之後就會說了。」

劉亞洲點點頭，心中對這次的目的地更加充滿了好奇。

過了一會兒，柳擎宇邁步走了下來，坐上司機後面的領導位置上。

劉亞洲想要坐到副駕駛的位置上去，這樣方便用手機給嚴衛東發簡訊，好告訴他到底去哪裡。哪知柳擎宇卻說道：

「劉同志，不要坐前面，跟我一起坐後面吧，我有些事想要跟你瞭解一下。」

聽柳擎宇這樣說，劉亞洲只能把剛拿出來的手機又放了回去，和柳擎宇一起坐到後面。

待坐定後，柳擎宇便對陳東強吩咐道：「老陳，去訓導中心。」

老陳點點頭，腳下油門一踩，車子便風馳電掣一般衝了出去。

當汽車駛離市紀委大院後，柳擎宇看向劉亞洲，說道：「亞洲同志啊，不知道你對咱們市訓導中心的事情瞭解多少？」

「訓導中心？我還真是不太瞭解。」一邊說著，劉亞洲一邊暗暗吃驚。

劉亞洲是一個極其聰明之人，對訓導中心的事其實非常清楚，知道這個設置本身就有違規之處，但是東江市為了能夠更好地維護穩定，尤其是為了掃除那些「不穩定因素」，即便是在國家三令五申之下，依然暗中設置了這個訓導中心，用以對那些不聽話的老百姓進行教訓、引導。

他沒想到，柳擎宇竟然把目光放到了這裡。

聽到劉亞洲的回答，柳擎宇心中便對劉亞洲的立場有了計較。

以劉亞洲的身分，是不可能不知道訓導中心的，但是從他的表現來看，劉亞洲明顯不想跟自己多談這方面的事，這也就意味著劉亞洲對自己有幾分防備。

為什麼他要對自己有所防備呢？答案非常簡單，那就是他不是和自己站在同一個立場之人。

想明白這一點，柳擎宇對劉亞洲便多了幾分小心。

這時，劉亞洲再次把手機拿出來，他想假裝玩手機，趁機把消息傳給嚴衛東。

只是他剛把手機拿出來，柳擎宇便笑道：「劉同志，你的手機能上網嗎？」

劉亞洲不疑有他，順口說道：「可以啊。」

「不知道能不能借我用一下呢？我的手機上網比較麻煩。」

柳擎宇都開口了，劉亞洲怎麼能說不行呢，只好把手機交給柳擎宇。

柳擎宇拿著手機開始流覽起網頁，一直等車子駛到訓導中心大門口，這才把手機還給劉亞洲，頻頻點頭道：「嗯，劉同志的手機真的非常不錯，絕對土豪級的啊！」

這時候，劉亞洲哪裡還來得及發簡訊，只能陪著柳擎宇下了車。

就見訓導中心的大門緊緊關閉著，兩個警衛正在門口喝茶閒聊。看到柳擎宇一行人走了過來，立刻喝阻道：「站住，你們是什麼人？」

劉亞洲連忙站了出來，說道：「立刻給你們領導打電話，就說市紀委柳書記前來視察，讓他們趕快出來迎接。」

門衛一聽，頓時嚇了一跳，他們雖然不在官場上混，但是給訓導中心看門，最起碼的官場常識還是有一點的，紀委書記可不是一般牛啊，他連忙拿起桌上的電話就要撥打。

柳擎宇用手一指大門說道：「先把門給我打開，我要去訓導室看一看。你們出來一個人給我們帶路，另一個人通知裡面的領導直接去訓導室找我們。」

門衛不敢不從，立刻兵分兩路，照柳擎宇的指示動作。

柳擎宇在門衛的帶領下，來到訓導中心辦公大樓後面的訓導室時，臉色當時便沉了下來。

前面的辦公大樓是一棟五層的小樓，一看就是最近剛剛裝修的，光從裝修的外觀來看，就知道十分豪華。至於內部，估計不會比外觀差到哪裡去。

然而，當柳擎宇來到後面的訓導室一看，不禁氣得臉色鐵青。原來，這訓導室倒是名副其實，的的確確是一間間的單間，只不過房間實在有些不堪。

這是一排類似於鴿子籠般的房子，每個房間高不足兩米，寬也是兩米左右，深度倒是有三四米。每個房間都有一扇看起來十分沉重的大鐵門，鐵門都是關著的，只有一扇看起來大約十九吋電腦螢幕那麼大的一個活動鐵窗口，可以從那裡往裡面送飯。

隨便往那裡一站，便可以聞到一股股惡臭從房間裡面傳出來，顯然被訓導的人吃喝拉撒睡全都在裡面。

柳擎宇從其中一個窗口向裡面看了一眼，只見在房間最裡面擺放著一張低矮的小床，小床上面鋪著單薄、殘破的墊子，上面躺著一個五十多歲的老頭。在靠近門口的地方，則放著一個鐵桶，那陣陣惡臭便是從這裡散發出來的。

看到這種情況，柳擎宇心中的怒火早已沸騰起來。

哪怕是監獄，環境也沒有這裡如此惡劣啊。

據柳擎宇瞭解，現在很多監獄的居住條件都相當不錯的，犯人們除了沒有自由以外，其他各方面都相當人性化。然而這個訓導中心的環境竟然如此惡劣，人要是長時間住在這種地方，身體不廢了才怪。

就在這個時候，一個四十多歲，大腹便便的白胖子帶著十多個人，滿頭大汗，一溜小跑地衝了過來。

看到柳擎宇，白胖子連忙站住，一邊氣喘吁吁地使勁出氣，一邊聲音有些顫抖地說道：「柳書記，您好，我是訓導中心主任李曲德。」

柳擎宇掃了眼李曲德那碩大的肚子，質問道：「李同志，我想問你，這一排排房間，就是你們訓導中心的訓導室嗎？」

李曲德連忙點點頭道：「是的。」

柳擎宇又問道：「這裡關了多少人？」

李曲德回道：「三十多個人吧。」

「這些人都是做什麼的？為什麼會被關在這裡？」

李曲德連忙解釋道：「他們大部分是一些怎麼也勸不退的頑固上訪分子和一些喜歡鬧事的老百姓。」

「他們犯法了嗎？」

「這個……」這下子李曲德說不出來了。他意識到，柳擎宇今天恐怕是來找自己麻煩的。

「怎麼？我的這個問題很難回答嗎？」柳擎宇冷冷地看向李曲德。

李曲德使勁的抹了把滿腦門的汗水說道：「不不不，柳書記，這個問題……」

一時間，李曲德不知道自己該說什麼才好了。

因為這個單位的設置，並不是他一個人能夠做主的，他不過是個小小的管事而已；但是身為下屬，他又不能把責任推給上面領導，那樣做簡直是找死，但也不能把責任都留給自己，那樣他又擔心自己會被柳擎宇找麻煩。所以他真的非常頭疼。

看到李曲德唯唯諾諾的表現，柳擎宇轉頭看向一旁的劉亞洲道：

「劉同志，你是咱們紀委辦公室的副主任，你跟我說說，李同志負責的這個訓導中心有問題嗎？」

劉亞洲一聽，頭也大了，柳擎宇這話一問出來，明顯是要收拾李曲德的節奏啊！如果自己順著他的意思去說，那麼肯定會得罪李曲德背後的領導。

他是知道李曲德背景的，李曲德能夠被分配到這裡來，絕對不是無根浮萍；但是如果不說，柳擎宇肯定會對自己不滿，到時候辦公室主任的位置可就不是自己的了，要是讓其他兩人坐上辦公室主任的位置，以後自己的日子絕對不會好過啊。

劉亞洲腦門上不禁冒起汗來。

柳擎宇掃了眼劉亞洲的表情，更加確定劉亞洲的立場有問題。

雖然柳擎宇對官員們是否站隊並不在意，但是**對於官員是否能夠公平公正的去辦事卻非常在意**，眼前劉亞洲的表現很顯然是擔心他自己會站錯隊，或者擔心得罪對方背後勢力的人，所以才如此猶豫的。

柳擎宇不再說話，而是默默的等待著。劉亞洲越是不想說話，他越是要讓他說話。

劉亞洲略微猶豫了一下，最終還是決定先保住自己的位置，便順著柳擎宇的意思說道：「柳書記，我剛才看了一下這裡的宿舍環境，真的是太差，太不人道了，簡直是太過分了。我認為李曲德同志負有不可推卸的責任。」

劉亞洲雖然順著柳擎宇的意思去說，但還是給自己留了一些退路，並沒有過分指責李曲德，而是用了一個模棱兩可的領導責任來應付柳擎宇。

柳擎宇聽完，點點頭說道：「嗯，劉同志說的有一部分道理，李同志，我想問問你，你們這個訓導中心成立多長時間了？」

李曲德連忙說道：「成立有一年多的時間了。」

「哦，這樣啊，那你們今年的財政撥款是多少？」

「六百萬左右。」李曲德不敢隱瞞，快速的回道。

「好，既然是這樣，那你跟我去我們市紀委坐一坐吧，我請你喝杯茶。」說完，柳擎宇又轉頭看向劉亞洲說道：「劉同志，你上樓去把訓導中心財務部門所有的工作人員以及帳冊都帶下來。我想這個任務你應該可以完成吧？」

劉亞洲連忙說道：「可以可以，我保證完成任務。」說完，連忙火急火燎的向著前面的辦公樓跑去。

等劉亞洲離開後，李曲德的腿開始發抖。因為他早就聽過柳擎宇的大名，這傢伙以鐵腕手段雷霆搞定姚翠花一案，引起了極大的轟動，他想沒聽說過都不可能。

正是因為聽過柳擎宇，所以他此刻真的害怕了，顯然柳擎宇要把他帶到市紀委去，絕對不只是喝茶那麼簡單。

李曲德聲音顫抖著說道：「柳書記，我……我能不能不跟你去啊，我還有很多工作要忙。」

柳擎宇笑道：「可以啊，那我讓巡視小組的組長姚劍鋒同志親自帶人過來找你喝茶？你看這樣怎麼樣？」

柳擎宇這麼說，李曲德心中更加害怕了，姚劍鋒雖然平時不哼不哈的，但是久在東江市官場上混，他自然非常瞭解姚劍鋒這個紀委的強人，此人雖然很少出手，但是只要他出手，就沒有他擺不平的官員，被雙規的機率達到了百分之九十九，柳擎宇要他來和自己談話，那自己想要不被雙規也難。

反觀，如果是柳擎宇和自己談話的話，以自己的閱歷，對付柳擎宇這樣一個從沒有幹過紀委工作的年輕人，應該是綽綽有餘的。

想到這裡，李曲德只能苦笑著說道：「那我還是跟著您一起去市紀委吧。」

柳擎宇沒有多說什麼，對李曲德的心裡想法，他早就捉摸得差不多了。

只用了不到十分鐘，劉亞洲便帶著七八名訓導中心的工作人員和兩名財務部的人員走了下來。把所有帳冊都裝入到後車箱後，四人一起上了車，趕往市紀委。

就在劉亞洲上樓的時候，他趕緊給嚴衛東通風報信，把柳擎宇的安排向嚴衛東打了小報告。

嚴衛東一聽，頓時氣得狠狠一拍桌子，有些自責又有些憤怒的說道：

「柳擎宇，你也太不像話了，我不過是隨口提了句把那些上訪的群眾關到訓導中心去的話罷了，你竟然就帶著劉亞洲抄了訓導中心的老窩，你這不是故意在打我的臉嗎？真是豈有此理！」

嚴衛東略微思索了一下，最終放棄了給柳擎宇打電話怒斥他一頓的想法，而是趕忙把這件事告訴孫玉龍。

孫玉龍聽到後，不怒反笑地說：「柳擎宇做得很好啊，那個訓導中心好像是唐紹剛那邊的人吧？你向他彙報一下就成了。讓他看著辦吧。」

嚴衛東立刻向唐紹剛做了彙報。

唐紹剛本來正在辦公室會見下屬呢，聽到嚴衛東的彙報，立時變臉，把那個下屬嚇了一跳。

唐紹剛掛斷電話，和下屬聊了幾句，便把他給打發走了，隨即便陷入了沉思之中，心中暗道：「這個柳擎宇到底是怎麼回事？前段時間瘋狂的和孫玉龍以及他在市委的鐵桿嫡系嚴衛東較勁，今天又把主意打到我的頭上來了，難道他不知道李曲德是我手下的人嗎？**這小子到底安的什麼心？難道他想要同時與孫玉龍和我開戰不成？**這傢伙也太囂張了吧？」

不過這個想法只是一閃而逝，唐紹剛隨即又想道：

「不應該啊，我研究過柳擎宇最近的幾件大事，這小子一向善於合縱連橫，如果他要想對付孫玉龍的話，肯定早晚會找上自己的，甚至是求到自己的頭上。但是現在卻出手得罪自己，他難道不擔心自己和孫玉龍聯合起來對付他嗎？」

與此同時，柳擎宇帶著劉亞洲、李曲德來到了市紀委。

回到自己的辦公室後，柳擎宇讓劉亞洲把李曲德請到一間小會議室內，連手機都沒有沒收，又給他送了杯茶，柳擎宇的這種舉動讓李曲德感到十分納悶。

不過他左右看了看，也沒有覺得有什麼不對勁的地方，略微猶豫了一下，便拿出手機撥通了唐紹剛的電話，聲音有些焦慮的把自己被柳擎宇帶到市紀委的事告訴了唐紹剛。

唐紹剛聽了眉頭一皺：「老李，你的意思是說柳擎宇只是把你放在會議室便不管了？還給你送了杯茶？」

李曲德點點頭說道：「是啊，唐市長，我也想不明白這到底是怎麼回事啊？如果柳擎宇要對付我的話，按理說應該把我的手機也給收走啊，但是他卻偏偏沒有收走！但是他又讓劉亞洲把我們訓導中心的帳簿都給帶了過來，您說**柳擎宇這葫蘆裡到底賣的是什麼藥呢？」**

唐紹剛一聽，立時就是一愣，因為柳擎宇的這一連串動作實在是太詭異了，這絕對不是柳擎宇疏忽所致，否則柳擎宇不可能在那麼短的時間內就把姚翠花的冤案給搞定了。

柳擎宇這樣做肯定是大有深意的，只是他這樣到底有什麼深意呢？

一時間，唐紹剛陷入深深的迷惘之中。

過了差不多十分鐘左右，唐紹剛的手機響了起來。

唐紹剛拿出手機一看，竟然是柳擎宇打來的，唐紹剛頓時心頭一動，**難道柳擎宇動李曲德竟然和我有關？柳擎宇給自己打電話是想要表達什麼意思呢？如果是想要和自己聯合，他就不應該也不敢動李曲德；如果他不想動李曲德，為什麼要這麼大張旗鼓的去做呢？**

柳擎宇啊柳擎宇，你小子到底在耍什麼花招？

唐紹剛一邊思考著，一邊接通了柳擎宇的電話。

「唐市長您好，我是柳擎宇。」柳擎宇的聲音從電話那頭傳了出來。

「柳擎宇同志，有事嗎？」

「唐市長，是這樣的，我這邊有件事得向您彙報一下。」柳擎宇沉聲道。

「什麼事啊？」

「唐市長，是這樣的，今天早晨，不是有一批黑煤鎮的村民到我們市紀委門前來鬧事嗎？這件事是嚴衛東同志親自過來向我進行彙報的，他還建議我把這些老百姓全都關到市政府旗下的訓導中心去。

「我以前還真沒有聽說過訓導中心這個稱呼，聽了嚴同志的提醒後，我特地去瞭解了一下情況，這才知道這個訓導中心的真正功能是什麼，並且發現了許多問題。

「我認為這個訓導中心根本就不應該存在啊，所以呢，我有兩個建議，一是立刻取締這個訓導中心，同時將李曲德同志就地免職。」

唐紹剛再次一愣。柳擎宇竟然對自己如此剖心掏肺。尤其是當他聽到訓導中心這件事竟然是嚴衛東告訴柳擎宇的之後，唐紹剛心中便開始狐疑起來。

因為在他看來，柳擎宇到東江市才這麼短的時間，根本不可能知道訓導中心的存在，畢竟這個訓導中心的設置是屬於東江市的地方行為，是黑煤鎮和其他幾個上訪大鎮的有關人員低調成立的，除了信訪的人和紀委的一些老人外，一般人根本不可能知道。現在謎底揭曉，原來是嚴衛東告訴柳擎宇的，這種情況下，以柳擎宇的個性，他要是不去調查那才奇怪呢。

不過問題也出來了，既然嚴衛東知道柳擎宇的個性是什麼樣子，**為什麼還要提醒柳擎宇有訓導中心的存在呢？這不明擺著是把柳擎宇往訓導中心引嘛?!**

嚴衛東有這麼大的膽子嗎？難道他不知道訓導中心在市政府這邊的分量嗎？會不會**是孫玉龍在背後指使嚴衛東的呢？如果不是這樣的話，孫玉龍為什麼要這樣做？**

唐紹剛越想，眉頭皺得更緊，因為他想到了唯一的理由，那就是很有可能是孫玉龍想要在對付柳擎宇的這件事情上把自己拖下水，甚至想要把自己當槍使，這樣一來，他就可以輕鬆和從容許多，甚至是坐山觀虎鬥了。

想到這裡，唐紹剛心中的疑惑豁然開朗，同時也對孫玉龍充滿了不滿。嚴衛東的行為根本是典型的孫玉龍風格，他相信在這一點上，柳擎宇絕對不會撒謊。柳擎宇把這件事透露給自己，那就說明柳擎宇看穿了孫玉龍的圖謀；而柳擎宇之所以提出要撤掉訓導中心，同時對李曲德就地免職，也是為了告訴自己他的態度：那就是不管是對誰，只要涉及到職責的東西，他都堅決不會讓步，但是，他也不願意成為別人的靶子。

把問題分析到這個層次，唐紹剛心中不由得一凜。柳擎宇雖然人年輕，甚至充滿了稜角，但是考慮問題的時候，卻並非不懂得變通，這樣的年輕人在官場上少之又少。畢竟，以現在官場上剛剛進入的年輕人，要麼就是低調做人，低調做事；要麼就是唯唯諾諾，兢兢業業；要麼就是狂妄自大，不可一世，最終處處碰壁，而柳擎宇進官場一兩年就能有這種素質，的確不簡單。

最重要的是，柳擎宇人雖年輕，級別卻不低，可是東江市的紀委書記、市委常委啊。

不過對於柳擎宇提議要撤掉訓導中心，唐紹剛卻非常不滿，他眼珠轉了轉道：

「柳同志，我認為如果是李曲德個人有問題，可以把他就地免職，但是訓導中心的裁撤問題，我看就沒有必要了吧？你剛剛到我們東江市可能不知道，由於我們東江市歷來是上訪大市，上級領導對我們頗有微詞，訓導中心成立後，這種狀況便好了很多，如果真的裁撤的話，我估計我們東江市立刻會成為遼源市數一數二的上訪大市了，到時候整個市委班子都要承受遼源市市委領導們的怒火，這不管對你對我來說都是十分不利的。希望柳同志你要三思而行啊。」

柳擎宇不為所動的說道：「唐市長，我非常理解您的想法，但是我認為，這個訓導中心必須要裁撤！原因有三，第一，它的成立本身就是非法的，它的作用等於是變相的看守所，而國家早已下達指示全面裁撤看守所了，我們東江市這樣做，是與國家的大政方針相違背的。

「第二，我不知道您去訓導中心視察過沒有，那裡的環境實在是太不人性化了，讓被訓導的人拉屎撒尿吃飯睡覺都在那麼一個整天看不到一絲陽光的地方，那種環境是人能夠待的地方嗎？恐怕監獄都比那裡的環境好啊！」

說到這，柳擎宇的聲音突然提高了起來：

「唐市長，我想反問您一句，那些被訓導的人到底是不是犯人？如果是犯人，那就應該把他們送到監獄裡去；如果他們不是犯人，憑什麼把他們關在那樣一個惡劣的環境中？那是在訓導嗎？那簡直是在變相的折磨人，是在非法囚禁！」

柳擎宇的聲音略微平靜了一下，又接著說道：

「唐市長，我想你應該親自去現場視察一下，沒有調查就沒有發言權，你親自看了以後，我相信你會做出最正確的決定的。我提議裁撤訓導中心的第三個原因，是認為我們當權者應該管理好整個城市才能贏得民心！

「當然，我知道我這個紀委書記來談論這個問題，手伸得有些長了，而且我也不敢對您的風格指手畫腳。我只問唐市長三個問題，第一，您認為這樣的訓導中心真的能夠從根源上徹底解決老百姓們上訪的問題嗎？他們為什麼要去上訪？那是因為他們賴以生存的環境、財產、利益受到了侵犯，他們已經快要沒有活路了，他們上訪是為了有人能夠站出來為他們主持公道，讓他們賴以生存的條件不要被侵犯得太過分了。

「唐市長，也許牢籠一般的訓導中心能夠關得住老百姓的人，但是您認為能夠關得住他們的心嗎？如果老百姓回去之後，發現他們還是無法生存，您認為他們是不是還會繼續走上上訪的老路去呢？

「第二個問題，我們到底應該如何解決這些老百姓的問題？是堵住老百姓們上訪的途徑，堵住老百姓們得以伸張正義的途徑，還是應該主動出擊，積極主動的去為老百姓解決他們所關心的實際問題和矛盾衝突，化解老百姓心中的種種不滿，切實的保證老百姓的合法利益？

「唐市長，我提一個不應該說的建議，我認為，在眼前各種社會矛盾如此激烈的情況下，我們東江市應該積極主動的出擊，**努力去疏通老百姓內心的怒火，就像大禹治水一般，要以疏導為主**，而不是硬生生的堵死，那樣只會越堵老百姓的怨氣越大，不穩定因素也就越強烈。唐市長，**水能載舟，亦能覆舟啊！**」

說完，柳擎宇便沉默了下來。

電話那頭，唐紹剛一邊聽柳擎宇的話，臉色刷刷刷的也變了好幾次顏色。

柳擎宇這番話雖然說得很尖銳，卻十分深刻，一針見血的指出了東江市目前窘迫的現狀。那就是由於東江市各種腐敗、惡勢力橫行，以至於老百姓的權益受到了損害，這才產生了訓導中心這樣一個很隱蔽的單位，用於對那些經常找領導們麻煩的老百姓們進行震懾。

唐紹剛也很清楚，訓導中心的成立只能治標一時，卻不能治本。從柳擎宇的話中，唐紹剛聽出柳擎宇似乎有辦法可以搞定這個關鍵的問題。

唐紹剛決定不恥下問，說道：「柳同志，那你認為，我們東江市應該如何做才能真正的緩解各種矛盾、解決老百姓們上訪的問題呢？」

柳擎宇沉吟了一下，說道：「唐市長，您是想要聽真話還是想要聽假話？」

唐紹剛見柳擎宇拋出這個問題，曉得柳擎宇接下來的話很可能十分尖銳，所以才會有如此一問。

身為一名市長，唐紹剛雖然平時跟孫玉龍鬥來鬥去的，但是他還是希望能夠真正去做些事情，所以他沒有絲毫猶豫地說道：「柳同志，有什麼想法你就直接說吧，我希望能夠從你這裡得到一些有效的建議。」

「好，既然唐市長你讓我說，那我就說了。我認為，要想真正的解決老百姓的問題，首先必須要立刻裁撤訓導中心，**把我們執政者先置於沒有退路的位置上**，只有這樣，才能狠下心來去想辦法。否則，如果只是為了保住自己的烏紗帽，時刻都想著給自己留一條退路，那麼訓導中心的確是一個不錯的選擇，但是這種選擇本身就帶有違法的性質，一旦曝光，後果也是十分嚴重的。」

柳擎宇頓了頓，等待唐紹剛的回應。

唐紹剛思索著，下定決心說道：「好，我答應你的要求，立刻裁撤訓導中心，把李曲德就地免職。」

柳擎宇滿意地接著說道：

「好，那我繼續說說我的看法。我認為，要想真正讓老百姓不去或者減少上訪，必須要把這件事與冤案聯繫到一起，因為老百姓會去上訪，往往都是和冤假錯案密不可分。而要減少冤假錯案，首先就要把矛頭對準那些和製造冤假錯案有關聯的官員。

「要真正的震懾住這些官員，關鍵就是要建立健全的冤假錯案責任追究制，讓那些有機會製造冤假錯案的官員們意識到一件事：那就是製造冤假錯案的成本是非常昂貴的，也就是說，無論案件過去多久時間，一旦被確定和證實是一起冤假錯案，就要按照相關的規定，凡是涉及案件的官員**不論級別高低、職務大小，都要承擔相應的責任**，該追究的追究，絕不姑息。」

唐紹剛認同地說道：「嗯，你說的很有道理，不過這不是我一個人能夠做主的，需要在市委常委會上提出來。不過，你有沒有什麼想法能夠防範冤假錯案呢？」

柳擎宇點點頭道：「嗯，這倒是有幾個，我就簡單說一下吧。

「第一，要讓辦案的法官和相關流程中的各路官員清楚意識到一點，那就是一旦出現冤假錯案，他們所要承擔的後果十分嚴重，一定要**堅決追責**。由於冤假錯案往往是奉命行事，或者是工作馬虎失職的結果，所以要讓他們意識到如果守護者變成了加害者，其職業恥辱感是一輩子都洗刷不掉的。

「第二，要**依靠法制**防範冤假錯案。現在的法制規定應當說很完善了，關鍵看我們敢不敢拿起法制武器，敢不敢堅持原則。這不僅僅是個職業素養問題，也是政治品德問題。

「第三，充分**借助科技的力量**防範冤假錯案。現在光學技術、生物技術、電子技術、納米技術、基因技術都已得到普遍應用。在司法和公安領域，更是應該加快高科技裝備的更新換代。

「第四，**調動社會各界的力量**，共同攜手為守住司法底線創造理性的環境。及時把真相告訴老百姓，加強輿論和媒體的監督，這也是防範冤假錯案的有效舉措。

「第五，我們各級市委、市政府的領導們要**高度重視老百姓的聲音**，要主動為老百姓提供一個可以申訴的管道，最好是重要領導每隔一段時間，親自聽一聽老百姓上訪反映的問題，盡可能的為老百姓解決這些問題。只有做到這些，才能盡可能的消除冤假錯案，維護老百姓的根本利益。」

對柳擎宇的想法，唐紹剛震驚了！柳擎宇竟然能夠說出這麼多的關鍵點出來，而且幾乎所提到的每一點都直指問題的本質。

其實，對柳擎宇所說的，他早有同感，畢竟他也在官場上縱橫馳騁了這麼多年，很多事早就看透了，而他之所以對柳擎宇提出這樣的問題，目的就是想要測試一下柳擎宇的能力和見識如何，因為**一個人的能力大小、能夠在官場上走多遠，完全在於他的見識和眼光，在於他的應變能力**。

他算是明白為什麼省裡會決定把柳擎宇這樣一個年輕的正處級幹部派到東江市來了。同時他也意識到，省裡恐怕真的是下決心要拿東江市來開刀了。

這個時候，**自己應該何去何從呢？**

就在他沉默不語時，柳擎宇又道：「唐市長，我剛才是在您面前班門弄斧了，還請您不要見笑。同時，我想送您一段話，這段話也是一個長輩送給我的，我很喜歡，希望能和您共勉。

「**諸事放下，一切皆勝；**放不下，自然掙不脫。**一個人能釋懷，才能釋然**，能在內心修籬種菊，自不必避車馬喧囂。走千里萬里，逃不出自我的喧囂，就逃不開塵世的喧鬧；也就是說，當我們安靜下來，這個塵世也就安靜下來了。

「唐市長，就這樣，您先忙，我就不打擾您了。」

說完，柳擎宇掛斷了電話。

電話那頭，唐紹剛卻陷入空前的深思之中。

柳擎宇的話對他很是震撼。表面上看，這段話十分不起眼，但是柳擎宇卻動用了「一個長輩」這樣的字眼，再考慮到他聽到的柳擎宇和省紀委書記韓如超之間的關係，他心中對柳擎宇便多了幾分忌憚。

如果柳擎宇所說的這番話是韓如超送給他的，那說明柳擎宇和韓儒超之間的關係絕對不是像傳說中的那樣簡單。

要知道，能夠把關係說成是長輩，那可不是普通人所理解的嫡系人馬而已了，而是更深一層的關係，**如果柳擎宇真的有韓儒超這樣超級強勢的關係，那麼柳擎宇這次很有可能真的在東江市搞風搞雨啊，自己應該怎麼辦？**

他此刻真的很想給柳擎宇打個電話，問問柳擎宇所說的這個長輩到底是誰，但是卻心知自己絕對不能這樣做。

糾結！非常的糾結。

然而，電話那頭，柳擎宇卻開心的笑了。

他最後這段話其實並不是什麼長輩告訴他的，而是他從網上偶然間看到的，他感覺很有哲理，便用心記了下來。

他之所以要告訴唐紹剛這段話，目的非常簡單，就是用這些話來擾亂唐紹剛的判斷。因為柳擎宇很清楚，唐紹剛在東江市的實力雖然不能和孫玉龍相提並論，但也不是自己可以比擬的，東江市在那麼長時間之所以會成為一個連省委都頭疼的地方，其中一個原因就是孫玉龍和唐紹剛之間合作得十分默契。

柳擎宇知道以自己的實力很難能真正離間孫玉龍和唐紹剛間的關係，但是，他必須想辦法為自己爭取更多的時間來完成省委交給自己的任務。

以孫玉龍和東江市巨大的腐敗集團的性格，是絕對不會容忍自己在東江市大幹一場的，肯定會想盡辦法給自己製造障礙，在這個時候，如果唐紹剛也加入進來，那麼對自己來說會更加難以抗衡。

所以，他必須要想辦法讓唐紹剛對自己多幾分忌憚，使他不敢輕易和孫玉龍合作。

而實行緩兵之計最好的辦法就是震懾！

第三章

重用與利用

他看得出來溫友山是在表達他投靠自己的決心，對於這樣的人他並不排斥，畢竟自己很需要這樣的人來幫助自己去完成一些關鍵性的任務。溫友山這樣的人可以用來重用，但是需要考驗；而劉亞洲那樣的人卻只能進行利用。

柳擎宇給唐紹剛打完電話後便開始忙碌起來。

他要好好的計畫一下自己這次前往黑煤鎮視察的每一個細節，以及每一個布局的成功與失敗可能帶來的反應以及後續應對的手段。

下午，市紀委辦公室副主任溫友山敲門走進了柳擎宇的辦公室：

「柳書記，您看您已經到任有一段時間了，但是秘書卻一直沒有確定，在人選上您有什麼指示沒有？是我為您提供一份參考名單，還是您自己來挑選？」

柳擎宇笑道：「溫同志，你來得正好，我正想跟你談這件事呢。秘書人選我已經確定了，我準備把蒼山市景林縣城管局的龍翔同志調過來，我已經溝通好了，他今天下午就會過來，你幫他把相關的調動手續辦理一下，辦理好手續後，他大概要半個月後才會正式報到。」

聽柳擎宇決定好人選，溫友山的心頭鬆了口氣，同時心中也是一動，這個人是從蒼山市調來的，那麼肯定是柳擎宇的親信，但是為什麼柳擎宇卻說對方辦理好手續後還要半個月才會來報到呢？這可是有些不合常理啊？

不過溫友山也只是這麼一想，並沒有深究。

當天下午，龍翔便過來辦理好入職手續，隨後又回蒼山市去了。

溫友山親自安排車子把龍翔送到車站去搭車，也親自看著龍翔上了車。他之所以這樣，主要是想要和龍翔打好關係，因為龍翔過來後，在級別上和自己是平級的。

第二天，溫友山按照柳擎宇的吩咐，把遼源市以及白雲省的諸多報紙都給他拿了過來，柳擎宇翻閱了每一份報紙後，臉色便沉了下來。

因為昨天發生在市紀委門前的老百姓鬧事的事，並沒有刊登在任何一家報章媒體上，至於網路媒體，柳擎宇早就流覽過了，也沒有看到一家網站報導此事，哪怕是私人論壇都不曾出現過。

放下報紙，柳擎宇的臉色越發難看。

他知道這是一種極其不正常的現象。昨天發生的事是如此具有新聞價值，任何一個有點正義感的記者都不可能不進行報導，但是，整個白雲省的媒體竟然沒有一家報的，就連外省駐遼源市的記者也沒有絲毫提及此事。

這實在是太詭異了，正說明在事情的幕後，絕對有一隻巨大的黑手、一個龐大的網路在運作，否則不可能全城沉默，寂靜無聲。

柳擎宇目光落在溫友山的臉上，說道：「溫同志，今天的報紙你都看了嗎？」

溫友山點點頭道：「看了，柳書記，您是想問為什麼昨天發生在市紀委門前的事沒有曝光吧？」

「你知道什麼內幕嗎？」

溫友山苦笑道：「柳書記，您剛到東江市，有些情況還不太清楚，像今天發生在您眼前的這件事，在過去也曾經多次發生，甚至還發生過死傷十數個人的嚴重事件，但是只要是東江市發生的事情，大部分都被媒體掩蓋掉了。」

「被媒體掩蓋掉？媒體難道會主動不報導這些事情嗎？」柳擎宇驚道。

「那倒不是，出了事，記者們肯定會趕到的，是否會報導也得看事件的定性如何，凡是和煤礦有關的事，或是和黑煤鎮有關的事，大部分的記者都不敢報導的，再加上遼源市有一家專門負責媒體公關的公司，這家公司好像是由黑煤鎮的一些煤老闆控股，這家公司買了很多家媒體的廣告版面，和各媒體間關係十分密切。您想想，如果是這家公司不希望看到的新聞，這些媒體還會報導嗎？

「真要報導的話，恐怕會得罪財神爺啊！更何況，這家公司是一家集廣告、公關於一體的公司，具有極強的公關能力，這些年來，他們早就有一套十分成熟的操作模式了。

「而且我聽說有兩個從外省來的駐站記者，想把昨天的事發到他們的官網上，結果昨天晚上兩人都被砍斷手腳，送進了醫院，他們發到官網上的新聞也很快被撤了下來。事後，兩人背後的媒體也十分罕見的保持了沉默。」

柳擎宇聽了不由得眉頭一皺，一種挫敗感油然而生。他萬萬想不到竟然會發生這樣的事。雖然他早想到了東江市的腐敗勢力十分強大，卻沒有想到對方竟然強大到如此地步，這簡直是有些逆天啊。

不過，越是如此，潛藏在柳擎宇心中的那股傲氣越是徹底爆發出來，此刻柳擎宇更加堅定一定要將這個龐大的腐敗網路連根挖起的決心。

「好，這件事我知道了，你先回去吧。」

等溫友山回去後，柳擎宇立刻打電話把劉亞洲喊了過來：

「劉同志，上次在訓導中心你的表現非常好，我很滿意。這是我從朋友那裡得來的一盒茶葉，你嘗嘗。」

劉亞洲看到精緻的茶葉盒，心中頓時一陣暖意，沒想到自己在訓導中心的表現能贏得柳擎宇的信任，心中微微有些興奮，讓他覺得自己很有可能會成為辦公室主任的重要參考人選。

劉亞洲興奮的接過柳擎宇遞給他的茶葉盒，滿臉含笑說道：「太感謝您了柳書記，大紅袍是我的最愛。」

柳擎宇笑道：「劉同志，這茶葉可不是讓你白拿的，現在交給你一項任務，你立刻通知所有紀委常委到會議室召開紀委常委會議，討論有關黑煤鎮老百姓所提交的那些控訴文件，商量組建調研小組下去進行調查。」

劉亞洲點點頭：「好，我馬上通知。」

劉亞洲回到辦公室，又立即把這件事向嚴衛東進行了彙報。

嚴衛東接到劉亞洲的彙報後，也即時把自己得到的情報向孫玉龍報告了，孫玉龍對嚴衛東吩咐了幾句之後，很快便掛斷電話，嚴衛東則一臉嚴肅的向會議室走去。

嚴衛東來到會議室時，其他紀委常委們都到齊了，柳擎宇也已經到了。

見嚴衛東進來，柳擎宇便朗聲道：

「好，大家都到齊了，現在開會。在開會前，我先把昨天老百姓交給我的資料影本發給大家看一下。等看完，我們再商量下一步的行動方案。」

說完，柳擎宇大手一揮，劉亞洲立刻把準備好的資料一一發給下面的各位紀委常委們。

二十分鐘後，等眾人都大致看完一遍之後，柳擎宇說道：

「各位同志，相信大家都看完這些資料了，現在有什麼感覺？」

姚劍鋒立刻一拍桌子大聲說道：

「柳書記，如果這些老百姓所提供的資料都是真的，那黑煤鎮實在是太黑暗了，黑煤鎮的某些幹部和煤老闆竟然如此囂張，狂妄，置老百姓的生命財產安全於不顧，只知道謀取利益。這些人已經完全沒有任何的底限，我們紀委必須要深度介入，展開深入調查，將那些肆意侵犯老百姓利益的貪官污吏徹底掃除。」

姚劍鋒毫不顧慮的將自己站在柳擎宇這一邊的態度表現了出來，然而其他常委卻有諸多顧慮，都保持沉默。

這時，就見嚴衛東朝紀委副書記趙月波使了個眼色。可是趙月波卻低下頭去，假裝沒看到。

趙月波是唐紹剛的人，現在唐紹剛並沒有對柳擎宇表現很大的敵意，所以自己也不能輕啟戰端，不然就是給唐紹剛找麻煩了。而領導麻煩，自己也就麻煩了。

嚴衛東見趙月波視若無睹，只能自己站出來了。

「我不認同姚同志的意見，這些資料雖然看著很嚴重，但是真實的情況到底如何我們並不能確定，畢竟我們紀委見過太多這樣的內容，每個人都把自己的境遇說得十分淒慘，說自己有多冤枉，實際上卻是故意那樣說，甚至是偽造的，因為他們想要博得別人的同情，想要用一種弱勢的姿態來贏得他們想要的東西。」

「那麼嚴同志，你認為針對這些資料我們應該怎麼做？」柳擎宇問道。

嚴衛東回道：「我看將這些資料直接打回黑煤鎮，讓黑煤鎮的鎮委班子好好的把這些事情調查一下，給這些老百姓一個交代，這樣就可以了。而且，以往我們東江市也都是這樣做的，我認為我們應該繼續延續以前的模式，這也被證明是行之有效的處理方式。」

紀委常委葉建群這時發言道：

「嚴書記的說法我部分認同，嚴書記說得不錯，這些資料的真實性的確有待確定，但是，我認為，正是因為這些資料的真實與否還存在著疑問，我們紀委應該派出調查小組去調查一下，如果證明是真的，我們一定要給予嚴肅的處理，如果證明資料是假造的，也可以為黑煤鎮的同志們洗雪冤情，給大眾一個交代。」

葉建群說完，嚴衛東的心頭就是一顫，柳擎宇到紀委才不過兩個月，竟然就拉到了兩個紀委常委的支持！

柳擎宇點點頭道：「嗯，葉同志的意見非常好，我今天喊大家過來也就是想要和大家討論一下。我有個建議，大家來表決一下吧。我的建議是東江市派出兩個調查小組下去，每個小組三個人，針對這八名老百姓所反映的問題同步展開調查。大家看應該派出什麼級別的調查員呢？」

柳擎宇看向嚴衛東，目光十分堅定。

嚴衛東一看，便知道今天要想阻止柳擎宇派出調查員基本上不太可能了。所以，嚴衛東眼珠一轉，計上心頭，立刻說道：

「柳書記，我認為要是派人的話，檔次不能太低，畢竟黑煤鎮的于書記也是市委常委，檔次低了，恐怕不好行事，所以我認為第一組的組長人選可以讓鄭博方來擔任，上一次的姚翠花事件，我相信他的表現柳書記應該也看在眼中了。

「至於第二個小組的人選，我建議由毛立強同志來擔任，他的辦案經驗十分豐富，可堪當大任。」

毛立強在紀委中很是低調，大部分時間很少說話和發言，但實際上，他是市委副書記耿立生的人，而耿立牛又是孫玉龍這條線上的。

嚴衛東之所以提議這兩個人，是因為他認為柳擎宇如果同意了兩人中的任何一個，就相當於自己在調查小組安插了親信，黑煤鎮那邊有什麼風吹草動他都會知道。

如果柳擎宇拒絕，那將會加強兩人對柳擎宇的排斥度，讓他們更加向自己靠攏，尤其是鄭博方，便不時向自己報告各種訊息，向自己靠攏的意圖越來越明顯。至於耿立生，私下裡就是自己這邊的盟友，只不過平時沒有表現出來罷了。

柳擎宇聽了嚴衛東的話，臉上露出凝重之色，目光在鄭博方和毛立強兩人的臉上猶疑了半天，最後才露出一副下定決心的樣子說道：

「好，那就照嚴同志的意思辦吧。從現在開始，兩個調查者就可以展開行動了，我明天也會親自前往黑煤鎮前去調研，我要看一看，黑煤鎮到底是什麼樣子，為什麼總是出現各種各樣的上訪戶呢？為什麼黑煤鎮老百姓的利益總是受到損害?!」

說完，柳擎宇一拍桌子：「好了，散會！」便邁開大步向外走去，離開時，臉上似乎還帶著一絲的憤怒。

看到柳擎宇似乎吃癟的表情，嚴衛東心中那叫一個爽啊。

柳擎宇之所以會如此吃癟，就是被自己擠兌的。他根本無法擺脫自己設置的陷阱，只能打掉牙齒往肚子裡咽，能高興才怪呢！

嚴衛東一路背著手邁著四方步，得意洋洋的回到辦公室，柳擎宇則像落跑的老虎，看似狼狽的回到他的辦公室。

然而，等坐在辦公椅上後，柳擎宇的臉立即變成另外一副表情，他笑了，笑得十分得意：「嚴衛東啊嚴衛東，恐怕你現在心中正在偷笑吧？那你就好好的笑吧，有你哭的那一天！」

柳擎宇一直忙到晚上八點左右這才起身，步行走出市紀委大院，向市委招待所走去。由於市委招待所距離市紀委並不遠，所以柳擎宇上下班一般都是步行。這樣又可以鍛煉身體，又可以沿途看些風土人情，瞭解東江市的一些細節問題。

天色暗了下來，整個東江市早已是萬家燈火闌珊。

街道兩側是明亮的路燈，柳擎宇徐徐的走在人行道上，邊走邊看著沿途的風景。

然而，就在這個時候，一輛桑塔納突然從柳擎宇身後的馬路上駛上人行道，向柳擎宇瘋狂的撞了過來。

柳擎宇的注意力雖然放在沿途的風景上，但是他是個久經沙場之人，在那一瞬間，一種第六感讓他探知有危險從身後襲來，尤其是當他聽到轟隆隆的汽車引擎聲，立刻意識到不好，猛的向人行道上的臺階跳了上去，然後迅速爬上路邊一棵梧桐樹上。

那輛桑塔納見沒有得逞，在臺階處停了下來，緩緩搖下車窗，一把銀光閃爍的砍刀從窗內伸了出來，隨即一個用帽子遮住大半個腦袋、戴著墨鏡的彪形大漢用砍刀指了指柳擎宇，惡狠狠的說道：

「柳擎宇，我們老大讓我警告你一聲，你要想在東江市平平安安的做官，最好不要插手黑煤鎮的事，否則必定會讓你死無葬身之地！今天只是對你的小小警告，如果你要是再敢插手的話，以後你必定會被撞死的！」

說完，汽車油門一踩，消失在茫茫夜色之中。那輛桑塔納上沒有掛牌照，顯然是贓車。

柳擎宇從樹上跳了下來，望著汽車消失的方向，眼中露出寒光。**東江市的腐敗勢力已經到了如此地步了嗎？對方竟然採取如此極端的手段示警，這簡直是無法無天啊！**自己可是東江市的紀委書記、市委常委，卻膽大包天的威脅自己，這得多大的背景?!這根本是將國法置之度外啊！

一路走著，柳擎宇的心情越發顯得沉重，看來東江市的局勢比自己想像的還要嚴峻許多。

他拿出手機撥通了市政法委書記兼市公安局局長陳志宏的電話：「陳書記，向你反映一件事，是這樣的，剛才我走在路上，差點被人給撞死，對方威脅我，說如果我要是再敢插手黑煤鎮的事，就會讓我死無葬身之地，陳書記，東江市的治安似乎很有問題啊，這些人到底是誰派來的啊，也太囂張了吧？希望你們市公安局能夠儘快破案啊。」

說完，柳擎宇便直接掛斷了電話。

電話那頭，陳志宏臉上氣得一陣紅一陣白的，想要發火卻發不出來。

他用腳趾頭也能夠猜到是誰幹這件事情的，但是他氣的是柳擎宇的態度，這柳擎宇竟然用這種語氣和自己說話。哼！陳志宏心說：想讓老子破案，等老子心情好了再說吧，直接無視柳擎宇的報案了。

柳擎宇帶著怒火回到市委招待所內，打開電視，躺在床上，眼睛盯著電視，大腦卻陷入一波波的思索中。

這個帶刀要撞我的人是誰派來的呢？他為什麼要這樣做？他們下一步會採取什麼手段來對付我呢？我該如何應對？

突然，電視一下子暗了下去，房間的燈光也熄滅了，整個房間內一片漆黑。

柳擎宇站起身來試了試燈的開關和其他電器設備的開關，竟然全都沒有反應。難道是停電了？市委招待所會停電？這也太巧了吧？

想到這裡，柳擎宇走出房間，到走廊裡一看，走廊的燈是亮著的，其他房間也有電視聲音傳出來，顯然只有自己的房間沒電。

柳擎宇走到樓層服務員的房間敲了敲房門，一個女服務員打開房門，滿臉含笑地說道：「先生，請問有什麼需要幫忙的嗎？」

「我的房間突然沒電了，你們派人修一下吧。」

「先生您稍等，我馬上給物業部打電話。」服務員的態度非常好，讓柳擎宇挑不出絲毫的毛病。

然而，柳擎宇在房間內等了足足有半個多小時，房間內依然沒有電，柳擎宇再次來到服務員的房間敲響了房門。依然是那個滿臉帶笑的服務員，依然是十分溫柔的聲音：

「先生您稍等，我再給您確認一下。」

服務員查詢了一下，說道：「先生對不起啊，您房間的線路可能出現問題，維修人員正在排查當中，真是對不起啊，這是我們的工作做得不到位。」

人家都這樣說了，柳擎宇只能回房間內繼續等待。

又等了差不多有一個小時，到了柳擎宇該睡覺的時間了。按照柳擎宇的習慣，是該洗澡的時候了，但是浴室內一片漆黑，根本沒有辦法洗澡啊。

柳擎宇不是傻瓜，如果是線路有問題的話，一個半小時都過去了，早就該修好了，如果是他自己，恐怕十分鐘就搞定了，但是卻如此久還沒有弄好，很明顯這是有意為之啊。

再聯想到晚上在街上被突襲的事，柳擎宇便知道自己被人給暗算了。對方這是在用另外一種方式來警告自己。

柳擎宇再次來到服務員的房間，此刻，她的臉色也有些尷尬，柳擎宇還沒有開口，她便說道：「真是對不起啊先生，我們物業部現在只有一個新來的維修工在負責維修，他的工作經驗比較少，所以排查問題比較慢。」

柳擎宇擺擺手道：「你不需要跟我解釋了，你給你們市委招待所的總經理打個電話，讓他十分鐘之內出現在我的面前，否則我會讓他直接滾出去！」

說完，便直接向自己的房間走去。

女服務員看著柳擎宇霸氣離去的樣子，臉上充滿了錯愕。

不過她很快就反應過來，立刻跑回房間，撥通了總經理康永年的電話：「康經理，剛才柳擎宇說如果十分鐘之內你不出現在他的面前，他會讓你直接滾出去！」

康永年此刻正在自己的套間內和幾個手下打麻將呢，聽到服務員轉達的話，不由得眉頭一皺，對身邊的物業部經理說道：「你讓人把電給柳擎宇恢復了，我得馬上過去。」

柳擎宇在房間裡正在滿臉陰沉的等待著，房內的燈光瞬間又亮了起來，電視也出現了畫面。

過了一會兒，便聽到腳步聲從門外傳來，隨即響起了嘟嘟嘟的敲門聲。

柳擎宇打開房門，總經理康永年出現在門外，假笑著說道：

「柳書記，真是不好意思啊，我剛聽服務人員說您的房間內竟然停電了，我把物業部長給狠狠罵了一通，他親自過去檢修，終於把問題給排除了，您放心，我保證以後不會出現類似的問題。」

柳擎宇的目光在康永年的臉上冷冷的掃過，說道：

「康總，我對你的任何承諾都不感興趣，我只看結果，我今天喊你來是想要告訴你一聲，我很生氣，僅此而已，你可以走了。」

康永年離開後，柳擎宇嘴角露出一絲充滿殺氣的冷笑，喃喃自語道：「**我無殺人意，手握殺人刀，莫道我善良，出刀必見血！**」

早上，柳擎宇起床後，想要去洗手間洗臉，卻發現洗手間停水了，再看看燈光和電視，竟然又停電了。

柳擎宇立刻找到服務員，讓他和康永年聯繫，服務員聯繫後發現康永年出差去了，短時間內不會回來，服務員仍是公式化的說會立刻聯繫物業部門進行維修。

柳擎宇聽了，乾脆說道：「好吧，既然如此，那我就不在你們招待所住了。」

說完，柳擎宇撥通紀委辦主任溫友山的手機：

「溫同志，麻煩你一會兒上班後帶人到市委招待所來，幫我把房間裡的東西都搬到新源大酒店去，一八〇八號房。」

掛斷電話，便直接去單位上班去了。

當天，由鄭博方和毛立強組成的兩大調查小組已經前往黑煤鎮去展開調查。

然而，就在所有人都認為柳擎宇今天也會動身的時候，柳擎宇卻偏偏一整天都待在市紀委內，批閱著各種檔案。

這讓很多人都感到十分意外，尤其是嚴衛東，柳擎宇可是當著他的面說要去黑煤鎮調研啊。

晚上下班，柳擎宇便直接前往新源大酒店。

剛剛來到大廳，酒店總經理周志林便立即迎了上來：「柳書記，您這邊走，我有事和您報告一下。」

柳擎宇一愣，按理說周志林根本沒有必要向他報告任何事，不過柳擎相信周志林不可能對自己做任何不利的事，便隨著周志林走到旁邊的一個空房間內。

關上門後，周志林說道：「柳書記，是這樣的，我剛剛接到市衛生局局長范志軍的電話，他暗示我，要我讓您的房間內不停的斷電、斷水，如果我們不從，就要找我們酒店的麻煩。」

柳擎宇聽了說道：「你的決定是什麼？」

周志林笑道：「我當然不會答應他，我們新源大酒店正正當當的做生意，不做任何違法亂紀的事，也不懼怕任何挑釁，尤其您是我們酒店的頂級貴賓，我巴結您還來不及呢，怎麼能害您呢。」

柳擎宇滿意地說：「很好。你該怎麼做就怎麼做，如果有人因此而找你們的麻煩，我就找他的麻煩，我柳擎宇也不是一個任人欺負的主！」

兩人說後，柳擎宇便回到自己的房間內，打開電腦開始忙碌起來。

過了一個多小時後，他的房門被嘟嘟嘟的敲響了，來人是周志林。

周志林一臉無奈的說道：「柳書記，衛生局局長范志軍帶著一大群人過來，說是我們酒店在衛生方面有嚴重的問題，要查封我們酒店。我向上級反映，上面說讓我直接過來找您。」

柳擎宇點點頭：「好，我隨你下去看看。」

來到酒店大廳，只見一個四十多歲，帶著金邊眼鏡、穿著亞曼尼西裝的男人正在指揮著一群手下在大廳內四處貼封條，酒店內的客人則震驚、不解的看著那些貼封條的人，還有一些客人正在和酒店的服務員進行交涉，要求退房。

看到這種情況，柳擎宇心中的怒氣立馬爆發出來。

他之所以要住在新源大酒店，就是因為新源酒店是一個全國性的連鎖酒店，隸屬於新源集團，新源集團十分龐大，而且酒店一直是正規經營，所以很少有人找新源大酒店的麻煩。

現在卻因為自己的入住，給新源大酒店帶來了麻煩，這明顯就是在直接向他挑釁！

柳擎宇走向范志軍，冷冷問道：「范局長是吧？」

范志軍是認識柳擎宇的，心裡帶著緊張，但是臉上卻擺出官架子說道：

「沒錯，我就是范志軍。這位同志，請你立刻離開新源大酒店，因為這裡馬上就要被查封了。」

柳擎宇是多精明的人，從范志軍的表情就確定范志軍認識自己，更何況范志軍是衛生局局長，怎麼可能不認識自己這個紀委書記呢。

不過柳擎宇沒有揭露他，而是淡淡說道：

「我今天就住在這裡，不會離開的，不過范局長，我希望你們衛生局最好不要讓我的房間停電，我在市委招待所已經被停了一晚上電了，心中的怒火正無處發洩呢，如果你願意當靶子的話，我不介意出擊一下。」

說完，柳擎宇便邁步上樓。

看著柳擎宇的背影，范志軍的眉頭一皺，他意識到，如果繼續查封新源大酒店，柳擎宇是不會對自己下輕手的，但是不查封的話，命令自己過來的那個人也不會放過自己。

這下該如何是好？

范志軍的猶豫並沒有持續太多時間，因為他很快就做出了決定。

「不好意思，我們市衛生局是在市委市政府的領導下，針對全市展開統一的檢查行動，我們有理有據，不會受任何人的威脅。」

說完，范志軍大手一揮：「接著給我查封，不過不要去打擾那些已經住下的客人，派人守住門口，別讓其他客人進來了，從現在開始，新源大酒店只許出不許進。」

范志軍雖然囂張，卻也不敢太過得罪柳擎宇，僅僅是查封了新源大酒店，卻沒有敢去拿柳擎宇的房間做文章。

第二天，柳擎宇剛上班就把溫友山、王海鵬兩個人分別喊了過來，讓兩人去把所有有關東江市衛生局的舉報資料給自己拿過來。

兩人很快便從不同管道拿到了不少有關衛生局的舉報資料。

柳擎宇拿到資料後，從中選擇了幾分舉報東江市衛生局行政審批科科長趙俊飛的資料，相互印證後，認為這些舉報資料有極大的真實性，便又帶著溫友山前往銀行調取有關趙俊飛的銀行帳戶往來記錄，發現和舉報資料上的受賄行為也一一吻合，又對這些舉報人進行暗訪，從中得知了更多的情節。

當天下午，市衛生局正在召開會議，會議上，局長范志軍坐在主席位上，神采飛揚的講述著廉政清明的必要性，就在這個時候，會議室的門被打開，柳擎宇走了進來，在他後面，溫友山帶著兩名紀委工作人員大步流星的跟了進來。

「范同志，自我介紹一下，我是東江市新上任的紀委書記柳擎宇，真是不好意思啊，打擾你們開會了。」

看到柳擎宇一行人，范志軍心頭就是一顫，聲音顫抖地說道：「柳書記您好，不知道您今天過來有什麼指示？」

柳擎宇朗聲道：「現在我宣布一件事，東江市衛生局行政審批科的趙俊飛同志涉嫌嚴重違紀，市委正式對其實施雙規，哪位同志是趙俊飛同志，請站起來跟我們走一趟吧。」

柳擎宇說完，溫友山已經帶著工作人員向坐在會議桌旁的一個三十多歲的中年男人走了過去，那個男人臉色嚇得慘白，豆大的汗珠順著腦門劈里啪啦的往下掉。

當雙規文件被送到他的眼前讓他簽字的時候，這哥們的腰已經直不起來了，身體軟綿綿的，簽字的手也顫巍巍的，名字寫得七扭八歪。

等他簽好名，工作人員立刻把他架了起來，向外走去。

柳擎宇接著對范志軍說道：「范局長，據我們紀委所接到的諸多舉報資料顯示，你們衛生局內存在一個小金庫，以及諸多違法違規的領導幹部，希望你們衛生局能夠積極的展開自查自糾的工作，等過段時間，在趙俊飛同志交代了他的問題之後，我們市紀委的人還會再過來的，希望大家好自為之啊。

「另外，在接下來的一個月之內，市衛生局的任何科室副職以上的領導幹部想要外出，尤其是出東江市，必須要先向市紀委進行彙報，報備確認之後才可以離開。」

柳擎宇頓了一下，隨即看向范志軍說道：「范局長，這次我們算是認識了，希望你以後千萬不要像昨天那樣，見到我再把我當成陌生人了，那樣我會非常難過的。希望在一個月以後舉行的市廉政工作會議上還能夠看到你的身影。」

說完便揚長而去。

整個會議室一片寂靜，所有人都在消化柳擎宇剛才所講的那番話。

在座的人中，有些人並不知道柳擎宇和范志軍之間到底發生了什麼，但是也有些參與了昨天針對新源大酒店的查封工作，親眼目睹了柳擎宇和范志軍之間對話的全過程。

只不過誰也沒有想到，昨天范志軍在酒店輕輕的打了一下柳擎宇的臉，柳擎宇便在短短不到一天的時間內，狠狠地把這巴掌給打了回來，而且一出手就直接雙規了一名科長，還為後面留下了一連串的伏筆。

此外，柳擎宇似乎還透露出了另外一層意思，他不僅知道市衛生局存在著小金庫，還有可能會對市衛生局進行進一步的調查，而且聽柳擎宇最後一句話的意思，范志軍本人都有被調查的可能啊！

這麼一來，所有人看向范志軍的眼神開始有了些變化。

此刻，內心最為不平靜的就要屬范志軍了。他雖然知道柳擎宇可能會報復自己，卻也沒想到**柳擎宇的報復來得如此之快，手段如此之犀利！**

這讓他頭疼不已，因為昨天他之所以親自帶隊過去，是因為他接到了常委副市長管汝平的電話，要他親自帶人去一趟。領導有令他怎麼敢不服從呢，如果不服從的話，自己的官位絕對很難保住啊。

最為關鍵的是，在他看來，自己是屬於管汝平的嫡系人馬，而管汝平又是屬於市委書記孫玉龍這條線上的，市委書記孫玉龍雄踞東江市這麼長時間，從來沒出現過任何意外，就算柳擎宇再厲害，肯定也鬥不過孫玉龍，所以他相信柳擎宇要想動自己是不可能輕易得逞的；相反，如果按照領導的指示，把事情做好了，那麼領導一定會對自己非常滿意，自己離升官發財也就不遠了。

然而，柳擎宇的突然出手徹底打亂了范志軍的小算盤。

這一次，他真的有些害怕了。

他直接宣布散會，回到辦公室後，立刻撥通了管汝平的電話：

「管市長，我向您反映一件事，咱們新上任的市紀委書記柳擎宇同志是不是對我們市衛生局有意見啊，他怎麼能這樣做呢……」

接著范志軍便把昨天和柳擎宇相遇，到柳擎宇今天出手的整個過程詳細的說了一遍。

管汝平聽完也是一愣：「柳擎宇今天竟然還沒有去黑煤鎮？還去了你們衛生局？」

范志軍點點頭說道：「是啊，管市長，柳擎宇不僅來了，還非常囂張的放下狠話，大有不把我給雙規了絕不收兵的架勢。管市長，您是知道的，我一向唯您的指示馬首是瞻，絕對不敢有絲毫的違背，您一定要替我想想辦法啊，這個柳擎宇我看他都有些發瘋了。」

管汝平安撫道：「小范啊，你放心吧，查封新源大酒店這件事是我讓你去做的，我肯定會向你負責到底的，你就把心放到肚子裡吧，柳擎宇根本不敢動你的。」

掛斷電話後，管汝平立刻給孫玉龍打了個電話，把范志軍跟他彙報的事情向孫玉龍轉述了一遍，然後說道：

「孫書記，您說這個柳擎宇早早的就放出風來，說要調查高速公路那件事，結果到現在沒有了聲音，前兩天又放出風來要親自前往黑煤鎮，調查那些上訪老百姓的事，就連調查小組都已經派下去了，但是他卻遲遲不動，反而殺到衛生局來了個回馬槍，他到底在玩什麼把戲呢？難道柳擎宇真的被那些人的行動給震懾住了，不敢去黑煤鎮調查了？這好像不是柳擎宇的個性啊？」

孫玉龍苦笑道：「老管，說實話，我現在也真的有些搞不明白柳擎宇到底打的是什麼算盤了，根據我目前掌握的種種資料，以及柳擎宇到了東江市以後所表現出來的種種行為來看，柳擎宇絕對是一個言出必行的人，而且不懼怕任何的挑戰，但是這一次他卻一連串搞了這麼多花樣，我真的有些擔心啊。

「很多時候，官場如戰場，對手如果動起來反而容易對付，但是如果他一直按兵不動，甚至是胡亂行動，這反而會影響到我們的判斷。

「短時間內我真的想不明白柳擎宇到底要做什麼，但是據我的分析，我相信他一定還是會去黑煤鎮調研的，你通知黑煤鎮那邊，一定要做好萬全的準備，絕對不能讓黑煤鎮出現一點意外。」

管汝平點點頭道：「好，孫書記，您放心吧，我認為柳擎宇就算是真的去了黑煤鎮，也不可能查到任何有用的訊息的，那邊天羅地網早就給他部署好了。」

「嗯，這件事你盯一下，千萬不要出現什麼差錯，任何一件涉及到黑煤鎮的事我們都馬虎不得。」

掛斷電話，孫玉龍便把這件事放下了，在他看來，柳擎宇再怎麼玩，肯定玩不出自己的手掌心，柳擎宇就像是孫猴子，自己就像是如來佛祖，他可以隨便蹦躂，自己要想收拾他，絕對輕輕鬆鬆。

與此同時，柳擎宇的辦公室內。

柳擎宇再次把副主任溫友山給喊了來：

「溫同志，問你一件事，我們東江市紀委的官方網站架設的情況如何？現在有沒有正常運行？」

溫友山尷尬地說道：「柳書記，據我所知，我們紀委的確是有一個官方網站，不過這個網站是委託市裡一家很小的網頁設計公司做的，頁面設計很粗糙，容量也非常小，就是一個框架而已，紀委也沒有人專門負責管理，所以基本上處於半癱瘓狀態。」

柳擎宇聽了說：「好，那你去把相關的網站資料全都給我拿來，我研究研究。」

很快，溫友山便把相關的資料拿了過來，包括網站架設的所有資料、原始程式碼等。

柳擎宇打開看了看，發現這的確是一個相當簡單的網站，就算是一個電腦科系在校生也可以隨便鼓搗出來，看到這種情況，柳擎宇乾脆自己動起手來。

他重新把整個網站的架構改造了一下，尤其是安全性方面，他把自己以前上大學時曾經編寫的一個加密安全程式添加了進去，並且加設了原始程式碼唯一查看許可權，又對其中的諸多功能進行了補強，增加了一個公告欄、一個舉報欄，把這兩個欄位放在首頁最顯眼的位置上。

做完這些，已經是晚上八點多了，不過柳擎宇沒有休息，而是給白雲省、遼源市的各大報社及電視臺打了許多電話，把東江市紀委的舉報電話、舉報方式公布在這些媒體上。

第二天一大早上班，溫友山便滿臉震驚的拿著好幾份報紙來到了柳擎宇辦公室內。

「柳書記，您看這些報紙上怎麼公布了我們東江市的舉報電話啊，還有舉報的網址，尤其是這個電話還是我和王海鵬的辦公室電話！還有，我們的網站好像根本就用不了吧？我們要不要趕快找人把網站重新構建一下，萬一湧入的線民多了，我們的網站肯定又癱瘓了。」

柳擎宇笑道：「溫同志，這些是我搞出來的，最近這段時間，你和王海鵬同志最重要的任務就是接聽來自四面八方的舉報電話，把每一個舉報訊息詳細的給我記錄下來，並備好錄音系統，確保每一個舉報人所說的話都被完整記錄，並妥善保管，我們好對每一份舉報資料進行追溯。

「至於網站的事你不用擔心，昨天我已經花了一些時間把紀委的網站給重新架構了一下，並且租用了一台新的伺服器，基本上只要湧入量不是太誇張的話是不會癱瘓的。所以你儘管放心，網站方面我自己來管理，等龍翔同志正式上班後，我會把這件事交給他。」

聽到柳擎宇這樣說，溫友山這才放心離開。

柳擎宇不禁對溫友山的表現暗暗點頭，這個溫友山果然很有心機和能力。

他自然看得出來溫友山是在以這樣一種方式表達他投靠自己的決心，對於這樣的人他並不排斥，畢竟自己很需要這樣的人來幫助自己去完成一些關鍵性的任務。

溫友山這樣的人可以用來重用，但是需要考驗；而劉亞洲那樣的人卻只能進行利用。

接下來整整兩天，柳擎宇依然按兵不動，繼續在紀委大院內穩如泰山。越是如此，嚴衛東和孫玉龍那邊的疑惑越是加重。

尤其是柳擎宇突然搞出在各路媒體上公布東江市紀委的舉報電話後，這讓嚴衛東感到緊張起來。因為他突然發現，雖然自己是常務副書記，但是自己能夠掌控的權力卻是越來越小了。

在查辦案件上，自己很難插手，因為三大巡視小組正在到處巡視，各個監察室的主力人馬都被抽調走了，自己想查案，只能利用那些投靠自己的人，而那些人的能力他心中十分清楚，難堪大任，最重要的一點是，他自己沒有什麼案子可查，也不敢查。

至於舉報訊息那塊，自己就更無法插手了，因為柳擎宇透過前兩天那一手，重新開闢了三大反腐的舉報管道：一個網路，一個電話，一個快遞，這三個重要管道，兩個掌控在辦公室副主任溫友山的手中，一個掌握在柳擎宇的手中，自己完全無從下手。

嚴衛東深深感到了自己的權力危機。

這天上午，柳擎宇撥到市委秘書長吳環宇的電話，讓他一個小時後到市委參加例行常委會。

柳擎宇準備了一下，便帶上資料來到市委大院。

市委常委會準時開始，會議由市委書記孫玉龍主持。

會議的前半段進展得非常順利，討論的都是東江市各個層面的重要事項，在這些事情上，柳擎宇很少發表自己的意見，因為他很清楚，整個東江市的大局基本上被孫玉龍和唐紹剛所掌控，兩個人在常委會上多有交鋒，但是明眼人一看就知道他們表面上是在交鋒，實際上是在交鋒中劃定利益範圍。會議雖然激烈，其實都有一定的規律可循。

柳擎宇自然不會在這種時候攪入到他們的紛爭中去，只是坐山觀虎鬥。而且柳擎宇發現，並不只是自己在坐山觀虎鬥，只不過對方的立場到底如何，他心中卻存了諸多懷疑。

等大部分的事情都討論完後，孫玉龍的目光看向柳擎宇說道：

「柳同志，聽說你們市紀委公開了相關的舉報電話和網站、快遞舉報這三種途徑，不知道效果如何？這件事可是在遼源市甚至是白雲省內部引發了很多爭論啊，我這邊的壓力非常大，有不少聲音反映說你這根本就是在作秀，要求我們東江市市委作出決策，立刻停止你們市紀委的一切作秀行為，否則極易引起老百姓的反感，這對我們市委市政府的形象是一個嚴重的扭曲。」

孫玉龍說完，常務副市長管汝平立刻接口道：

「孫書記說的是啊，柳同志，最近各個機關單位都在議論你們市紀委搞出來的這個所謂的舉報行為，甚至還有同志提出你們這是在鼓勵非法舉報，認為這是在鼓勵各個部門的同事間相互舉報，大搞內鬥，刻意激化矛盾，對我們東江市的大局十分不利啊。」

接著又有好幾名常委也進行了大肆批評。

柳擎宇並沒有急於反駁，不慌不忙的聽完後，這才淡然一笑說：

「還有人對我們市紀委的行為進行批評嗎？如果沒有的話，我可要發言了。」

柳擎宇問完，稍微等了一下，見沒有人說話了，這才說道：

「孫書記，管副市長，我不知道你們的批評意見是從何而來，我唯一的感覺就是荒謬！非常的荒謬！誰說我們市紀委就不能公開相關的舉報管道了？**難道網路舉報是錯誤的嗎？難道快遞舉報不可以嗎？難道電話舉報有錯嗎？**

「我不知道那些批評我的人到底有什麼目的，但是我可以明確的告訴大家，中紀委包括省紀委都允許這三種舉報管道，而且還在想辦法擴大老百姓的舉報管道，以便更加便捷的收集民意。

「我認為，我們在工作的時候，首先要考慮的就是老百姓的利益，我們的行為是否對老百姓有利，是否會給老百姓帶來方便，如果我們堵住各種舉報管道，那麼最終的結果是什麼？是各種層出不窮的上訪事件，甚至是群眾抗議事件！

「為什麼我們東江市會成為上訪重災區，原因就在於老百姓能夠正當表達意見的管道太少太少了！他們是無奈被逼的！難道我們東江市紀委這樣做錯了嗎？是我們錯了，還是某些人心存私心？」

說完，柳擎宇怒視著孫玉龍，眼中充滿了挑釁。

第四章

自負情結

柳擎宇深知越是完美的布局越不一定會成功，相反，如果在布局中故意設一兩個漏洞，反而容易讓對手落入局中而不自知。因為人都有自負情結，越是特別厲害的人越無法逃脫這種桎梏。曹操如此，劉備如此，諸葛亮亦是如此。

孫玉龍的臉色立時沉了下來，不滿地說：

「柳同志，到底是誰有問題，這個應該以大家的意見為主，畢竟現在實施的是民主制度，誰也不能認為自己有了實權就可以為所欲為，必須要多聽聽同事們的意見。

「我想，今天現場這麼多同志的發言你不應該沒有聽到吧？大部分常委以及下面很多機關單位的同志都對你們紀委現在搞的這一套議論紛紛啊。」

柳擎宇強勢地說：「也許我們市紀委的做法引起了諸多議論，但是我認為我們並沒有任何做錯的地方，甚至我打算以後還會逐步開通更多的舉報管道，諸如微博、微信等舉報方式。

「或許在座的有些同志可能比較保守，對此我不想多說什麼，我想說的是，現在我是東江市的紀委書記，我希望把東江市紀委打造成一個具有戰鬥力的團隊，打造成一個能夠實實在在去做事的團隊！

「我相信這種改變肯定會受到諸多非議，甚至是譴責，但是我不會對我們紀委現階段的政策有任何的改變，我也願意對所引發的一切後果負責。如果孫書記和在座的各位常委對我們紀委的工作方式有所不滿的話，可以向上級反映，甚至是把我調離東江市。」

柳擎宇頓了一下，又接著說道：

「另外，我再跟各位報告一件事，我們的舉報管道開通才不到一天的時間，我們市紀委就已經收到了許多舉報事件，尤其是有關市衛生局局長范志軍同志的檢舉函非常多，這是其中幾份，上面證據確鑿，不容抵賴，我可以把列印出來的資料和舉報所附帶的視頻給大家展示一下。」

說著，柳擎宇便把公事包中帶來的列印文件一一發給眾人，又拿出一個隨身碟，將它插在面前的電腦上，並通過投影布幕播放出來。

這是一個用針孔攝影機所拍攝的視頻，在這個視頻中，清楚的展示了東江市衛生局局長范志軍直接向酒店老闆索賄的對話：

酒店老闆：「范局長，我們東海大酒店剛剛落成，衛生方面沒有任何問題，但是為什麼衛生局一直不讓我們通過審查啊。這樣我們就無法開幕營業了，晚一天開業，我們的損失就會多許多啊。」

范志軍：「小王啊，你真是太不會辦事了，你知道你們酒店的申請為什麼通不過嗎？是因為你們做事不懂得變通啊。

「就拿我來說吧，僅僅是這個月，就有二十多個類似你這樣的酒店、飯店的老闆來找過我，想要通過衛生審查，但是我們衛生局的力量有限啊，不可能說去檢查就去檢查，是有一套程序要走的，正常來說，等個十天半個月是很正常的。

「當然啦，我也是人嘛，就像有些人和我關係好，經常請我吃飯喝酒或者是其他什麼的，這種情況下，如果有機會，我能不先給他們嘛，誰讓我們關係好呢。就像你這種情況，如果你聰明一點的話，其實你們酒店的問題早就解決了。」

酒店老闆：「范局長，那您說我們酒店要想通過審查，得多少錢呢？」

范志軍：「八萬吧！你們這個酒店檔次不低，最少得八萬才能擺平，只要交八萬塊，我可以保你們酒店一年內不會受到衛生部門的盤查，否則的話，嘿嘿，恐怕我們會三天兩頭去查你們的，到時候你們酒店還能順利的開下去嗎？

「小王，怎麼做你自己想好啊，我這絕對不是在勒索你，而是給你提供一個妥善解決問題的方法而已，這樣咱們可以雙贏哦。」

視頻中，酒店老闆聽了范志軍的話，當場打開公事包，從裡面取出了十萬塊交給范志軍說道：「范局長，這是十萬塊，就當我交您這麼一個朋友。」

范志軍把錢很順手地放進了抽屜裡面，笑著說道：「嗯，很好，小王啊，你很會辦事，下午到我們衛生局來領取相關的證件吧，以後每年送這麼多給我就就成了。」

看了這個視頻，現場所有人都驚呆了，包括孫玉龍。誰也沒有想到，舉報管道才剛剛開通，就有這麼勁爆的黑幕。

柳擎宇目光在眾人的臉上掃視了一圈，然後沉重地說道：

「各位領導，同志，我相信剛才的資料和視頻大家都看到了，衛生局局長范志軍利用職權之便，大肆受賄索賄，手段卑劣，形象惡劣，證據確鑿，所以，我建議對范志軍實施雙規！孫書記，您是主管人事的，您看呢？」

孫玉龍皺著眉頭，沒有馬上決定，而是說道：「我看還是先聽聽其他同志們的意見吧。」

管汝平便把話接了過來：

「柳同志，范同志的行為雖然遭人詬病，但是我看問題並不是太嚴重，而且范志軍此人我很瞭解，他是一個工作能力非常強的人，我們東江市的衛生系統在他管理之下，每年的成績都十分突出，我看還是以批評教育為主，給他來個嚴重警告的處分就可以了，沒有必要興師動眾的非得雙規他吧？畢竟我們要給同志們一個改過自新的機會嘛！」

管汝平說完，市政法委書記兼公安局局長陳志宏也說道：

「嗯，我贊同管同志的意見，我看還是要以批評教育為主，能夠做到這個位置，范同志也是很有見地、才華的一個幹部，我們不能因為某些小缺點就否定他整個人嘛！」

隨後，又有四個人表示不應該雙規范志軍，這時候，孫玉龍感覺差不多了，因為他只需要再表示贊同管汝平的意見，基本上就有七個人表示不用雙規范志軍了，這已經在常委會上占多數票了。

然而，這時候，柳擎宇卻輕輕咳嗽一聲，從公事包中拿出一份文件說道：

「孫書記，剛才我忘記一件事，現在突然想起來了，是這樣的，在我得到這些舉報資料後，立刻把這些資料以電子郵件的方式分別發給了遼源市紀委和省紀委的領導，就在開會前，我收到了省紀委書記韓儒超同志親筆批示的傳真信，請您過目。」

柳擎宇把傳真遞給了孫玉龍。

聽到柳擎宇的話，孫玉龍心中那叫一個氣啊，柳擎宇這小子做事也太陰險了，他這哪裡是彙報工作啊，簡直是先斬後奏嘛。

等他接過傳真看完後，氣得鼻子都快歪了，原來上面省紀委書記韓如超親筆批示了明確的指令——范志軍一案必須要從嚴辦理，嚴懲不貸，絕不允許任何人為他說情，如果誰要是為他開脫，那麼我會親自找他進行談話的。

看到省紀委書記的親自批示，孫玉龍徹底鬱悶了。

韓儒超都這樣說了，他們這裡還再討論有什麼意思？難道誰敢違逆韓儒超的意思不成？那不是自找麻煩嘛！省紀委書記韓儒超那可是白雲省有名的鐵面包公，他出面的案件還沒有一件失手的，被他找去談話，想要回來的可能性基本上為零。

孫玉龍不滿的看了柳擎宇一眼，抱怨道：「柳同志，這件事你做得很不夠意思啊，既然韓書記都已經有批示了，你還把這件事情拿到會議上討論做什麼？」

柳擎宇連忙露出抱歉的表情說道：「不好意思啊孫書記，我因為情緒有些激動就給忘了，但是不管怎麼樣，范志軍的案子涉及到我們東江市衛生局的一把手，如果要雙規他，我必須在常委會上把這件事拿出來向您請示一下，和大家商量一下，這麼重大的事我不能私自做主的。」

柳擎宇一副理直氣壯的樣子，讓孫玉龍氣得差點拍桌子，這柳擎宇話雖然這樣說，但是做起事情來卻極其陰險，他先把韓儒超的批示給弄到手，把這件事情蓋棺定論了，然後才拿到常委會上進行討論，這完全是在陰自己啊。但是自己卻偏偏沒有辦法發作。

無奈之下，他只能點點頭道：「好了，這件事情就按韓書記的指示去做吧，我們接著討論下一個話題……」

散會後，柳擎宇立刻給辦公室副主任劉亞洲和王海鵬兩個人打了個電話，讓他們帶著紀委第二監察室的人去把范志軍給雙規了。

范志軍被雙規後，市衛生局那邊也馬上把新源大酒店的封條給撤了下來，並且由代理局長出面親自向酒店進行了道歉。

這件事一下子引起了整個東江市各個機關單位的震動。誰也沒有料到，柳擎宇竟然連范志軍都給收拾了。

然而，更出孫玉龍他們意料之外的是，就在范志軍被雙規後，柳擎宇就藉著這個在東江市樹立威信的機會，直接乘車前往了黑煤鎮。

柳擎宇前腳剛離開東江市市區，孫玉龍那邊便得到了消息。是公安局局長陳志宏向孫玉龍彙報的。

陳志宏納悶道：「這個柳擎宇到底玩的是什麼把戲啊，怎麼突然之間又去往黑煤鎮了？這種做法實在讓人摸不到頭腦啊。要不要我派人跟蹤他？」

孫玉龍笑道：「志宏啊，派人跟蹤就不必了，柳擎宇這小子的確非常狡猾，他的目的不過是為了迷惑我們罷了，包括拿下范志軍，也很可能是他的一個煙霧彈，他的真正目的還是在黑煤鎮。

「不過他不知道的是，再狡猾的狐狸也逃不出好獵人的槍口，他狡猾，我們也不笨啊，黑煤鎮那邊早給他準備了天羅地網，就等著他上鉤了，他不去便罷，只要去了，想要回來就沒有那麼容易了。」

聽孫玉龍這樣說，陳志宏便放心了，因為他清楚孫玉龍在黑煤鎮的威信非常之高，黑煤鎮很多重量級的人物幾乎都是他的嫡系人馬，應該是萬無一失了。

柳擎宇這次出發前往黑煤鎮，動作搞得相當大，他先通知紀委辦公室副主任劉亞洲，告訴他自己會帶著溫友山和王海鵬前往黑煤鎮，讓劉亞洲在他不在的這段時間內做好紀委這邊的工作，隨後，又從第一、第二監察室各調了兩名工作人員隨行。

一行七人便乘坐一輛麵包車浩浩蕩蕩的趕往黑煤鎮。

來到黑煤鎮邊界時，司機陳東強問：「柳書記，我們現在是直接前往黑煤鎮鎮政府大院，還是去哪裡？」

柳擎宇想了想說：「這樣吧，你先帶我們在黑煤鎮的這些村子大概轉一遍，看看村子裡村民的生活狀態如何。」

隨著他們這邊開著車亂轉，黑煤鎮鎮委鎮政府大院內，諸多領導已經開始焦慮起來。不時有來自各個村子的眼線向黑煤鎮鎮長周東華進行彙報，把柳擎宇的動作都一一上報給他。

司機陳東強一路開著，忍不住說道：「柳書記，我總感覺好像一直有人在盯著我們。」

柳擎宇老神在在地說：「沒事，讓他們盯著。」

在轉了幾個村子後，柳擎宇下令道：「好了，時間差不多了，我們直接去鎮政府大院吧。」

陳東強和其他人都是一愣，不明白柳擎宇這樣指示的用意。陳東強不敢遲疑，開著車直接趕往鎮政府大院。

到了鎮政府大院外，柳擎宇隨即指揮眾人道：

「溫同志，你帶四位監察室的同志們隨機去調查一下黑煤鎮的官員們在對待老百姓問題上所抱持的態度，看看黑煤鎮的官員們是否存在違法違紀行為，任何發現隨時彙報，不管涉及到誰，一旦侵犯老百姓的利益，我們絕不手軟。王海鵬同志陪我進鎮政府內部去瞭解一下情況。」

王海鵬點點頭，立刻跟在柳擎宇的身邊待命。

雙方人馬在鎮政府大院外分手，各自行動，柳擎宇帶著王海鵬向鎮政府大院走了進去。

其實，當柳擎宇的汽車停在鎮政府大院外的時候，鎮委書記于慶生、鎮長周東華便得到了消息，兩人正站在于慶生辦公室的窗前看著柳擎宇他們的一舉一動。

「于書記，我們要不要下去迎接一下？」周東華問。

于慶生擺擺手道：「不需要，如果我們下去的話，豈不是向柳擎宇表明我們知道他來了嗎？那樣的話，我們一直監視柳擎宇的事也就暴露了。」

這時候，于慶生辦公室的電話響了起來。

電話是門衛值班室打來的，接完電話後，于慶生這才說道：「好了，我們現在可以下去了，另外通知其他在家的鎮委常委們全都下去。柳擎宇竟然十分規矩的通過值班室的門衛來通知我們，真是大感意外啊，不知道這小子到底玩什麼把戲。」

很快，黑煤鎮的鎮委常委們在于慶生、周東華等人的帶領下，浩浩蕩蕩的來到鎮政府大院門口，熱情的向柳擎宇走了過去。

于慶生滿臉帶笑的主動伸出手來說道：「柳書記您好，真沒有想到您突然到我們黑煤鎮來視察，我們迎接得慢了，還請您多多見諒啊。」

柳擎宇也是滿臉笑容的和對方握了握手，說道：「沒關係，怪我這個不速之客，我這次來，主要是來調查一下你們黑煤鎮那些村民的冤假錯案的問題。」

「是啊，歡迎歡迎，柳書記能夠在百忙中還關心我們黑煤鎮的事，身為黑煤鎮的鎮委書記，我非常感激，謝謝您為我們黑煤鎮所做的一切。柳書記，不知道您是打算用什麼方式來進行調查呢？就您和王主任來了嗎？」

柳擎宇搖搖頭道：「非也，這次我們來了七個人，一個司機，分成兩個調查小組，溫友山同志帶著四位同志去各個村子進行調查去了，我和王海鵬同志負責在你們鎮委鎮政府大院裡蹲點進行調查。」

「好的好的，沒問題，我們會大力配合的。」

于慶生顯得十分大度，沒有絲毫為難柳擎宇的意思，因為他曉得像柳擎宇這種人，跟他玩硬的、玩橫的都行不通，因為**這種人最不怕玩硬的，你硬他越硬**，你要是跟他玩軟的，他反而不容易找到下手的機會。

柳擎宇使勁的握著于慶生的手說道：

「嗯，于同志，看來你對黑煤鎮的工作十分有信心啊，這一點很好。這樣吧，既然你如此熱情，那我也就不跟你客氣了，麻煩你通知一下鎮委鎮政府的所有同志，我準備在黑煤鎮鎮政府暫時駐紮下來，每天上午及下午各找兩個人進行談話，瞭解一下大家的想法，以便對你們黑煤鎮的情況有一個全面的瞭解。」

聽到柳擎宇的話，于慶生差點沒狠狠給自己一個大嘴巴。他沒想到自己跟柳擎宇客氣了一下，柳擎宇竟然順桿而上，提出了要找官員談話的要求。

柳擎宇既然把話說出來，自己想要拒絕看來是不可能了，他眼珠一轉說道：

「沒問題沒問題，柳書記，我會和大家打招呼的，不過柳書記，我也得向您提個要求，因為我們的工作非常繁重，所以您談話的時間不能太長，否則一旦影響了工作，我沒有辦法向老百姓交代啊。」

柳擎宇點點頭道：「嗯，這一點你儘管放心，我和每個人的談話時間不會超過一個小時。」

聽柳擎宇這麼保證，于慶生也就放心了。他相信，只要自己稍微打個招呼，黑煤鎮的幹部是不會有人向柳擎宇透露任何實情的。至於那些平時不太聽話的人，他會提前把這些人都給支開，這樣柳擎宇就徹底沒脾氣了。

隨後，于慶生便簇擁著柳擎宇來到了會議室，舉行了簡單的歡迎儀式，並請柳擎宇講話，這一次，柳擎宇發言中規中矩，沒有任何逾越之處，給足了于慶生面子。

接下來，柳擎宇便正式在黑煤鎮鎮政府大院內駐紮了下來，每天找四個不同級別、不同職務的人談話。

一開始，于慶生還沒覺出什麼來，但是當談話進行到第二天下午的時候，于慶生聽完被接見談話的那些人的報告後，臉色便沉了下來。

原因很簡單，一開始，柳擎宇談話的內容十分淺顯，只是隨便聊聊，但是越到後面進行談話的官員，柳擎宇的話題越深入，雖然每次只是深入一點點，但是這種細微的變化卻是于慶生十分擔心的。

他明白柳擎宇這是在玩**溫水煮青蛙**的手法，如果這種談話再讓柳擎宇進行下去，那麼越到後面的官員所承受的心理壓力越大。而柳擎宇在選擇談話的對象方面，也十分有策略。

一開始談話的大部分都是副科級的官員，那些官員大部分都是自己和周東華的嫡系人馬，而後面與柳擎宇接觸的那些人則是職務不高、但位置卻越來越關鍵，而這些人和自己、周東華的關係也漸漸疏遠。

到了第三天午，柳擎宇談話完之後，于慶生開始焦慮了。因為他把那兩個談完話的人叫過來詢問之後，發現柳擎宇的話題慢慢深入到與煤礦有關的領域了。

雖然這兩個人的回答還算中規中矩，但是誰能保證他們跟自己所講的是真話呢？他們是不是會向柳擎宇告密呢？這些都是不可預知的。

于慶生不斷在心中盤旋著道：柳擎宇到底要在黑煤鎮待多長時間？怎麼樣才能把柳擎宇給弄走呢？絕對不能讓他再在黑煤鎮待下去了。這小子實在是太危險了。

思考了足足有二十多分鐘，于慶生這才抬起頭來，拿起電話，撥通了東江市紀委副書記嚴衛東的手機：「老嚴，最近你們市紀委裡面安靜嗎？」

嚴衛東回道：「安靜啊，非常的安靜，自從柳擎宇離開後，整個市紀委裡面幾乎找不到幾個人，大部分的人都去調查案子去了，想要不安靜都不行啊。」

「老嚴，這可不行啊，你不能被柳擎宇牽著鼻子走啊，否則他對市紀委的控制力將越來越強大，你在紀委裡的威信越來越差。」于慶生挑撥道。

嚴衛東心中一動，他知道于慶生雖然是鎮委書記，但他和孫玉龍的關係非常密切，絕對不會無緣無故的給自己打電話，便說道：「于書記，不知道您有什麼指示嗎？」

于慶生說道：「指示嘛倒是談不上，不過建議倒是有一個，我覺得你可以考慮一下在紀委裡面搞點事情，千萬不能按照柳擎宇的規劃去行事。

「我記得市委市政府還成立了一個正風領導小組吧，你還是這個小組的常務副主任，我看你可以在這件事情上做做文章，和吳秘書長聯繫一下，這個小組是該運作運作了，最好是把那些各個監察室的正副主任們全都給喊回來，不能所有的人力資源全都放在柳擎宇的巡視小組上啊。

「另外，你們那邊人事工作雖然主要是由柳擎宇來負責，但是柳擎宇不在的期間，你這個常務副書記還是有一定的許可權的。你也可以考慮一下嘛！」

嚴衛東得到授意，毫不猶豫的說道：「好的，于書記，我馬上和吳秘書長溝通去，立刻把這個正風領導小組運作起來。」

掛斷電話後，于慶生臉上露出得意的微笑：

「柳擎宇啊柳擎宇，我叫你淡定！我倒是要看看，等嚴衛東那邊動了之後，你還能淡定多久時間，我就不信**找這一招圍魏救趙還不能把你給調回去**！」

然而，于慶生這邊剛掛斷電話後不到一個小時，鎮長周東華便推門走了進來，臉上帶著幾分欣喜，高興的說道：「于書記，柳擎宇終於走了。」

于慶生不禁一愣，心中暗道：「柳擎宇走了？難道自己的計策這麼有效？」他帶著疑問問道：「柳擎宇有說為什麼離開嗎？」

周東華搖搖頭道：「沒有，他好像只是接到了一個電話後，不久便離開了。」

「一個電話？到底是什麼電話呢？」

于慶生怎麼也想不通柳擎宇到底是接到了什麼電話。不過，既然想不明白，他也就乾脆放棄了再去思考，說道：「好，只要柳擎宇離開就好。這個柳擎宇真是一隻小狐狸啊，如果他再在我們黑煤鎮留下去的話，恐怕我們就真的有麻煩了。」

于慶生突然想起一件事，問道：「溫友山和監察室的人走了嗎？」

「他們也回去了。真是怪了，于書記，按理說柳擎宇在我們黑煤鎮並沒有得到什麼收穫啊，為什麼他這時候就離開了呢？這不太符合柳擎宇以往的風格啊？柳擎宇從來沒有半途而廢的案例啊。」

于慶生也百思不得其解：「這倒是啊。對了，那些巡視小組的人回去了嗎？」

周東華聽于慶生問起這個問題，突然一拍腦門說道：「哎呀，于書記，看我這記性，差點被柳擎宇給忽悠了，雖然柳擎宇和溫友山這撥人走了，但是鄭博方所帶著的巡視小組卻沒有離開，他們還在到處溜達呢。」

「他們的調查深度如何？」于慶生問。

「基本上沒有什麼深度，他們只是和那些提交上訴的老百姓聊天，對和這些老百姓有關的官員卻沒有進行什麼調查，調查的進度非常慢。看樣子鄭博方和嚴衛東的關係還不錯，基本上都有按照嚴衛東的指示去做。」

于慶生滿意地道：「嗯，這樣最好了，只要鄭博方是咱們這邊的人，那我們就沒有什麼好擔心的了。不過對鄭博方還是要加強監視，他畢竟剛來不久，還沒有做出過和柳擎宇產生嚴重矛盾衝突的事。」

「好，我馬上安排。」周東華趕忙去行動了。

周東華走後，于慶生的眉頭緊緊皺了起來：

「柳擎宇啊柳擎宇，你到底在玩什麼把戲啊？如果說你離開是明修棧道暗渡陳倉的話，那麼**你的伏兵是誰呢**？原本我以為會是溫友山他們，但是溫友山他們也回去了。你這是在迷惑我們嗎？

「如果他們不是你的伏兵，那麼唯一可能的只能是鄭博方和毛立強這兩個紀委常委領銜的調查小組了。毛立強就不用說了，絕對是自己陣營的人，鄭博方按理說也應該是向嚴衛東靠攏的啊，從鄭博方的表現來看，也不像是柳擎宇的伏兵。

「但是，如果柳擎宇沒有在黑煤鎮留下伏兵，那麼他又為了什麼離開呢？」

一時間，于慶生真的有些困惑了。

于慶生所不知道的是，就在他這邊猜測著柳擎宇的行為動機的時候，柳擎宇已經上了汽車，在向東江市返回的路上。

車上，柳擎宇看著手機上的兩條簡訊，感覺自己的頭巨大無比，雙拳緊緊的握著。因為簡訊的內容實在是太讓他憤怒了。

第一條簡訊上，老媽十分明確的告訴他，要他最近抽時間回北京一趟，要他再次去相親。

看到這條簡訊的時候，柳擎宇一開始以為老媽是在開玩笑，但是隨後老爸發來的第二條簡訊讓他意識到老媽的確不是在和自己開玩笑，而是要自己實實在在的去相親。

然而，柳擎宇可是清清楚楚的記得，上次自己回北京，跟老媽同學的女兒相親的時候，老媽曾經親口答應自己以後不會安排相親了，怎麼能出爾反爾呢？這也太過分了吧。

柳擎宇越想越氣憤，看了坐在前面的司機陳東強一眼，猶豫了一下，還是當著陳東強的面撥通了老媽的電話：

「老媽，你和老爸到底是怎麼回事啊？你們不是答應過我，說婚姻大事你們不會干涉的嗎？怎麼這次又給我安排相親啊？你們這根本就是出爾反爾，說話不算數嘛。」

電話那頭，柳擎宇的老媽柳媚煙苦笑著說道：「擎宇啊，我和你老爸向你道歉，你說得沒錯，我們的確答應過你，不再插手你的婚姻之事，但是這一次卻不得不插手，因為就連你老爸都很無奈。」

柳擎宇傻眼道：「不會吧？老爸那個級別，還會有什麼事能讓他感覺到無奈的？」

柳媚煙嘆了口氣道：「你老爸之所以無奈，是因為這次讓你相親的事，他之前也毫不知情，所以當初我們才答應不插手你的婚姻之事，但是萬萬沒有想到，你三四歲的時候，你太爺爺曾經給你訂了一門娃娃親，這事，你太爺爺連你爺爺和你老爸都不曾知會。

「直到兩天前，慕容家的岳飛燕帶著兩封信找到了我，一封是寫給慕容老爺子慕容龍的，表示願意和慕容家約定一門娃娃親，當然啦，最終是否結成這門親事的關鍵，還是要等你長大了看你的態度，你同意，則這門親事成，你不同意，這門親事便作罷。

「另外一封信則是寫給你爸爸的，信裡，你太爺爺告訴你爸爸，這門娃娃親是他為你爸爸的仕途之路所埋下的一個伏筆，你太爺爺說，慕容家雖然一直處於中立立場，短時間內無法發展起來，但是慕容家族心存浩然正氣，家風很好，而且他認為慕容家的老大慕容忠的女兒慕容倩雪在小時候就表現出了極高的天賦，他相信慕容倩雪將來絕對是一個非常了不得的女孩，所以希望你能夠娶了慕容倩雪。

「在信裡，你太爺爺也叮囑你爸爸，你的親事只能由你做主，任何人都不能干涉，但是一定要給你和慕容倩雪安排一次相親。所以擎宇啊，這次相親雖然我和你爸爸並不看好，但是畢竟這是你太爺爺煞費苦心的安排，所以我和你爸爸也只能讓你委屈一下，再來北京一趟了。」

柳擎宇聽了，只能苦笑不已，他知道老媽不會騙他，而且太爺爺從小就疼自己，他也相信太爺爺絕對不會為難和坑害自己的，因此爽快的說：

「好吧，老媽，正好馬上就放長假了，我正好趁機回家看看你和老爸，順便相親。不過咱們可說好了，僅此一次，下不為例。以後千萬不要再給我安排相親了。」

柳媚煙聽柳擎宇答應了，笑著說道：「擎宇，這一點你放心吧，我和你爸向你保證，以後絕對不會再給你安排相親的。」

掛斷電話後，柳擎宇的臉上露出無奈之色，不過，他暗暗下定決心，不管對方到底長得多漂亮，在相親過後，他會直接告訴老爸和老媽：自己不同意！自己會去只不過是為了配合老爺子的布局，走走過場而已。

然而，**劉老爺子活了那麼大歲數，臨終之前苦心孤詣的布了時間跨度那麼長的一個局，柳擎宇能夠輕易破解掉嗎？**

回到東江市，柳擎宇立刻沉寂下來。整整兩天都蹲在市紀委大院內默默的看著各種資料。

柳擎宇的行為讓嚴衛東、孫玉龍等人大為不解。

茶館內。

孫玉龍、嚴衛東、于慶生三人圍坐在茶几旁，研究著柳擎宇這兩天的異常舉動。

「孫書記，您說柳擎宇這小子到底玩的什麼把戲呢？明明在我們黑煤鎮只需要再多待幾天就可以挖掘出一些資料來，他卻偏偏走了，甚至連溫友山帶著的調查小組也撤走了，只留下鄭博方和毛立強他們兩個調查小組，難道柳擎宇就不擔心鄭博方和毛立強他們出工不出力嗎？」于慶生忍不住說道。

孫玉龍沒有回答，看向嚴衛東道：「老嚴，你是東江市紀委的常務副書記，在你看，柳擎宇這次到底在玩什麼？」

嚴衛東研判道：「我看柳擎宇這樣做可能出於兩種目的，一是他想要玩瞞天過海之計，先把比較明顯的主力撤回來，然後部署力量進行暗中調查。但是如果是這種可能性，我卻看不出他暗中部署的力量到底在哪裡？

「第二個目的則是為了迷惑我們，他另有其他的安排。我認為這種可能性比較大，卻又想不明白他的其他安排是什麼？」

孫玉龍淡淡笑道：「老嚴，我看你的這種想法還是有些保守了，雖然說你的擔憂很有道理，但是我認為，柳擎宇應該不會有這麼複雜的想法和設計，我倒寧願相信他是因為有事離開了。

「大家不要忘了，再有兩天就放長假了，像柳擎宇這樣的年輕人，到時候肯定要去見見女朋友什麼的。我們也別杞人憂天了，不管柳擎宇有啥手段，儘管使出來便是，我還真不相信以他現在的力量能夠在黑煤鎮那邊撕開一個口子！」

孫玉龍的這番話的確很有道理，于慶生和嚴衛東聽了頻頻點頭。

他們對孫玉龍很是信服，孫玉龍雖然經常會詢問他們的看法，但是真到了需要做決斷的時候，孫玉龍的決定往往被證明是最正確的，所以他們的聯盟到現在為止一直生龍活虎的生存在東江市。

就在這時候，一則小道消息從東江市紀委飛快的傳了出來。

正在喝茶的嚴衛東手機也響了起來。

嚴衛東接通電話，就聽到一個嫡系人馬向他打小報告說：

「嚴書記，我剛剛得到消息，說是柳書記這兩天一直待在辦公室內長吁短嘆的，有人偶然聽到柳書記打電話，得知柳擎宇在長假期間要回北京老家去，說是要去相親，柳書記似乎對此事十分排斥，卻又拗不過家裡人，所以這兩天他的心情十分不好，連工作上也多處出錯。」

嚴衛東接到報信之後，先是一愣，接著一拍茶几恍然說道：

「嗯，沒錯！這兩天柳擎宇批示的公文，我看有好幾次都寫了錯別字，甚至在批示裡把原來的字劃了又重寫，從這些細節可以看出來，柳擎宇最近的確有些心不在焉的。小陳啊，你繼續盯著柳擎宇，千萬不要暴露了行跡。」

嚴衛東放下電話，欽佩的看向孫玉龍說道：

「孫書記，還真讓您給說著了，我已經得到很可靠的情報，據說柳擎宇這兩天心情不太好，好像是因為他的家人逼他回去相親，他正在鬧情緒呢。

「想想也是，這柳擎宇再厲害，也不過是個二十幾歲的年輕人而已，這個階段正處於心氣高傲的時候，叛逆心理還是很強的，尤其是像柳擎宇這樣的高富帥，家裡硬要給他安排相親，他肯定會不爽。這時候，他沒有心情繼續去搞黑煤鎮也是很正常的。不過 我估計等他長假回來後，恐怕還是會往黑煤鎮去攪風攪雨的。」

于慶生笑了笑道：「嗯，如果真是這樣的話，那倒簡單了。就算柳擎宇真的繼續到我們黑煤鎮去調查，他也調查不出什麼來，更何況現在我們又有了七天長假這個緩衝時間，等他回來想繼續調查，基本上啥都查不出來了。」

同一時空，柳擎宇坐在辦公室內。

他把劉亞洲喊了來，聽他彙報近期的工作情況，剛好接到好兄弟小二黑的電話。電話裡，柳擎宇當著劉亞洲的面，暗示了自己房間內有人之後，便跟小二黑抱怨起老媽給自己安排的相親之事，說自己因此都無心工作了。又約了小二黑與一幫好兄弟們趁假日好好的聚一聚，不醉不歸。

接完電話後，柳擎宇又和劉亞洲聊了一會兒，便把劉亞洲給打發走了。

這其實是柳擎宇故意設的一個局，他透過這通電話，為自己撤離黑煤鎮做出一個合理的解釋。

雖然這個理由存在著漏洞，但是柳擎宇深知，**越是完美的布局越不一定會成功，相**

反，如果在布局中故意設一兩個漏洞，反而容易讓對手落入局中而不自知。因為任何人都有自負情結，都會不由自主的把自己想像得很聰明，越是特別厲害的人越無法逃脫這種桎梏。

曹操如此，劉備如此，諸葛亮亦是如此。他們或許會重視對手，但是當他們感受到對手已經處於自己的掌控之中，或者預料之中的時候，心中就免不了自負起來。

曹操在華容道三次大笑，最終引來關羽華容道捉放曹；劉備傲然自負，結果引來火燒連營；諸葛亮六出祁山，無功而返；天燈續命，卻被魏延破壞殞命。

柳擎宇愛讀三國，更喜歡吸取前人的教訓。所以在現階段，布局的時候，他往往喜歡故意留下一些破綻給對方。

柳擎宇坐在椅子上，心中暗道：「如果不出意外的話，劉亞洲很快就會把這個情報告訴嚴衛東，嚴衛東知道了，有些重要人物應該也會知道這個消息，那麼自己的布局應該也就真正的完成了。」

這時候，柳擎宇的手機再次響了起來。

電話還是小二黑打來的，柳擎宇接通了電話。

電話裡，小二黑甕聲甕氣的聲音傳了出來：

「老大，你在玩什麼把戲？該不會是你又要給別人下套了吧？如果我沒猜錯的話，你剛才跟我講的那番話，應該是故意講給別人聽的吧？然後再透過這個人把你的話帶給真正能夠起到決策作用之人。你這招反間計雖然用得很好，不過也有一些風險啊，難道你就不擔心這個人不把你說的這些話傳出去嗎？如果那樣，你的這個反間計就用不上了。」

柳擎宇笑道：「小二黑，你小子還是那麼狡猾！你說得沒錯，我這個反間計的確有些破綻，不過無所謂，不管他是否把我的話傳出去，這話早晚也會經由其他途徑傳出去的，只不過是時間早晚的問題。

「對了，我說小二黑，我聽說你最近正在特訓，怎麼有時間給我打電話啊，難道你就不怕黑子叔叔拿大棒揍你一頓？」

小二黑嘿嘿笑道：「老大，這你就不知道了，我告訴你吧，兄弟我和老爸早就達成協議了，如果我達成他給我設定的階段訓練目標，就可以休息半個月，現在我已經達成第一階段目標了，所以現在正在休整期，正好可以趕上你的這次相親。

「我和其他幾個兄弟們已經商量好了，準備去觀摩你的相親會，你可不許反對哦，而且反對無效。你是知道的，兄弟們有很多手段進行遠端觀摩的。哈哈！」

柳擎宇頓時無語：「哎，我柳擎宇真是交友不慎啊，連相個親都要被你們這群損友觀摩，我決定了，這次去北京的所有消費都由你們來買單！什麼貴我吃什麼！」

小二黑爽快地說：「沒問題，不過老大啊，我先給你提個醒，你要相親的這個女孩可不簡單啊！」

柳擎宇一愣：「不簡單？能有多不簡單？給我說說。」

小二黑再次嘿嘿一笑，說道：「老大啊，細節我暫時就不跟你說了，我只告訴你一點，這是一個連你都未必能夠掌控得住的女孩，對方是一個極其有個性的女孩。」

說完，小二黑直接掛斷了電話，留給柳擎宇滿頭的霧水。

電話那頭，小二黑與劉臃的兒子劉小胖、韓如超的女兒韓香怡三個人圍坐在一家酒吧的桌子旁，聽了小二黑與柳擎宇的對話後，全都哈哈大笑起來。

劉小胖用手點指著小二黑的鼻子說道：

「小二黑，我算是發現了，咱們這些人中，就你長得最為忠厚老實，但是就你最壞，你這明顯是坑老大啊，你這麼一說，老大心中肯定會對慕容倩雪多出幾分好奇，這樣，便會在相親的時候多加注意，如此一來，老大和慕容倩雪成功的機率就會大大提高。這要是讓曹淑慧知道，小心她扒了你的皮。」

小二黑苦笑道：「我說小胖，你以為我願意這麼做啊，曹淑慧那頭母老虎誰敢惹她！我這不是沒有辦法嘛？我老爸拿著大棒逼著我這樣說的，還說如果我要是不這樣做，下一輪的訓練量就要翻倍，這種情況下，我能有什麼辦法啊。」

韓香怡瞪著一雙水汪汪的大眼睛說道：「小二黑，你說的不會是真的吧？難道黑子叔叔認為曹淑慧配不上柳擎宇嗎？」

小二黑道：「當然不是這樣囉，咱們圈子裡誰不知道曹淑慧和老大的事，只不過曹女王有意，咱老大無心啊。最重要的是，從個人感情上來說，我自然是希望老大和曹淑慧在一起，畢竟咱們是從小一起玩到大的，但是現實是殘酷的，據我的分析，如果從家族聯姻的角度來說，曹淑慧並不是最好的對象。」

韓香怡不解地說：「不會吧，劉家和曹家，那可是**強強聯合**啊，咱劉伯伯絕對有機會直接**衝上權力巔峰**的。」

小二黑不以為然地說：「從表面上看，你的話沒錯，但是**官場上的事，複雜就複雜在這裡**，雖然表面上看強強聯合是最好的，但是你卻忽視了一個最重要的現實，那就是這個圈子裡並不是只有劉家、曹家，還有其他各大家族，一旦劉家和曹家聯合起來，實力將會異常膨脹，那麼其他家族會怎麼想？

「誰願意一個巨無霸出現在眾人的面前？誰也不願意！那些平時一直保持平衡的勢力恐怕會聯合起來，想辦法先把這個巨無霸給擺平；相反，如果劉家和曹家仍然維持這種關係，其他家族就無需擔心，對劉伯伯和曹叔叔他們也比較有好處。畢竟，他們的實力現在還不是特別強大，還需要潛心苦修，積累力量。」

聽了小二黑的分析，小魔女韓香怡瞪大了眼睛，露出不可置信的表情說道：

「二黑哥，照你的分析，難道柳哥哥根本無法和曹淑慧姐姐結婚？他們兩人註定是悲劇嗎？曹姐姐對柳哥哥堅定不移的愛意會永遠沒有結局，只能黯然收場嗎？」

小二黑攤了攤手說道：「這個我說不準，但是如果從政治本身來講，他們兩個是絕對不可能結婚的，否則曹家或者劉家的實力必然會受到削弱，甚至是雙方都會受到削弱。「而且最重要的是，咱老大心氣太高，而且和曹淑慧之間實在是太熟了。咱們可都是從小光屁股一起長大的，對曹淑慧的脾氣十分瞭解，雖然作為好哥們、好朋友，老大非常願意和曹淑慧一起玩，但是結婚的話，恐怕老大真的要好好考慮一下。所以，對於他們兩個我並不看好。」

韓香怡聽了心情很是複雜，又是喜又是怒，喜得的是她也喜歡柳擎宇，曹淑慧失去了機會，自己必然機會大增。

她自然希望自己能夠嫁給柳擎宇，但是她也知道自己年紀太小，柳擎宇一直把她當成小妹妹來看待，要想嫁給柳擎宇難度非常大。

怒的是，如果連曹淑慧這樣級別的美女，柳哥哥都看不上眼，那自己豈不是更沒有機會了?!畢竟不管是身材還是相貌，自己現階段都比不過曹姐姐的。

劉小胖繼承了他老爸劉臃那圓鼓鼓的臉蛋和身材，包括他那雙小眼睛也完全一模一樣，父子兩人如出一轍。

聽到小二黑的分析後，劉小胖的小眼睛嘰哩咕嚕的轉動著，來回的在小二黑和韓香怡之間打量著。

看到劉小胖露出這種表情，心情有些不爽的韓香怡抬腳踢了劉小胖一腳說道：

「我說小胖，咱幾個就你最奸詐了，說吧，你在想什麼？不說，姑奶奶我明天就去你們家找劉叔叔告狀去，就說你在外面勾搭漂亮女孩，看叔叔不打斷你的狗腿！」

劉小胖一臉鬱悶的說：「我說小魔女，我啥也沒說啊，你怎麼把我給扯進來了。」

韓香怡狠狠的白了他一眼道：「得了吧你，咱們從小一起玩到大，誰不知道你啊，小二黑這傢伙是喜歡用他那憨厚老實的外表迷惑別人，扮豬吃虎；本姑娘則喜歡趁著別人不注意，偷偷來一悶棍；而你卻是狡猾得很，做啥事都不肯吃虧，你說，咱們哪次惹事不是你出的餿主意，咱們哪次吃虧了?!哼，你可別在姑奶奶面前玩扮豬吃虎那一套，快說，這個慕容倩雪到底是一個什麼樣的人？為什麼小二黑要給咱柳哥哥下套？」

韓香怡一邊說著，一邊用高跟鞋狠狠的踩著劉小胖的右腳，大有劉小胖要是不說出個子丑寅卯來就要繼續加力的態勢。

在北京，柳擎宇有兩個小圈子。

一個是柳擎宇和劉小胖、小二黑、曹淑慧、韓香怡以及徐哲、肖強這些父執輩的子女形成的一個圈子。

這個圈子裡，因為年紀相差不大，所以彼此間相處得十分融洽，雖然韓香怡的年紀比柳擎宇他們小一些，但是由於她古怪精靈，從小就跟在柳擎宇、曹淑慧他們的屁股後面玩，所以是整個圈子裡的小公主，大家都很寵她。

另外一個圈子則是以柳門四傑為核心。這個圈子裡大多都是柳擎宇求學時代認識的，彼此間都相互欣賞的好朋友、好兄弟。不過，柳擎宇和這個圈子裡的人聚會時都很低調，盡量不露鋒芒，以免引起非議，因為他非常清楚，即便是低調，依然有很多目光落在自己的身上，甚至是時刻都在監視著自己。

劉小胖一看小魔女的勁頭都拿出來了，知道自己今天不交代是不行了，便把自己的想法說了出來。

韓香怡瞪大了眼睛說道：「不會吧？這個慕容倩雪居然是這樣一個有意思的人？該不會咱柳哥哥英明一世，最終卻落在這個女人的手中吧？難道你們就眼睜睜的看著柳哥哥淪陷嗎？你們也太不講義氣了！不行，我得給柳哥哥打電話，告訴他。」

劉小胖和小二黑卻把身體往椅子上一靠，得意的蹺著二郎腿，充滿挑釁的看著韓香怡。看到兩人的表情，韓香怡只好妥協，氣鼓鼓的說道：「行，算你們狠，我啥也不說行了吧。」

三十日下午，下班後的柳擎宇立刻搭車直奔機場，飛回北京。

回到家裡已經是晚上十一點多了，老媽柳媚煙親自下廚給柳擎宇弄了一桌豐盛的宵夜，都是他最喜歡吃的。

第二天，柳媚煙直接把柳擎宇給喊到了客廳，丟給柳擎宇一個寫著電話號碼的紙條說道：「這是慕容倩雪的電話，你當著我的面給她打電話，約好時間和地點就趕快去見面吧，我在家等著你相親後的決定。你老爸也一直在等著你的消息。」

柳擎宇拿著紙條頓時無語，這老媽做事也太雷厲風行了吧，自己才剛起床，連臉都還沒有洗呢。不過無語歸無語，柳擎宇還是照老媽的吩咐，掏出手機撥通了紙條上的電話。

撥通之後，電話那頭卻是一片沉默。

柳擎宇愣住了。因為他清楚的看到電話已經接通了，另一頭還傳來淺淺的呼吸聲，卻沒有人回話。

柳擎宇只好說道：「是慕容倩雪嗎？我是柳擎宇。」

「是。」

沉默良久後，終於傳來一個聲音，卻只有簡簡單單的一個字，十分的惜字如金。

柳擎宇臉色便沉了下來。他是一個很敏感的人，從對方的語氣中，柳擎宇聽到了一股拒人於千里之外的冷漠。

既然是慕容倩雪的媽親自拿著爺爺的信要求老媽和老爸安排相親的，那麼慕容倩雪不可能不知道此事，但是她卻表現出如此態度，這是什麼意思？**難道說她不願意嗎？**既然不願意，幹嘛還要逼著自己去相親！真是豈有此理。

想到這裡，柳擎宇心中的傲氣也上來了，冷冷的說道：「是這樣的，我老媽讓我和你去相親，你看咱們在哪裡見面合適？」

柳擎宇點出了心中的不滿，並且暗示對方，並不是我想去，而是老媽讓我去的。

對方聽了，沉默了一下，依然冷漠的說道：「我在清華美院上學。」

柳擎宇點點頭：「好，那我們就在慶豐公園東園西二門處見面吧，你什麼時候有時間？」

「上午十點到十一點。」依然是簡單到極致的回答。

「好，十點二十分，我在西二門入口處等你。」說完，柳擎宇直接掛斷了電話。

旁邊，柳媚煙瞪大了眼，有些不滿地對兒子說道：「我說相親可不是你這麼相的吧，你也太沒有誠意了吧？」

柳擎宇聳了聳肩道：「老媽，你知道的，我去只是為了向爺爺做個交代，應付應付罷了，哪怕對方美若天仙，我也絕對不會心動的。」

聽兒子這樣說，柳媚煙卻是淡淡說道：「嗯，隨你吧，不過擎宇啊，老媽可得提醒你，這個女孩和別的女孩不一樣啊。」

柳擎宇不屑的說道：「無所謂，我找老婆找的是緣分，緣分不到，就是天天在我眼前晃也沒用，緣分到了，遠隔天涯海角我也會把她追到手。」

柳媚煙笑道：「哦？照你的意思，曹淑慧和秦睿婕都不是你的理想妻子了？」

柳擎宇嘆息了一聲，沒有說話，臉上的神情變得十分複雜。

對柳擎宇來說，他能夠清楚的感到曹淑慧對自己那種執著的愛意，不知道什麼時候開始，從小一起玩到大的曹淑慧在看向自己的時候，眼神中多了一絲莫名的情愫。

那種情感絕對不是朋友之間的那種友情，而是女人對男人的那種愛慕，而曹淑慧從來都不掩飾她的這種情感，也十分大膽的表達出來，並且處處對潛在情敵進行毫不留情的打擊。

而秦睿婕和自己的情感則是透過工作一步一步累積起來的，雖然情感醞釀的時間並不是太長，從相識到今天也不過才兩年，但是秦睿婕就好像是一座火山，平時沉默寡言，默默無聞，但是一旦爆發使洶湧澎湃，火爆激烈。讓人沉醉、讓人窒息，卻難以拒絕。

柳擎宇心中那根沉默許久的心弦不禁被秦睿婕所撥動。

然而，面對這兩個風情萬種、傾國傾城的美女，柳擎宇雖然心動，卻沒有行動，因為他總感覺到，雖然兩女對自己愛意澎湃，自己也非常欣賞她們，可是自己的內心深處總少了一種悸動的感覺。

他一直認為，真正的愛情應該是那種彼此間看到對方就能夠感受到對方的心跳，就能夠感受到自己被對方完全融合的那種感覺。他還沒有體會到那種感覺，他認為如果缺少那種感覺，婚姻是絕對不會完美的。

柳擎宇是男人，他也喜歡美女。但是對自己的妻子，他有自己的定義——是一個需要自己全身心的去付出、去呵護、去守護、去疼愛的女人；是一個為知書達理、能夠為自己著想的男人；是一個像老媽這樣，進可以掌控一域，縱橫馳騁，退則可以相夫教子，勤儉持家的賢妻良母。

柳擎宇也知道，這樣的女人很難找，但是他還是依然堅持著自己的原則。

第五章

慕容倩雪

她的美猶如空靈雪山中盛開的一朵雪蓮，美而不豔，靚而不妖，清麗脫俗卻不是不食人間煙火。女孩就那樣靜靜的站在柳擎宇的對面，一雙秋水般純淨的大眼睛充滿好奇的望著柳擎宇。

這個女孩就是慕容倩雪。

掛斷電話後，柳擎宇漱洗一番之後，看看時間，已經是九點左右了。他住的地方距離慶豐公園差不多四十分鐘的車程，考慮到北京容易堵車，柳擎宇決定提前出發。

作為男人，他沒有遲到的習慣。

柳擎宇的打算是正確的。車子進入四環以後便開始堵了起來，他開車來到慶豐公園的時候已經是十點零五分了。

把車停好，來到西二門入口處，柳擎宇左右看了一下，沒有發現什麼美女，便靜靜的站在那裡，看著街道上不斷駛過的汽車，陷入到沉思之中。

做官做久了，柳擎宇已經養成隨時隨地都可以進入思考狀態的習慣。

只不過以前他思考的是官場上的鬥爭，思考的是如何把工作做好，讓老百姓的生活品質提升上去，現在，他思考的卻是自己的人生、自己的情感、自己的未來。

柳擎宇雖然工作起來十分拼命，但他也有自己的人生規劃、有自己的情感世界，甚至有自己的弱點。只不過平時工作時，柳擎宇喜歡用威嚴把自己包裹起來。

大多數時候，外人看到的是一個睿智、強硬、勤奮、踏實的領導幹部形象；然而在他的好兄弟們的眼中，他卻是一個為人仗義、做事果斷、卻又為人強勢的老大。

然而，不管在外人眼中的形象如何，在柳擎宇的心中，感情這方面的事他卻很少跟外人講，即便是小二黑、劉小胖等好兄弟能夠瞭解一些柳擎宇的感情觀，愛情觀，但是他們也都十分明智的不去觸碰這個領域。

因為他們很清楚，這是**柳擎宇的禁區**。

因為以前曾經發生過一件事，而那件事情讓柳擎宇對這個領域越發的……

當然，這都是以前的事了，兄弟們誰也不會去提，他們只希望老大能夠快快樂樂的工作，開開心心的生活，找到一個他喜歡和喜歡她的女孩。

柳擎宇這一思考，便回憶起五年前的那個寒風蕭瑟的夜晚，想起了……

隨著腦海中的畫面一遍遍的重播，一股濃濃的憂傷頓時瀰漫了柳擎宇的全身，他的臉上、眼神也都被憂傷所籠罩，他的視線漸漸模糊，耳邊轟隆隆駛過的汽車引擎聲似乎漸漸不可聞，柳擎宇身心都沉浸在自己的世界裡。

就在這時候，一個綁著馬尾、穿著一身白色T恤、白短裙、白色休閒鞋的陽光女孩出現在柳擎宇身前三米的地方，女孩身高有一米七六左右，短裙下，一雙修長的玉腿筆直而白皙，找不出一絲的瑕疵。

女孩的蠻腰盈盈一握，但往那裡一站，卻沒有同齡女孩的纖弱，反而給人一種生機盎然、朝氣蓬勃的感覺。

白色T恤下，雙峰不大也不小，傲然挺立，兩峰間，雪白的溝壑深藏不露，無人可以縱覽其中美景。脖子則頎長滑膩猶如羊脂一般。

真正讓人驚豔的要屬女孩的相貌。

如果說曹淑慧的美傾國傾城，秦睿婕的美是成熟高雅，眼前這個女孩則是另一種獨

特的氣質，她的美猶如空靈雪山中盛開的一朵雪蓮，美而不豔，靚而不妖，文靜卻不哀婉柔弱，端莊但不冷漠，清麗脫俗卻不是不食人間煙火，給人一種親和卻讓人不敢生出過分的想法。

女孩就那樣靜靜的站在柳擎宇的對面，一雙秋水般純淨的大眼睛充滿好奇的望著柳擎宇。

這個女孩就是慕容倩雪。

慕容倩雪一眼便確認柳擎宇就是自己相親的對象，因為公園門口雖然同樣站著好幾個在等人的男孩，其中也不乏帥哥，甚至還有幾個以充滿欣賞和興奮的目光看向慕容倩雪，但是慕容倩雪連掃都沒有掃他們一眼，便直接把目光落在柳擎宇的身上。

此刻的柳擎宇和自己似乎並不處於同一個空間，她可以感受到柳擎宇身上所流露出來的淡淡憂傷。

慕容倩雪沒有去打擾柳擎宇，而是靜靜的站在那裡，默默的等待著。

時間一分一秒的過去。

十點二十分整，手機設定的鬧鐘響了起來，把柳擎宇從思考中驚醒。

柳擎宇睜開眼，便看到了慕容倩雪。

在看到慕容倩雪的那一剎那，柳擎宇突然想要狠狠的掐一下自己的大腿，看看自己是不是產生了幻覺。

眼前這個女孩的氣質實在是太獨特了，**她沒有曹淑慧的鋒芒畢露，沒有秦睿婕的沉穩大氣，卻有一股讓人看了之後就不想把眼神離開的魅力。**

她的目光是那樣的淡然，就好像萬物在她的眼中沒有任何區別，她的眼神中看不到任何欲望，看不到任何的憧憬，就像是大慈大悲的菩薩一般，出離、縹緲、無貪、無瞋、無癡。

柳擎宇真的有些驚呆了。

他縱橫特種沙場五年餘，什麼樣的女人沒有見過；縱橫官場兩年多，各種充滿誘惑的女人也層出不窮，卻從未見過像這種氣質的女孩。

慕容倩雪看到柳擎宇驚醒過來，淡淡的說道：「我是慕容倩雪。」

柳擎宇聽到慕容倩雪的聲音，感覺像是聽到了來自雪山頂上的一串仙音妙樂一般，柔和卻不失清脆，婉轉卻帶著執著。

柳擎宇突然產生一種幻覺，女孩彷彿是雪山頂上那一朵潔白的雪蓮花，冰清玉潔迎風傲骨，冰肌玉骨，雖然動人卻讓人生不起一絲一毫的褻瀆之心。

柳擎宇在打量慕容倩雪的同時，慕容倩雪也在打量著柳擎宇。

她感到柳擎宇雖然目光灼灼的直視著自己，但是目光中卻沒有普通男人眼中的那種欲望，只有驚訝和欣賞。

一開始看到柳擎宇，她只覺得柳擎宇帶著淡淡的憂傷，讓她十分意外，當柳擎宇醒來後，她對柳擎宇的觀感卻又有了新的變化。

這是一個十分陽光，而且很有教養、不做作的男孩，她感覺眼前的這個人並不是男人，而是一個大男孩。

她也說不出為什麼在那一瞬間自己會生出這種感覺，但是她卻十分篤定。

兩人對視了一眼，沒有說話，同時邁步向慶豐公園西二門走去。

兩人就沿著小路默默的走著，誰也沒有說話。

兩人並不知道，在距離他們不遠的地方，韓香怡、劉小胖、小二黑手中各拿著一把軍用望遠鏡，正在關注著兩人的一舉一動。

看到柳擎宇居然和慕容倩雪一句話都不說，劉小胖焦急的說道：

「老大今天這是怎麼了，平時泡妞的時候老大可是幽默風趣，妙語連珠啊，今天怎麼成了一個悶葫蘆了？這樣子怎麼可能把慕容倩雪給泡到手呢。」

一旁的韓香怡柳眉使勁的向上挑了挑，玉手攥成了拳頭，臉上怒氣隱現。

小二黑看到韓香怡表情不對，連忙說道：「小胖，你瞎說什麼呢，咱老大啥時候泡過妞啊，他絕對是一個正人君子，跟咱們可不一樣。」

「哼，你們這些臭男人，全都是一丘之貉，沒有一個好東西！」

小魔女是多聰明的人啊，小二黑雖然想要極力為柳擎宇漂白，但是女人天生的分析能力卻是相當可怕的。

小魔女哼了聲後，注意力再次聚焦在柳擎宇和慕容倩雪身上，拳頭卻攥得更緊了。

小二黑用腳狠狠的踩了劉小胖一腳，低聲道：「你啊，你這是幫老大裁刺啊，這小魔女要是真急眼了……」

韓香怡再次回過頭來，狠狠瞪了兩人一眼，就要向前衝去，卻被兩人一把給拉住了。

柳擎宇和慕容倩雪走了一會兒之後，慕容倩雪依然是一句話不說，目光直視前方，悠然自得的走著，就好像身邊沒有旁人一樣。

走了四五分鐘後，柳擎宇先打破沉默：「你也是被家裡逼著來相親的吧？」

慕容倩雪道：「逼又如何？不逼又任何？」

柳擎宇一愣，沒想到慕容倩雪竟是這種回答，便道：「難道你心中沒有怒氣嗎？你心甘情願嗎？現在已經不是過去的年代，早就戀愛自由了。」

慕容倩雪反問道：「怒有何用？不甘又如何？」

反問句，又是反問句，而且字裡行間流露出一種看淡塵世浮華的冷靜與淡然，似乎一切都無所謂。

柳擎宇被女孩的氣質和話語給震撼住了，他發現，女孩雖然表面上看起來陽光燦爛，出淤泥而不染，但實際上，她卻像是一個難以逃脫宿命囚籠的仙子，十分可憐。

兩人再次陷入了沉默之中。

兩人又向前走了兩三分鐘，慕容倩雪突然問道：「你看上我了嗎？可以告訴我結果嗎？」

直接，太直接了。直接到柳擎宇一點心理準備都沒有。他萬萬沒有想到，這樣一個柔順的女孩竟然問出這麼具有衝擊力的問題，而且說話的語氣就好像是在和自己談一件交易一般。

柳擎宇猶豫了一下，隨即說道：「對不起，我不知道。」

這回，輪到慕容倩雪愣住了。

在來相親前，慕容倩雪也曾聽家人說過柳擎宇的身分和經歷，知道柳擎宇不僅背景強大，而且是一個極其優秀的人才，還有好幾個大家族的女孩都在追他，像他這樣的男人最不在乎的應該就是女人。

所以，她才問得那樣直接，那樣坦誠。因為她知道，柳擎宇不可能看得上自己，因為自己的家族只是一個中小家族，和柳家沒有辦法相比；最重要的是，柳擎宇實在是太優秀了，優秀到很難有女人能夠配得上他。

然而，柳擎宇的回答不是否定句，而是不知道，讓慕容倩雪很是意外。

慕容倩雪眼中閃過一絲驚異，隨即收斂，快步向前走去，丟下一句：「我回去了。」說完，她的嫋嫋背影便消失在北京的霧霾之中，漸漸看不見了。

柳擎宇回到家裡，柳媚煙立刻關心地說道：「這個女孩你感覺怎麼樣？長得漂亮嗎？」

柳擎宇誠實的點點頭道：「嗯，長得很漂亮，也很有氣質。」

柳媚煙哈哈大笑起來：「真是難得啊，竟然有女孩子能夠讓你用漂亮二字！怎麼樣，看上這女孩了嗎？如果看上的話，老媽我立刻親自出馬向慕容家族提親去，一定幫你們撮合成功了。」

說話時，柳媚煙笑容中閃過一絲狡黠之色，眼底深處是悄悄的得意。

她是見過慕容倩雪的，知道這個女孩氣質十分特殊，以她對兒子的瞭解，如果是一般的女孩，哪怕是再漂亮，也未必能夠打動自己這個寶貝兒子的心，不過慕容倩雪那恬靜、不急、不爭、不怒的菩薩氣質，恰恰是最能讓柳擎宇感興趣的類型。

哪知柳擎宇聽了老媽的話後，只擺擺手道：「老媽，你就別瞎忙活了，這件事我還沒有想好。」

「沒有想好？」

聽到柳擎宇的話後，柳媚煙先是一愣，隨即越發興奮起來，因為她終於第一次從柳擎宇這裡聽到了一個模棱兩可的答案，而不是像以前那樣十分確定熟悉的兩個字——不行。既然柳擎宇沒有說不行，那麼就證明柳擎宇對這個女孩有點意思。

柳媚煙眼珠一轉，笑著說道：「擎宇，你得想多久時間啊？我可跟你說啊，慕容家現在急於用聯姻來提升自己的實力和地位，如果你不快點做出決定的話，我擔心他們會給慕容倩雪安排別的相親對象啊。」

柳擎宇淡淡說道：「他們願意安排就安排吧，那是他們的自由，我至少需要半年左右的時間去思考。」

柳媚煙眉頭一皺，以他對兒子的瞭解，他絕不是那種優柔寡斷之人，如果他真的看上了慕容倩雪的話，一定會直接說出來的；但是柳擎宇卻偏偏說要思考半年，**這臭小子打的什麼主意呢？**

就見柳擎宇無視老媽的訝異，走向自己的房間，邊走邊說道：「老媽，我有些睏，先睡一覺。」

他關上房門躺在床上，臉上卻露出了為難之色。

柳擎宇之所以為難，是因為他不知道自己到底該如何抉擇。

面對工作上的事，柳擎宇從來都是快刀斬亂麻，毫不猶豫，是非曲直，輕鬆斷定。然而，面對情感，柳擎宇卻不得不猶豫了。因為他是一個男人，一個心中充滿了善良、正直、理智的男人。

曹淑慧、秦睿婕、慕容倩雪三個女孩的臉龐不斷地在柳擎宇的腦海中閃現著。

慕容倩雪的古怪精靈、潑辣強勢，秦睿婕的火辣熱情、不棄不離，慕容倩雪的不爭不怒、清純陽光卻又看透紅塵，每個女孩都有她們獨特的氣質，又有著不同的境遇。

曹淑慧和秦睿婕對自己青睞有加，慕容倩雪卻對自己冷漠淡然，沒有一絲情感，然而，柳擎宇卻冥冥中有一種感覺，自己和慕容倩雪彷佛是三生三世修來的福緣，從第一眼看到慕容倩雪，他就有一種感覺，她似乎就是自己一直在尋找的那個人。

雖然第一眼見到慕容倩雪的時候，並沒有想像中那種心臟激烈跳動的砰砰聲，甚至兩人的對話屈指可數，但是柳擎宇卻偏偏對她產生了濃濃的興趣。

柳擎宇不由得在心中問自己：我是不是有些犯賤啊？曹淑慧和秦睿婕那麼喜歡我，我對她們也很有好感，可是為什麼偏偏在見了慕容倩雪第一面後，就有一種不同尋常的感覺呢？**這個慕容倩雪到底是哪裡吸引我呢？**

論相貌，曹淑慧、秦睿婕、慕容倩雪三人春蘭秋菊，各有所長，論身材氣質，秦睿婕是成熟飽滿，曹淑慧是火辣美豔，慕容倩雪卻是青澀空靈；論才華，曹淑慧聰明絕頂，眼界高遠，秦睿婕沉著穩重，掌控一切，而慕容倩雪，自己對她並不瞭解，只知道她是清華美院的學生。

柳擎宇發現無論自己如何比較，也找不出自己為什麼會對慕容倩雪產生一種獨特的感覺。

他甚至發現自己對慕容倩雪什麼都不瞭解。想到這裡，柳擎宇坐起身來，撥通了劉小胖的電話：「小胖，幫我辦件事。」

此時，劉小胖、小二黑、韓香怡三人正坐在茶館內喝茶，研究著柳擎宇和慕容倩雪的未來發展，三人意見各不相同。

看到柳擎宇來電話，三人都屏住了呼吸。

「老大有啥吩咐，你儘管說，我馬上去辦。」

「你立刻以最快的速度給我查一下慕容倩雪的資料，越詳細越好。」柳擎宇說完，感覺到心中的一塊石頭突然放下了。

劉小胖立刻笑道：「我們兄弟早就想到你會做出這種指示，資料老早準備好了。我先簡單跟你講一下，隨後把她的資料發給你。」

柳擎宇笑罵道：「你這傢伙是不是皮在癢了？竟然耍我，趕快說！」

劉小胖得意地說：「老大，慕容倩雪這女孩的確是一個不同一般的女孩，她現在的身分是個學生，在清華美院上學，平時在學校極其低調。每次考試基本上都在六十分左右，從來不會不及格，卻也從來不會比六十分高出多少。

「平時她不化妝，每天素顏見人；不喜言辭，但是卻沒有人說她不合群。根據她同學的分析，她這人雖然低調，但實際骨子裡卻很高傲……」

柳擎宇瞪大了眼睛，慕容倩雪低調嗎？每次考試都是六十分就算是低調？

這絕對不是低調，而是傲氣。說明這個女人對自己極度的自信，她能夠把分數控制得極其到位。這種事自己也做過，所以他能夠理解她的心態。

尤其是想到相親時，慕容倩雪那種淡然冷漠、不急不爭的姿態，他意識到這個慕容倩雪是一個很有意思的人，她的內心深處似乎充滿了層層疊疊的矛盾。她對人生充滿了淡然，任何事都不能激起她的興趣；她不在乎別人的看法，只生活在屬於自己的小空間中。

想到這裡，柳擎宇突然發現，自己越發想要走入這個女孩的生活，想要更多的瞭解她、接觸她。

這是一種柳擎宇自己都想不明白的衝動，而且這種想法一旦產生，柳擎宇便無法抑制自己的這種想法。

不過柳擎宇並不急於出馬。因為他曉得越是這種女孩，她的感覺越是敏感，哪怕是她迫於家族的壓力願意和劉家聯姻，自己和她之間恐怕也是有婚無愛。

「我的天啊，我到底怎麼了，怎麼想到結婚去了？我和她之間八字還沒有一撇呢。」柳擎宇狠狠的一拍自己的腦門，懊惱的說。

他突然想到一件事，早上他給慕容倩雪打電話的時候，她告訴自己她在上課。當時自己沒有多想，此刻靜下心來，才發現今天是連續假期的第一天，哪個學校會在今天上課啊，這女人根本就是在忽悠自己嘛。

豈有此理，真是豈有此理，這個女孩也太囂張了。

柳擎宇看看時間，現在是中午十一點三十分，如果自己現在去清華美院，路上不塞車的話，四十分鐘左右就到了。如果慕容倩雪在學校的話，很可能正在食堂吃飯。

想到這裡，柳擎宇從床上跳了起來，拿起車鑰匙飛快的向外衝了出去。

看到兒子疾馳而去的背影，柳媚煙臉上再次露出得意的微笑。她知道如果兒子和慕容倩雪照這個速度發展下去，離自己當婆婆抱孫子的時間大概不遠了。

柳媚煙撥通了柳擎宇老爸劉飛的電話，報信道：

「你兒子突然飆車衝了出去，如果我猜得不錯的話，恐怕他是去找慕容倩雪去了。」

劉飛一愣：「不會吧？他們不是今天才第一次見面嗎？這麼快就開始熱戀啦？」

柳媚煙苦笑道：「熱戀？怎麼可能，我估計應該是咱們家兒子準備主動出擊了，人家女孩可未必對他有意思啊。」

劉飛更是吃驚了：「不會吧，咱兒子可是個超級大帥哥啊，就連曹淑慧和秦睿婕那樣的美女都無法抵抗他的魅力，難道慕容倩雪對擎宇一點感覺都沒有嗎？」

柳媚煙研判道：「至少現在還沒有，慕容倩雪那個女孩我見過，是個氣質十分獨特的女孩，她就像是個不食人間煙火的仙子般，充滿了佛意，無欲無求，這種氣質對於普通人可能沒有什麼吸引力，因為會給人一種拒人於千里之外的感覺，但是這種獨特的氣質恰恰是咱兒子沒有見過的，對他有著極大的吸引力。」

就在劉飛和柳媚煙研究著兒子和慕容倩雪未來的發展時，柳擎宇開著一輛普通的長城汽車來到了清華美院。

和值班保安打聽清楚後，他開車來到大三女生宿舍樓下，把車停好，走下車攔住一位正在準備往裡走的女孩：

「你好，我想請問一下，慕容倩雪在幾樓？能不能幫我喊她一下。」

女孩長得很漂亮，身材高挑，看了柳擎宇一眼，發現柳擎宇是一個大帥哥後，原本冷冷的臉色漸漸露出幾分笑意：「你誰啊？以前我沒有見過你啊？你認識倩雪嗎？」

柳擎宇聽到對方的稱呼，心中就是一動，打開後車箱，從裡面拿出一盒巧克力遞給女孩說道：「我是慕容倩雪的朋友，叫柳擎宇，這是我的一點小意思，能不能麻煩你把慕容倩雪幫我喊下來。」

女孩看到柳擎宇遞過來的巧克力十分高檔，便知道柳擎宇恐怕是慕容倩雪的追求者，否則不會拿著如此高檔的巧克力來賄賂自己。

接過巧克力後，女孩舉在空中晃了晃，笑著說道：「你找我算是找對人了，我是倩雪同宿舍的同學，還有巧克力沒有？我們宿舍還有兩位美女，如果你還有兩盒的話，我可以考慮幫你喊一下倩雪，她現在就在樓上。」

柳擎宇笑著打開後車箱，又拿出兩盒巧克力，滿臉含笑說道：「那就麻煩你了。」

十分鐘後，慕容倩雪穿著上午相親時的那套衣服，滿臉淡然的走了下來。

當她看到站在樓下的竟然是柳擎宇後，眼中露出驚訝之色，問道：「你怎麼來了？」

柳擎宇說道：「我來請你吃飯。」

「我已經吃過了。」慕容倩雪平淡的說道，一點不給柳擎宇面子。

就在這時候，一輛紅色保時捷轟鳴著引擎聲突然疾馳而來，嘎吱一聲急剎車停在柳擎宇身邊。

柳擎宇自始至終一直穩穩的站在那裡，哪怕是對方的車輪離他的腳跟只有不到兩釐米的距離。只不過柳擎宇的眼神卻在一瞬間漸漸變冷。

他能夠感覺到開車的人是在故意威懾，或者戲耍自己，雖然不會有生命危險，但是**這是對他男人尊嚴的一種強烈挑釁，尤其是當著慕容倩雪的面**。哪怕柳擎宇的城府再深，再有原則，但他始終都無法擺脫一件事，那就是他只是一個廿四歲的男人，在美女面前，是個男人都不願意自己丟了面子。

尤其是在剛才，如果柳擎宇看到汽車駛過來的時候嚇得狼狽逃竄，那麼他在慕容倩雪眼中的形象將會一落千丈，這是極其陰險的挑釁，對方的用心可見一斑。

保時捷車門打開，一個留著清爽短髮的陽光型男從車上走了出來。

這個男人看來二十三四歲的年紀，身高一八〇，穿著一身花襯衫，灰色西裝褲，腳上蹬著一雙鱷魚皮鞋，手上戴著一塊限量版百達翡麗手錶，豪車帥哥的經典搭配。

型男往外一走，立刻招得從宿舍進出的女生們的一致目光。

還有人低聲議論著：「我的天啊，太帥太酷了，這就是我心目中的男神啊！」

型男在所有女生閃著小星星的眼神下，邁步向柳擎宇走了過來。

這時，從車上又下來兩個男人，也是二十幾歲的年紀，穿戴都是奢侈品，一個高一個矮。高個兒手中還捧著一束鮮豔的玫瑰花。

他快速來到型男身後，十分恭敬的把玫瑰花遞了過去，型男接過玫瑰花後，滿臉含笑地將花遞向慕容倩雪說道：「倩雪，和我一起出去吃飯吧，這是送給你的鮮花。」

柳擎宇心中那叫一個怒，心說這小子是誰啊，這也太囂張了吧，沒看到自己正在和慕容倩雪說話嗎？居然跑來送花，還要把慕容倩雪給拐走，**簡直是橫刀奪愛嘛！**

不過怒歸怒，這時候他並沒有說什麼，只是默默的站在旁邊冷眼旁觀。

他雖然對慕容倩雪感興趣，但這並不意味他就一定要追求慕容倩雪，對柳擎宇來說，他對自己的女友，尤其是妻子的選擇標準是非常高的，他也想看看慕容倩雪是一個什麼樣的女孩。如果她是一個很隨便的女孩，哪怕她再有氣質，也不是自己的菜。

慕容倩雪淡淡的看了型男一眼，眉頭便緊皺起來，冷冷說道：「不去。」

柳擎宇聽到慕容倩雪的回答，心中微微有些得意，立刻趁機說道：「慕容倩雪，一起去吃個飯吧？我請你去吃麵，王府井那邊有一家麵店的麵十分道地。」

慕容倩雪微微一愣，在她想來，柳擎宇要約她，肯定會請自己去吃西餐，或者去那種高檔美食會所，這是北京很多衙內們泡妞的手段，因為這對愛慕虛榮的女孩來說，絕對是很有用的一招，因為這種地方一頓飯吃下來，沒有萬八千的根本不可能，直接就將很多女孩給砸暈了。

所以，慕容倩雪怎麼也沒有想到柳擎宇竟然說要帶自己去吃麵。

慕容倩雪其實並沒有吃飯，她之所以告訴柳擎宇吃過了，是因為她還沒有想好要如何跟柳擎宇相處呢。

慕容家族現在正處於一個發展的十字路口，進則會成為中等偏上的家族；退則徹底回到一個沒落家族的行列，因此慕容家族的兩位大老十分焦慮，自己也就成了家族晉升與否的捷徑。

她很清楚，長輩之所以拿出劉老爺子的那封信，就是希望藉由這次相親好搭上劉家這條線，一旦結親，只要慕容家的人不犯錯，就不用擔心被別人惦記上。哪怕是劉飛再剛直不阿，從面子上考慮，也絕不會讓外人去欺負自己的親家的。

然而，如果劉家不能儘快的給出明確的答覆，那麼家族大老很可能會另外尋找新的目標，與其他的家族聯姻。

所以，在這個一切都不能確定的時刻，她不願意和柳擎宇進行過多的接觸，以避免給柳擎宇留下她很輕浮的感覺。

她雖然早已看透塵世，但是很多問題卻不能不考慮。

不過眼前的情況卻又複雜起來。對這位型男譚傑，她頗為頭疼。他們是大學同學，雖然不在一個班，卻是同一個科系。

他已經纏了自己將近半年，只是她一直沒有搭理他，誰知他不願放棄，仍是不斷使出纏功，希望她改變主意。

慕容倩雪心中略微衡量了一下，向柳擎宇點點頭說道：「好吧，我跟你去。」

柳擎宇用手指著不遠處的長城車說道：「我的車在那裡，咱們走吧。」

譚傑看到柳擎宇竟然想把自己看上的美女給帶走，頓時惱火起來，邁步一下子擋在柳擎宇的面前，用手指著柳擎宇的鼻子道：

「小子，就你開輛破車也想泡慕容倩雪，你是不是不想在學校裡混了？我告訴你，你最好有多遠就給我滾多遠，離慕容倩雪越遠越好，否則的話，我不僅會讓你畢不了業，還會讓你直接住進醫院。」

柳擎宇瞥了譚傑一眼，從對方說話的語氣、穿者打扮以及開著豪車，一看就是有錢的公子哥。這種人一出生就是銜著金湯匙長大的，從來不知民間疾苦為何物，他們吃的、用的、玩的都是最好最頂級的，所以，這也造成了他們目空一切的性格。

像他們這種出身的人，長大後往往會分成三類人，一類是老老實實的接班家裡的財產，靠自己的努力守護著家族產業；另外一類人則是借助家族的平臺創出一番新的天地。還有一類人，也就是像眼前這位公子哥這樣的人，他們通常張揚、狂傲，自認老子有錢，便可以擺平一切，然而，這種往往最終都成了敗家子。

柳擎宇冷冷的說：「立刻把你的手拿走，我這個人脾氣不太好。」

譚傑身後那兩個朋友一看柳擎宇居然不把自己的老大放在眼中，頓時怒了，摞胳膊挽袖子便朝著柳擎宇衝了過來，想要狠狠的收拾柳擎宇一頓。這種事以前他們幹得多了，基本上輕車熟路。

譚傑一見，也配合著兩個下手，揮拳衝柳擎宇的鼻子便砸了過來。

然而，就他們三個哪裡是柳擎宇的對手，柳擎宇身體連動都沒動，便在十秒內將三人全部搞定。

柳擎宇在周圍女生們震驚的目光中看向慕容倩雪說道：「走吧，咱們去吃麵條。」

當柳擎宇這句話一出來，頓時引來女孩們一陣哄笑之聲，其中雖然不乏善意之笑，更多的卻是不屑和鄙視。畢竟，請美女吃飯竟然去吃麵條，這也太沒有品味，太不浪漫，也太沒有誠意了。

甚至還有一個女生衝著慕容倩雪喊道：「倩雪，不要答應他，這男人太小氣了。」

柳擎宇只是淡淡的看著慕容倩雪，對四周的鄙夷和不屑凜然無懼。

這時，被柳擎宇打倒的譚傑在小弟的攙扶下站起身來，怒聲道：「孫子，你等著，我絕對不會放過你的，有種的報上名來。」

「你還不配知道我的名字。」柳擎宇丟下這句，便向前走去。

慕容倩雪向圍觀的女同學笑了笑，便隨著柳擎宇的腳步向長城汽車走去，坐上副駕駛的位置上。柳擎宇發動車子，在一眾女生的鄙視眼光中瀟灑離去。

男生們則露出欽佩之色，沒想到一碗麵條就能夠泡到慕容倩雪這種級別的美女。

一個男生突然靈機一動，對身邊的女孩說道：「寶貝，我也請你吃麵條去。」

女孩直接衝男生豎起了中指，說道：「去死吧你！」說完，昂起高傲的頭顱揮手而去。

車子駛上大馬路，柳擎宇問：「你喜歡吃什麼？我帶你去吃。」

慕容倩雪柳眉一挑：「你不是說要帶我去吃麵嗎？」

柳擎宇笑道：「開個玩笑而已，第一次見面，怎麼能請你去吃麵條呢。」

慕容倩雪卻道：「我想吃麵條。」

這次，輪到柳擎宇吃驚了。

既然慕容倩雪說想吃麵條，他隨即不再說話，帶著慕容倩雪來到一家百年麵條老店——「麵條張」。

「麵條張」位於東城區的胡同內，麵館也就是三十多平米，他們到的時候已經是一點多了，所以吃飯的人雖多，並沒有排隊，他點了兩碗麻醬麵外加幾盤小菜。

在等待餐點時，兩人也互相地打量起對方來。偶爾兩人的目光相對，便點點頭，微微一笑。

柳擎宇暗暗觀察慕容倩雪，越發感覺到此女的不簡單。

如果是一般的女孩，在自己如此直接的目光掃視之下，要麼是羞澀驚喜，要麼是坐立不安，或者是勃然大怒，然而，慕容倩雪卻只是靜靜的坐在那裡，默默的看著自己。

柳擎宇看得出來，慕容倩雪也和自己一樣，正通過對自己的細微觀察，想要瞭解自己的個性和狀態。

對柳擎宇來說，他有些震驚。因為這種觀察方法並不是一般人能夠掌握的，需要長年的磨練或者是超高的智商。而慕容倩雪不過是一個大三的女生而已，她應該沒有經歷過那種大風大浪的磨礪，何以養成了如此能力？

麵條和小菜很快來了，柳擎宇介紹道：「這裡的麵條之所以好吃，是因為它的麵條是用有機非基因改造的小麥磨製而成的，加上獨特的技術，吃起來筋道爽口，再配上秘方調製的麻將，所以特別好吃。我每次回北京幾乎都會來這裡吃一次。」

慕容倩雪用筷子挑了一小嘬麵條放進櫻桃小嘴內，吃完一筷子後，點點頭道：「好吃。」

柳擎宇笑了，按照自己的節奏吃了起來。

哪怕是在美女面前，柳擎宇吃飯依然毫不做作，直接端起碗來一通狂吃，連吃了三碗後，這才配點小菜，然後滿足地放下碗，看著慕容倩雪。

慕容倩雪吃飯的方式和柳擎宇截然不同，她的姿態相當優雅，細嚼慢嚥的將麵吃完。

兩人又喝了麵館特製的麥茶後，站起身來，十分默契的上了車。

隨後，柳擎宇帶慕容倩雪來到王府井，把車停好後，問道：「聽說你們女人都愛逛街，你呢？」

慕容倩雪淡淡說道：「還可以。」說完，便向前走去，臉上露出一絲得意的微笑。

柳擎宇走在慕容倩雪的身後，自然看不見慕容倩雪的表情。不過柳擎宇沒想到，自己這個提議他不久便後悔了。

慕容倩雪充分將女人愛逛街的天賦展現了出來，整整逛了三個小時。

柳擎宇緊緊的跟在慕容倩雪身後，看著她在商業街裡到處閒逛。不管是衣服也好，飾品也好，化妝品也罷，尤其是衣服，看到喜歡的還會試穿一下，看看合不合身。過程中，柳擎宇感覺自己就像是一個跟屁蟲般，無聊至極，非常的累。

以前在訓練的時候，他連續跑上五六個小時都沒有什麼感覺，但是今天只走了三個小時他卻異常的疲累。

不過柳擎宇是個很有修養的人，雖然很累又有些無聊，但是他依然十分紳士的跟在慕容倩雪身後，盡好他的職責。

慕容倩雪雖然忙著逛街，卻一直關注著柳擎宇的表現，當她看到柳擎宇任勞任怨的跟在後面，眼神漸漸變得柔和起來。

然而，柳擎宇和慕容倩雪萬萬沒有想到，就在他們進入一家以專賣高檔品牌為主的商場後不久，譚傑開著他的保時捷緩緩地出現在柳擎宇的汽車旁。

隨即那兩個被柳擎宇打得鼻青臉腫的小弟，手中各自拎著一根狼牙棒，將柳擎宇的汽車一陣狂砸，砸得面目全非之後，這才揚長而去。

離去的同時，譚傑拿出手機，撥通了商場的總經理秦玉強的電話：

「老秦啊，你調一下監視器，剛才有一對年輕男女進入咱們家的商場，男的大約一米九〇左右……」

譚傑把柳擎宇和慕容倩雪的體貌特徵描述了一下。

秦玉強狗腿的說道：「譚少，不知道對這兩個人，您打算怎麼處理？」

譚傑下令道：「想辦法羞辱一下那個男的，媽的，竟敢跟老子搶女人，看我玩不死他。」

秦玉強本以為譚傑要自己派人收拾柳擎宇呢，心中十分擔憂，聽到他只是要羞辱一下柳擎宇，當即便拍胸脯道：「譚少，您放心，這事我幫您搞定。」

慕容倩雪和柳擎宇從一樓逛到二樓，從二樓到三樓……五樓，幾乎轉遍了所有她喜歡的品牌，但是卻沒有對任何一件衣服表現出太過濃厚的興趣。

當兩人來到一家法國精品時裝店的時候，服務員立刻迎了上來，熱情的為慕容倩雪介紹店裡的衣服。

柳擎宇發現，慕容倩雪在看到其中幾件衣服的時候，眼中露出與之前不同的光芒，眼神中多了幾分欣喜和渴望，顯然她看到了喜歡的衣服。

慕容倩雪一件件試穿著，比對著。

正準備試穿第四件的時候，那個一直滿臉陪笑的女銷售員突然耷拉著臉，攔在慕容倩雪的面前，譏諷的說道：「不好意思啊小姐，我們的衣服不能讓你再試穿了。」

慕容倩雪充滿疑惑的看著銷售員。

銷售員不屑的說道：「小姐，我們這裡和樓下的那些國產品牌和二三線小品牌不一樣，這是法國頂級品牌，對那些買不起的人，我們是不提供試穿服務的，以免弄髒了我們的衣服。」

慕容倩雪聽銷售員這樣說，臉上依然不爭不怒，轉身就要往外走。

柳擎宇臉色卻沉了下來。

雖然慕容倩雪的個性不喜爭鬥，但是柳擎宇卻恰恰相反，是個十分愛面子的人，這個銷售員當著自己的面斥責慕容倩雪，這根本就是在打自己的臉啊。

柳擎宇一把拉住慕容倩雪說道：「別走，我倒要看看這個品牌到底是有多高檔？」

慕容倩雪停下了腳步。

柳擎宇看向銷售員說：「我們有說不買嗎？你憑什麼斷定我們買不起？你們的品牌很好嗎？」

銷售員臉上露出驕傲的神色，自誇地說：

「我們的牌子可是法國名牌，每件衣服最低售價都是萬元起跳，這位小姐剛才試穿的那三件衣服；最低價的八萬元，最後這件更是價值十五萬，據我所知，先生您開的是一輛國產車吧，恐怕還沒有這件衣服貴呢，以你的收入水準，能買得起我們家的衣服嗎？我看你們還是去樓下的平價品牌區去隨便挑一件吧！

「這個品牌不是你能消費得起的，而且我們品牌針對的主要對象是外國人和高級白領和權貴之人。這位先生，就算你想把妹，也得考慮考慮荷包嘛！」

柳擎宇的臉色更加難看了，一個奢侈品牌竟然如此囂張，還口口聲聲說什麼不接待一般的中國人，這完全是民族歧視啊。

慕容倩雪見柳擎宇情緒有些波動，意識到柳擎宇要發飆，便拉了他一把說道：「咱走吧，不買了。」

女銷售員立刻接口道：「是啊，還是這位小姐明智，先生，買不起就不要硬撐了，死要面子活受罪啊。」

柳擎宇懶得跟這個銷售員計較，只說：「把你們經理叫來，我要和他說話。」

銷售員本來還想拒絕，但是被柳擎宇用犀利的眼神看了一眼，嚇得她不敢再說什麼，趕緊走到店內一個房間處敲了敲門進去報告了。

過了一會兒，一名金髮碧眼的老外走了出來，看向柳擎宇道：「你找我？」

老外說的是法語，言語間充滿了對柳擎宇的輕蔑。

柳擎宇是懂法語的，但是他回答對方卻用的是中文：

「沒錯，我找你。我想問問，難道這就是你們這家國際品牌的服務態度？你知不知道你們涉嫌歧視消費者。」

老外其實也聽得懂中文，不過這個法國人依然用法語說道：

「沒錯，這就是我們的服務態度，如果你不喜歡，你可以不在這裡消費。消費者有權選擇我們，我們也有權選擇消費者。我們是國際大品牌，不是你這種窮人買得起的，請你們立刻離開，否則我喊保安了。」

柳擎宇眼神越發陰冷：「據我所知，在法國如果涉嫌歧視消費者，是要承擔法律責任，甚至要受到處罰的。」

老外反駁道：「不好意思，這裡是中國，不是法國。你們中國沒有這樣的法律，我們這叫入鄉隨俗。」

柳擎宇聽了不禁笑了，點點頭道：「好，那我就讓你知道知道什麼才是我們中國人的習俗！」

說完，柳擎宇拿出手機，把店鋪內外的衣服和價格一一拍攝取證，連同剛才他和女銷售員、老外經理間的對話用微信發給好兄弟劉小胖。

接著撥通劉小胖的電話，交代道：

「小胖，交給你兩個任務。第一，立刻調查我剛才發給你的這家法國品牌在歐美等國家的實際銷售價格，扣除關稅之後，與在中國的銷售價格進行對比，看相差多少，十分鐘內，我要見到結果。

「第二，立刻通知和我們柳氏家族關係很好的那些商業大廈、百貨公司，讓他們立刻下架這家品牌的所有產品，並且與他們解除合約，所有損失由我來承擔。」

「好，老大，你放心，我馬上去辦。」

劉小胖和柳擎宇是從小玩到大的發小，對柳擎宇非常瞭解，知道自己這位老大很少會去做超出理智的瘋狂行為，更不會做以勢壓人的事情出來。

他會做出這種指示，肯定是被這家法國品牌給徹底氣到了，不然不會做出這種把對方往絕路上逼的舉動。

劉小胖辦事效率非常高，沒幾分鐘，便搞定了這件事。

「老大，第一件事我已經查出來了，這家法國品牌的心也太黑了吧，他們在法國只能算是一個中端品牌，你發給我的那些圖片中的衣服，同樣款式在法國，價格只有中國的十分之一，在美國是八分之一，在日本是五分之一，在韓國是四分之一，可以說，這家品牌對中國的消費者有非常嚴重的價格歧視。」

柳擎宇滿意地說：「好，我知道了。你接著做第二件事吧。」

掛斷電話，柳擎宇另外撥通了好兄弟、柳門四傑之一黃德廣的電話。

此刻，黃德廣正在公司辦公，把資料處理完，他拿出他那把充滿粗獷風格的鏡子和手槍形狀的梳子梳理著頭髮，一邊梳一邊自戀地說道：「嗯，不錯不錯，哥最近又帥了很多啊！」

這時，手機突然響了起來。

聽到熟悉的鈴聲，黃德廣急忙放下鏡子和梳子，接通了電話。

第六章

空中插曲

程人宏質問道：「怎麼？把我衣服弄髒了就想走，你把我當成什麼了？以為你們航空公司店大就可以欺客嗎？」一邊伸手拉住空姐的玉手，把她往懷裡一帶，讓空姐坐在他的大腿上，兩隻手不安分地向空姐的胸部抓了過去。

「老大，你怎麼想起找了？慕容倩雪那個妞還沒泡到手嗎？」

黃德廣的聲音很大，慕容倩雪就站在柳擎宇的身邊，聽到電話裡傳來的聲音，柳眉不禁向上挑了挑，掃了柳擎宇一眼。

柳擎宇心中那叫一個尷尬啊，心說你小子真是坑死我了，不知道現在慕容倩雪就在我身邊嗎?!

他連忙用話堵住了黃德廣的話題，防止他繼續往下說：

「你真是狗嘴裡吐不出象牙來，別跟我貧嘴了，交給你一件任務，我懷疑法國某服飾集團在中國銷售的產品涉嫌嚴重的價格歧視，詳細的資料你可以找劉小胖要，你的任務是聯合北京幾家高級律師事務所對這家集團進行起訴，並告知商務部，和他們好好打一場官司。同時，我要你聯合你所有熟識的媒體資源，對這件事進行鋪天蓋地的報導，要快速形成輿論效應，我的目的很簡單，就是要把這家法國品牌趕出北京，甚至是趕出中國！叫他們還敢囂張！」

原本臉上還是一副玩世不恭表情的黃德廣，立時變得嚴肅起來，立馬說道：「好的，老大，我馬上去辦。」

不得不說，劉小胖和黃德廣的執行力相當之強。柳擎宇這邊剛剛掛斷電話不到五分鐘，柳擎宇便分別接到了簡訊，讓他上網看新聞。

柳擎宇拿出手機一看，臉上立刻露出得意的微笑，隨即把手機遞給旁邊的慕容倩雪說道：「你也看看吧。」

慕容倩雪接過手機一看，頓時瞪大了眼睛。

雖然她知道柳擎宇的身分，知道他背景不凡，卻也沒想到他只是給幾個兄弟打了兩個電話，各大網站上便把這家集團涉嫌價格歧視的消息給捅了出來；同時，包括北京四大頂尖律師事務所聯合宣布要對這家集團的歧視行為提起上訴。各大商場紛紛宣布立刻與這家集團解除店鋪租約，並按照合約付給違約金。

慕容倩雪在震驚之餘，也不免浮想聯翩。

雖然她對世事都抱著不驚不乍的態度，但是菩薩還有三分氣呢，更何況慕容倩雪這樣一個天之驕女呢，她不怒不急是因為她清楚，以自己的身世背景，爭、急、怒是沒有用的，因為自己是整個家族唯一能夠打出的好牌。

剛才這家服裝店接二連三的對自己和柳擎宇進行嘲諷，她心中也很不爽，看到柳擎宇竟然為了自己，或者是他的面子如此發飆，讓她深刻感到這個男人很有魄力，怪不得曹淑慧和秦睿婕都在追求他呢。

想到這裡，慕容倩雪的腦海中突然出現了曹淑慧和秦睿婕的身影。

作為有可能會和劉家聯姻的女主角，慕容倩雪在得知雙方家族有意聯姻的時候，她便開始注意搜集與柳擎宇有關的資料了，並且很快得知曹淑慧和秦睿婕在追求柳擎宇的八卦。

與此同時，那個女銷售員早已去為別的顧客服務去了。

至於那名金髮碧眼的法國經理，也回到辦公室去了，直接把他們丟在這裡。

過沒一會兒，老外經理氣衝衝地來到柳擎宇面前，用法語質問道：「你到底在胡搞什麼？為什麼網路上突然出現那麼多關於我們的負面新聞？這都是你搞出來的嗎？」

柳擎宇抱著肩膀，一副事不關己的樣子說道：「不好意思啊，這裡是中國，我只懂中文，聽不懂你在說什麼。」

老外氣得滿臉鐵青，雙手顫抖，最後只好用中文又問了一遍。

柳擎宇這才淡淡的說道：「沒錯，就是我做的。」

老外抗議說：「你怎麼能這樣呢？你這樣做對我們集團不公平，你這是報復行為。」

柳擎宇笑了：「不公平？你們有資格提到公平兩個字嗎？想當年，八國聯軍入侵中國的時候，你們有提到過公平兩個字嗎？剛才，你還口口聲聲的跟我說什麼你們的品牌只針對有錢人，只對外國人開放，你們又曾經提到過公平二字嗎？

「你們的服飾都是由中國的工廠代工，產品在歐美不過銷售幾百元，卻在中國賣到了六萬、八萬甚至十幾萬，利潤數百倍，你們可曾提到過公平二字嗎？

「哼！跟我談公平？你夠資格嗎?!我可以明確的告訴你，我就是報復，我就是要收拾你們！」

說完，柳擎宇便對慕容倩雪說道：「現在我們可以走了。」

老外經理瞧勢頭不對，真的嚇到了，他很清楚，一旦讓總公司知道發生這樣的事是因為自己這邊的店鋪惹出來的麻煩，自己不僅會被開除，恐怕還要被告上法庭，有牢獄之災。所以連忙一路小跑跟了出來，拉住柳擎宇的胳膊央求道：

「不要走，求求你了，給我個面子吧，我服了。」

柳擎宇甩開對方的胳膊，看到老外那氣急敗壞的樣子，兩手一攤道：「不好意思啊，這件事我已經吩咐下去了，你現在求我已經晚了。請你不要再糾纏我，否則我不敢保證會不會對你動手。」

說話間，柳擎宇眼中射出兩道寒芒，老外嚇得連忙向後急退兩步。

可是一想到自己的結局，只好又硬著頭皮上前，噗通一聲跪倒在地，哭喪著臉道：

「求求你了，千萬不要這樣做，否則我會坐牢的。我實話跟你說吧，是大廈的總經理打電話要求我們店鋪這樣做的，他承諾說，只要我們好好的羞辱你和這位小姐一番，就減半我們的年租，我一時鬼迷心竅才答應他的。哥們，求求你了，千萬不要這樣做。」

聽老外說完，柳擎宇不禁一愣，原來是有人刻意針對自己和慕容倩雪為之，那麼**這個幕後之人是誰呢？**

自己在北京一向十分低調，而且自己才剛回到北京，應該不會得罪什麼人啊？

柳擎宇帶著疑惑，再次撥通劉小胖的電話：

「小胖，幫我查一下這家商場龍天大廈的背景，尤其是他們的總經理身分和背景。」

「好，我馬上查。」

五分鐘後，劉小胖的回報電話便打了來：

「老大，查出來了，這個龍大大廈是譚家的產業。」

「譚家？」柳擎宇對這個譚家還真沒有什麼印象。

劉小胖點點頭說：「沒錯，就是譚家。老大你不太瞭解這個家族也很正常，這個譚家是最近幾年才剛剛崛起的家族，以農業為主業，主營農藥、種子、化肥等產業，家族分布官場和商場。這個家族雖然不大，但是這幾年卻編織了一個龐大的關係網。老一輩的很低調，年輕那代卻十分囂張。老大，你該不會是他們年輕一代發生衝突了吧？」

柳擎宇回憶了一下，說道：「我今天中午和一個叫譚傑的年輕人衝突了一下。」

劉小胖聽了道：「譚傑是譚家最囂張的一個，在衙內圈也十分囂張，只不過他所在的那個圈子層次較低。老大，要不要我出手對付他？」

柳擎宇擺擺手道：「算了吧，我現在身在官場，做事還是低調些的好，這次我就不和他一般見識了。」

劉小胖本來還想說什麼，但是聽老大這樣說，也就不再說話了。

在柳擎宇想來，譚傑再囂張，也不過是個癟三級的人物而已，他根本就沒有把他放在眼中。如果譚傑夠聰明的話，自己出手教訓那家法國集團，他就該知道自己不是好惹的了。

柳擎宇打完電話，和慕容倩雪正要向外走去，那個老外看到柳擎宇要走，頓時急眼道：「你不能這樣啊，我什麼都說了，你就饒了我吧？」

柳擎宇淡淡一笑：「不好意思，我從來不會輕易改變我的決定，你還是去找龍天大廈的人去好好談談吧。」

說完，柳擎宇毫不猶豫的轉身離去。

出了龍天大廈，來到停車場內，走到自己的汽車前，柳擎宇的眉頭一下子就緊皺起來。

慕容倩雪看到柳擎宇車子的慘狀，秀眉也不禁微微蹙起。

柳擎宇的車被砸得慘不忍睹：玻璃全被打碎、輪胎也被放了氣、大燈全毀、車身上到處坑坑窪窪，還用噴漆寫了一行字：孫子，你死定了。

柳擎宇不用想也知道這件事到底是誰幹的。

柳擎宇笑了，只是他的笑容很冷很冷。

不過柳擎宇當時並沒有發作，而是看向慕容倩雪道：「我先送你回學校吧。」

慕容倩雪點點頭。

柳擎宇攔了輛計程車，帶著慕容倩雪回到清華美院門口。

「慕容倩雪，你ＱＱ號碼多少？」柳擎宇順口問道。

慕容倩雪略微猶豫了一下，把號碼告訴了柳擎宇，隨即轉身離去。

看到慕容倩雪離去的背影，柳擎宇的心中竟然湧出一絲的不捨，眼中多了一絲留戀。雖然是短短的接觸，但是柳擎宇卻感覺慕容倩雪所流露出來的那種氣質相當讓他心動。

他看過太多精明的女孩，其中不乏溫婉動人、熱情似火的，但是在她們的身上，柳擎宇能透過她們的一舉一動，看出她們精明的行為背後隱藏在她們心底深處最為渴望和追求的東西。她們要的不僅僅是愛情，更多的是名利和地位。

當然，曹淑慧和秦睿婕不在此列，他知道她們看上的是自己這個人。

今天這種感覺，是一種發自內心深處的不捨，柳擎宇離去的那一剎那，突然發現自己竟然有一絲孤獨感。

路上，車流洶湧，柳擎宇感覺自己像是一隻孤獨的靈魂，在嘈雜的人群中流浪，四周的車流就像是空氣一般，是那樣的虛無縹緲。

這時候，柳擎宇的手機響了起來。將柳擎宇從那種失魂落魄的狀態中喚醒。

電話是劉小胖打來的：

「老大，我剛才查了，你的車真的是被譚傑的人砸的。他現在正和一群狐朋狗友在打高爾夫，按照他們的習慣，晚上應該會去『德隆酒吧』喝酒泡妞去。」

「好，你派人盯著他，晚上我們也去他那個酒吧溜達溜達。」

掛斷電話，柳擎宇趕往華安集團。

華安集團是幾年前柳擎宇上大學的時候，利用程式設計所賺的紅利開設的一家公司，當時由柳擎宇和劉小胖兩人負責經營，小二黑、韓香怡都有乾股分紅。

後來柳擎宇參軍後，這家公司便全權由劉小胖負責打理。

本來劉小胖老爸劉臃的本意是讓劉小胖從政的，但是劉小胖對從政興趣不大，便全職從商了，集中全部精力來打理這家華安公司，在他的精心打理下，華安集團逐漸發展壯大，現在成為以農林牧漁和食品產業為主營業項目的綜合性財團，希望打造出屬於中國自己的食品品牌，確保食品安全。

然而，劉小胖卻沒有料到，柳擎宇這次返京，他的華安集團將面臨嚴峻的生死考驗。

華安集團位於中央商務區的頂級商務大樓的十六樓，租下一整層作為辦公地點。

柳擎宇上樓後，立刻看到電梯間外不遠處有一個南瓜形狀的櫃臺，櫃臺後面，坐著兩名身材高挑、容貌清秀的美女。

看到柳擎宇，其中一名美女立刻滿臉微笑著招呼道：「先生您好，請問找誰？」

柳擎宇笑道：「劉小胖在嗎？」

美女一愣：「劉小胖？劉小胖是誰？」

柳擎宇立刻拍了拍腦門道：「看我這記性，我說的是你們董事長劉鋒，他在嗎？」

美女微笑著說：「劉董在，不過您有預約嗎？按照公司規定，沒有預約，我們劉董是不會出面接待的。」

柳擎宇聽了說道：「哦，那樣啊，那我直接給他打電話吧。」說著，柳擎宇撥通劉小胖的電話：「胖子，到公司門口來接我一下。」

劉小胖聽到是老大的聲音，先是一愣，隨即反應過來，立刻一溜煙的從辦公室裡衝了出來，看到柳擎宇站在櫃臺處，立刻上來抱住柳擎宇說道：

「老大，你還知道回公司啊，你也太不夠意思了，公司創立以後，你自己拍拍屁股就走了，留下我一個人在這裡煎熬，你看看，這些年我都瘦了。」

一旁的兩名櫃臺美女捂嘴笑了起來，根據她們的目測，這一年來，劉董體重明顯重了好幾斤嘛。

柳擎宇推開劉小胖說道：「得了吧你，胖子，我一看你就比以前重了。有好茶葉沒？好久沒有喝你沏的茶了。」

胖子立刻說道：「沒問題沒問題，小弟我願效犬馬之勞，看我的吧。」說完，胖子轉過頭來看向那兩名美女說道：

「兩位美女，你們記住了，我面前這位才是咱們集團真正的大股東，也是我的老大；以後他要是過來，你們就不用通報了，直接讓他進來就是了，你們叫他柳少就成了。」

聽到胖子這樣說，兩名美女立刻乖巧的向柳擎宇微微一彎腰，恭敬的說道：「柳總好，請您多多原諒。」

柳擎宇擺擺手道：「不需要客套，你們的工作做得非常好。」說完，便跟著胖子向辦公區走去。

他看著開放式的辦公區，很是詫異，沒想到當初自己不過是拿出五百萬投資了這家公司，才幾年時間，劉胖子就把公司帶到了如此規模。

柳擎宇頻頻點頭道：「胖子，公司現在年營業額有多少？」

胖子嘿嘿一笑：「老大，你猜呢？」

柳擎宇隨口猜說：「五千萬吧？」

胖子得意地說：「錯了，是兩億！」

「兩億？這麼多？」柳擎宇這次可是真的有些震驚了。

劉小胖點點頭說道：「沒錯，就是兩億，不過由於你當初所制定的經營策略，要求咱們公司所生產的產品必須要是非基因改造的有機食品，所以，雖然咱們公司的營業額不小，但是每年的淨利卻不是很多，也就是兩千萬左右。老大，要不你看看帳本吧？」

柳擎宇一腳蹬了過去：「你怎麼這麼婆婆媽媽的，我不過是問問罷了，咱兄弟還需要玩這一套嗎？我早說過了，這家公司就是我投資給你玩的。弄成什麼樣都是你的，跟我一毛錢的關係都沒有。」

劉小胖立刻嘿嘿一笑：「知道知道，我不過是跟你開開玩笑罷了。」

其實，劉小胖還真不是開玩笑，因為他是一個人精，雖然這家公司能夠有今天的規模，他居功至偉，但是他很清楚，這家公司的發展策略、戰略思想，甚至是啟動資金，都是老大親自制定的，自己不過是一個執行者罷了。真要算的話，老大至少該占百分之六十的股權。

他剛才那樣說，只不過是試一試老大的反應，畢竟雖然兩人是好兄弟，但是他不想因為錢的事和老大有什麼不愉快；在他眼中，錢財不過是身外之物，而和老大從小建立的兄弟情卻勝過一切。

現在看柳老大這種反應，他也就放心了。**千金易得，兄弟難求**，有老大如此，自己太幸福了。

劉小胖和柳擎宇一起摟著肩，走進了他的辦公室。

坐定之後，劉小胖親自為柳擎宇秀了一把泡茶的絕技。

如果沒有看到劉小胖表演，任何人都不可能會想到，劉小胖這傢伙竟然能夠表演出如此流暢、如此具有美感的泡茶功夫出來。

等茶泡好，柳擎宇聞了聞，陶醉的說：「胖子，你最近是不是開始泡妞了？而且這妞的品味很高啊，能夠讓你把茶技提高到如此水準，這小妞很厲害啊，說吧，這是個什麼樣的妞？」

劉小胖靦腆地笑道：「老大，還是你瞭解我，這次兄弟我恐怕要折戟沉沙了。我最近泡的這個妞，出身茶葉世家，世代經商，要錢有錢，要貌有貌，我徹底淪陷了，決心這輩子非她不娶。」

劉小胖雖然胖，卻有一副好嘴，極善交際，再加上出手大方，為人爽快，泡起妞來成功率基本上高達百分之九十五以上，罕有失手的時候，是圈子裡公認的肥胖版情聖。劉小胖早就立下誓言，說是要玩到三十歲，絕對不會早早走進婚姻的圍城裡。

現在竟然動念想婚！讓柳擎宇感到十分震驚，立即問道：「有這位小姐的照片嗎？老大我幫你把把關。」

劉小胖打開電腦，從裡面調出許多照片，用幻燈片的方式播給柳擎宇看。

柳擎宇看了，再次愣住了。因為劉小胖所看上的女孩並不是屬於絕頂漂亮的，不過女孩的氣質十分獨特。女孩身高大概在一七二左右，玉腿修長，豐乳肥臀，黑色長髮，明眸皓齒。

與身材相比，更顯獨特的，是她舉手投足間流露出的那股如女王般的傲然氣勢。

而劉小胖的身高卻只有一七〇左右。雖然人長得帥，但是那肥胖的身材直接將他的分數給拉低了。

柳擎宇看了女孩的照片後，點頭讚道：

「嗯，胖子，你的眼光還真是不錯，這個女孩雖然看似狂傲，但是根據我的分析，如果你真的能夠打動她的芳心的話，她將來絕對是一個好老婆。只不過這女孩和你以前泡的那些不一樣，她肯定是從小就生活在殷實的家庭，這一點，從她穿衣服的品味和衣服本身就可以看得出來，我猜她家的資產至少在千萬以上。」

劉小胖苦笑道：「老大，你說得沒錯，她家的資產不是幾千萬，而是幾億！她是個極有個性的女孩，大學畢業後，獨自一個人到北京闖蕩，沒有接手家族的茶葉生意，反而憑著自己的本事，在北京搞起了一家服裝設計公司，雖然現在的規模還很小，但是年營業額已經高達五百多萬。

「只是這個女孩太難搞定了，我天天給她送花，她連看都不看便直接扔到垃圾箱裡，我請她喝茶，結果她當著我的面露了一手，反而把我給鎮住了，我泡茶的水準和她根本就不在一個檔次上！

「老大，你幫我出個主意吧，我該怎麼樣才能把她追到手？我發現我無可救藥的愛上她了，她是我的女神啊。」

柳擎宇看著好兄弟的表情，知道他這次真的是淪陷了，拍了拍他的肩膀說道：

「兄弟，記住一句話，好女怕纏郎啊，去吧，天天纏著她，天天給她送花，天天想辦法在她的面前露面，哪怕是她天天罵你也無所謂。」

「那下一步呢？我該如何與她更進一步呢？」劉小胖追問。

「下一步？你先纏上她一年以上再說！如果你真能夠纏她一年以上，我會教你一招，保證你把美女摟在懷中。」柳擎宇笑道。

「好，老大，那我就豁出去了。」說著，劉小胖甩了甩頭髮，做出一副十分悲壯的樣子。

兄弟倆又輕鬆的聊起了其他話題。

到了六點左右，劉小胖的電話響了起來：

「劉哥，譚傑出動了，看方向應該是向那家酒吧去了。」

劉小胖站起身，對柳擎宇道：「老大，我們也出發吧。今天晚上和譚傑好好的算一算帳。敢欺負咱哥們，還真造反了他！」

當柳擎宇和劉小胖來到「德隆酒吧」外面的時候，便看到小二黑、韓香怡兩人正被一群人圍在當中，雙方正在對峙著。

在小二黑他們身後，是一輛被砸得面目全非的保時捷，韓香怡手中拎著她那根超級豪華的粉紅色悶棍，小二黑手中則是一根棒球棍。

和柳擎宇對峙的那波人中，領頭的正是譚傑。

譚傑用手直指小二黑，怒聲道：「黑小子，你是不是活得不耐煩了，竟敢砸我的車，知道這車多少錢嗎？你這次惹上大麻煩了。」

小二黑不屑地說：「不好意思啊，我還真不知道這車值多少錢？韓香怡，你知道嗎？」

韓香怡撇了撇嘴說：「就這破車？也就是我一頓飯錢吧？看著小裡小氣的，砸幾下就壞了，我估計值不了多少錢。」

小二黑使勁的點頭附和：「嗯，我也這樣認為。」

譚傑聽了，氣得鼻子都歪了，怒道：

「你們這兩個鄉巴佬，連保時捷都不認識，我告訴你們，我這輛保時捷可以買好幾十輛國產車了。你們說吧，這事怎麼了結？」

韓香怡咯咯一笑道：「了結？這不是了結了嗎？車，我們砸了！氣，我們也出了！現在我們要回去了，請你們讓開路，好狗還不擋道呢。」

譚傑更怒了：「走？你們還想走，好，那我就讓你們躺著走。」說完，大手一揮：「來人，把這兩個不長眼的傢伙給我往狠裡打，留他們一口氣就成。」

譚傑又從小弟手中接過一根雪茄，左手抱在胸前，右手把雪茄送進嘴裡，狠狠的吸了一口，腦袋看著天空，做出一副狂妄的表情。

譚傑那幾個小弟一聽老大發話了，立時揮舞著手中的球棍就要往上衝。

這時候，柳擎宇和劉小胖走了過來。

柳擎宇喝道：「敢欺負我的小弟，你也沒問問我同意不同意？」

譚傑看到柳擎宇，仇人相見，眼珠子都紅了，咬著牙道：

「孫子，原來他們是你的人啊，居然敢砸我的車，看來你們真是活得不耐煩了。」

譚傑拿出手機撥通了一個電話：「郎隊長，我的車在『德隆酒吧』被幾個癟三給砸了，你親自帶人過來看看吧。」

電話那頭，立刻傳來一聲怒罵：「誰這麼大膽子竟然敢砸譚少的車？我馬上過去，奶奶的，看我弄不死他。」

柳擎宇這時已經走到譚傑的身邊。

看到柳擎宇走了過來，譚傑的心裡有些發虛。昨天自己那兩個小弟加在一起都打不過柳擎宇，讓他意識到柳擎宇不是一個善類，所以今天出門的時候，他特意多招呼了幾個小弟，以保證自己的安全。

這時，譚傑的小弟們怕老大吃虧，放過原本準備去收拾的小二黑和韓香怡，全都聚集到了譚傑身邊，手中拎著球棍，虎視眈眈的看著柳擎宇。

有自己人撐場，譚傑心中的底氣更足了，對柳擎宇道：「孫子，如果不想四肢被打斷的話，立刻跪在地上向我道歉，並賠償我的損失，否則，估計你們幾個一輩子也別想從監獄裡面出來了。」

柳擎宇撇撇嘴道：「這小子嘴太臭了，小二黑，看你的了。」

小二黑笑了笑：「沒問題。」說完，小二黑拎著手中的棒球棍向著譚傑走了過去。

譚傑手下的小弟們一看，立時分出四個人衝了上來，其他兩人則守在譚傑的身邊。

然而，這四個人剛剛靠近小二黑，不到半分鐘，便全都被小二黑給砸倒在地，譚傑嚇得連連後撤，兩個小弟則向前遞補。但這兩個連二十秒都沒能夠拖延，便被小二黑砰砰兩下給敲倒在地。

小二黑一把抓住譚傑的脖子，把他揪到柳擎宇的面前，問道：「老大，怎麼處理？」

柳擎宇看了眼譚傑道：「抽他十個大嘴巴！然後就讓他滾。」

譚傑頓時急眼道：「你們不能打我，警察馬上就來了，打我你們會後悔的。」

小二黑大手一掄，毫不猶豫的打了譚傑十個大嘴巴，打完後才說道：「不好意思啊，哥們我還真的不會後悔。」

這時候，警笛聲響起，兩輛警車一前一後風馳電掣駛了過來。

車門一開，六名警察從車裡走了出來。為首　人身材高大，膀大腰圓，滿臉的橫肉。

譚傑看到他，立刻跑了過去，一把拉住這哥們的胳膊申訴說：「郎隊長，這些傢伙不僅把我的車給砸了，還把我給打了，怎麼處理就看你們的了。」

看到譚傑被打，郎隊長嚇了一跳，他可是知道這位譚傑是大有來頭的人，不僅家裡有人在官場上占有不錯的位置，其家族的財力也相當雄厚，就算是自己的局長看到他都得畢恭畢敬的。

所以，聽譚傑說完，這哥們立刻大手一揮道：「來人啊，先把這幾個人給我拷起來帶回去。」

就在這個時候，劉小胖也拿出手機撥通了一個電話：

「我說齊學忠，我在你老爸主管的地盤上，在『德隆酒吧』被他手下的人要拷起來帶回去，你看著辦吧。」

此時，郎隊長已經帶人來到柳擎宇他們身前，下面的人準備件手銬要抓住他們了。

劉小胖勸告道：「我說這位兄弟，如果我是你的話，就不會這麼魯莽行事，看到他那輛破車了嗎？那是我們砸的，他的人也是我們打的，你認為我們好欺負嗎？」

姓郎的隊長一聽，心頭就是一顫，他久在北京廝混，自然非常清楚這裡權貴雲集，隨便碰上一個就是惹不得的主，如果真的因為譚傑惹上了不該惹的人，可就麻煩了。

他之所以接到譚傑的電話立刻就趕了過來，主要是因為他這個隊長位置是走了譚家的關係才當上的。不過，如果要是為了譚傑把自己的烏紗帽給弄丟了，那絕對是得不償失啊。所以，姓郎的一下子猶豫了。

這時，譚傑也看出了郎隊長的猶豫，立即咬著牙說道：「郎隊長，如果你今天把他們給我擺平了，我會動用關係再幫你提升半級，讓你坐上副所長的位置。」

郎隊長一聽，頓時雙眼放光，他知道譚傑和區分局的一個副局長關係特別好，那個副局長就是譚家的人。所以，有了譚傑的許諾，郎隊長終於下定決心，大手一揮道：

「先給我拷起來，帶回去好好調查。」

然而，就在這時候，他的手機突然響了起來，他拿出來一看，頓時嚇了一跳，連忙站直身體道：「王所長您好，我是小郎。」

電話那頭傳來一陣怒吼：「郎天翔，你是不是不想幹了啊，你是不是在德隆酒吧外面啊？」

郎隊長嚇壞了，不明白所長為什麼要發火，連忙小心道：「是啊，王所長，您有什麼指示？」

「你是不是準備要把一個胖子和他的同伴給拷起來？」王所長焦急道。

郎天翔看了劉小胖一眼，隨即點點頭道：「是啊，所長，是譚少給我打電話，讓我過來的，說是有人砸了他的保時捷，還把他給打了。」

「譚少？就算是譚爺也沒有用，你給我聽清楚了，立刻放人，否則的話，你這個小隊長就不用當了，我直接把你調到環衛局掃馬路去。」王所長憤怒的說道。

郎隊長一聽，嚇得臉都白了，連忙點頭道：「好好，所長，我立刻把他們給放了。」

郎隊長趕忙喊住手正要把柳擎宇他們拷起來的手下，下令道：「收隊了收隊了，這邊的事是一群好哥們在鬧著玩而已，跟我們沒有什麼關係。」

說完，他衝著譚傑苦澀笑道：「不好意思啊譚少，我們所長下令了，我不敢不聽啊。」

郎隊長帶著人走了，只留下滿臉震驚的譚傑。他萬萬沒有想到，自己喊來的郎隊長竟然一點不給自己面子！

他現在算是看出來了，那個胖子也不是普通人啊，能夠一個電話就把這些人給喊回去。想到這裡，譚傑不禁看向劉小胖問道：「你們到底是什麼人？敢不敢亮出你們的身分？」

柳擎宇冷冷回道：「本來以你的身分是不配知道我們是誰的，不過，既然我們砸了你的車子，賠償你也是理所應當的。我叫柳擎宇，他的外號叫劉小胖，你需要索賠的時候，直接去找劉小胖就行了，你這車值多少錢，他都會賠給你的。」

說完，柳擎宇便帶著兄弟們揚長而去。

譚傑聽到柳擎宇這個名字的時候嚇了一跳。他雖然廝混的圈子層次不高，但是畢竟這個圈子裡的人都具有一定的實力，平時也會聊一些更高層圈子裡的一些奇聞異事，而柳擎宇這個名字他曾聽過，知道這個名字所代表的人物在北京的衙內圈裡，絕對是傳奇般的人物。

沒有想到和自己爭女人的竟然是他。

望著柳擎宇的背影，譚傑握緊拳頭說道：「柳擎宇，你等著吧，雖然我明著來搞不過你，我會暗中陰死你的！跟我搶女人，我讓你死無葬身之地！」

譚傑這回可說是面子裡子全丟了，卻又敢怒不敢言，真的是窩囊透了。他立刻給一些朋友打電話，瞭解柳擎宇最近的情況，以報一箭之仇。

當他得知柳擎宇正在白雲省東江市工作的時候，他的眼中冒出了濃濃的火焰：「柳擎宇啊柳擎宇，真沒有想到你竟然跑到東江市去了，真是天堂有路你不走，地獄無門自來投啊。東江市是我好哥們的地盤，柳擎宇，這次你死定了。」

說完，譚傑先去醫院把臉上的傷勢稍微處理了一下，然後便給自己圈子裡的好兄弟程天宏打電話，約程天宏到一個茶館見面。

程天宏是個二十七八歲左右的年輕人，當他看到譚傑鼻青臉腫的樣子嚇了一跳，露出滿臉憤怒的神色說道：「譚少，你這是怎麼了？誰敢對你下手啊。」

程天宏會如此表示，是因為他在譚傑這個圈子裡只能算是邊緣的成員，他能進這個圈子，也是經過了別的朋友引薦，並且因為財力雄厚才得以進入的，因而常常藉由一些合作項目來加深彼此間的關係。

譚傑自然清楚程天宏的心理，程天宏天天圍在自己身邊的目的他也很清楚，不過他不在乎，因為他們本就是因為利益關係才聯繫到一起的。

譚傑一臉鬱悶的說道：「老程啊，這次哥們我栽跟頭了，你可一定要給我報仇啊。」

「譚少，你不是在開玩笑吧，你都擺不平的事我能擺平？」程天宏咋舌道。

譚傑擺擺手道：「老程，你先別推辭，聽我說完。這次讓我栽跟頭的人，就來自你們東江市，他的名字叫柳擎宇，好像是你們東江市的紀委書記。這小子挺能打的，我打不過他，結果便被他給揍了一頓。據我所知，你在東江市很有能力，看看能不能幫兄弟我出口惡氣，如果你能幫我這一把的話，我一定不會忘了你的好處的。」

譚傑沒有告訴程天宏柳擎宇的身分，因為他要利用他，如果告訴他柳擎宇的真實身分的話，他估計這小子大概得嚇尿了。

譚傑看中程天宏，也是因為他知道這小子十分心狠手辣，為了達到目的可以不擇手段，當初他為了讓自己幫他在東江市高速公路的標案上活動活動，竟然把最喜歡的女人送給了自己。

程天宏聽譚傑提到柳擎宇，頓時眼中怒火熊熊：

「柳擎宇？譚少，是柳擎宇招惹你的？」

譚傑輕輕點點頭。

「好，這事我接了，不瞞你說，我和柳擎宇之間也有過節。你應該知道我們東江市不是準備對我們上次承接的那段高速公路進行重新招標嗎？我們天宏建工都已經把一切局面擺平了，就等著重新招標後再次拿下這個案子，結果沒想到這個柳擎宇竟然橫生枝節，以各種手段阻撓重新招標，所以這個標案一直拖到現在都還沒有重新開標。

「而且這小子還沒有上任就跑到那段高速公路的斷面處去考察，逼得我不得不花下血本，出動大量的人員設備連夜將所有路基全部毀去，好毀滅證據，所以我和這小子也仇深似海。」

譚傑聽了，舉起茶杯來說道：「好，夠爽快，來，老程，咱們以茶代酒乾一杯。」

程天宏舉起酒杯一飲而盡，隨即問道：「譚少，我聽說最近好像有一批農機支援下鄉的案子，我們白雲省的支援金額確定了嗎？」

譚傑心中冷笑一聲，臉上卻笑著說：「嗯，已經確定了，差不多要兩億左右吧，怎麼，你對這個案子感興趣？」

程天宏立刻諂媚地道：「不敢不敢，我只是問問，打算給譚少幫幫忙，喝口湯而已。」

譚傑知道，這個程天宏賺起錢來絕對不會手軟，而且十分貪婪，如果想讓他真正幫自己辦事，不給他點好處還真不行。

所以他眼珠一轉，說道：「這樣吧，白雲省的這個案子我會找家公司與你們天宏建工合作，雙方按照五五開的比例，我拿兩成利潤，你看怎麼樣？」

程天宏聽了，立刻笑顏逐開，因為五成的話，就是一億的資金，到時候，只要自己稍微做一下手腳，這個案子做下來賺個六七千萬妥妥的，再扣掉譚傑的兩成分紅，怎麼也能賺個四五千萬。

而且這種案子非常省心，基本上不會有什麼後遺症。所以他立刻舉起茶杯說道：「好，沒問題，謝謝譚少幫忙。」

譚傑也舉起茶杯說道：「老程啊，我幫忙是肯定的，不過我有一個要求，今年過年的時候，我不希望看到柳擎宇再回到北京來了。」

程天宏聽了，心中就是一驚，譚傑話中的意思是希望自己把柳擎宇給幹掉，這風險就有些大了，不過想到即將有四五千萬的利潤進賬，他也就徹底釋然了，找幾個人做掉柳擎宇，了不起花個百八十萬撐死了，自己連出面都不需要，這生意還是很划算的。

他毫不猶豫的說道：「沒問題，這個案子拿下來後，譚少的要求我保證做到。」

接下來，兩人又商量了一些細節的問題，這才賓主盡歡而散。

長假期間，柳擎宇和圈子裡的好友們一一相聚，每天飯局不斷，玩得十分開心。

唯一可惜的是，曹淑慧這段時間由於參加了機密的培訓，所以沒有出現，這也讓柳擎宇大大鬆了口氣，否則他還真不知道自己該如何面對曹淑慧。

畢竟他已經感覺到慕容倩雪在自己心中的地位正在逐漸上升，這幾天，柳擎宇每天都會給慕容倩雪打個電話，還和她一起出來吃了兩次飯，雖然慕容倩雪對自己仍然十分淡然，就好像是陌路人一樣，但是她能夠給自己面子出來，這讓柳擎宇已經十分滿意了。

六號下午，柳擎宇上了飛往白雲省的飛機。

柳擎宇坐的是頭等艙，靠近走道的位置，另一邊坐的人恰恰是程天宏。

當然，柳擎宇自然不認識程天宏，程天宏也不認識柳擎宇。

飛機起飛後過了二十多分鐘，飛行姿態已經非常平穩了，一名身材高挑的空姐推著餐車走了過來，一一給乘客們發放食品和飲料。

柳擎宇無意間抬頭看了眼空姐，立時就是一愣，因為這個空姐超有氣質，超級漂亮。

空姐年紀看起來差不多二十歲左右，身高足有一米七七，一張瓜子臉，柳眉杏眼，睫毛細密修長，皮膚白皙滑膩，論起相貌來，竟然和曹淑慧不相上下，緊繃的制服下面，身材十分火辣。

空姐的臉上沒有曹淑慧那種傲嬌，也沒有慕容倩雪那種空靈感，往那裡一站，猶如一朵淡淡的蘭花，香氣迷人卻又不濃烈，優雅卻不刺人。尤其是她的微笑，猶如三月的春風，醉人心脾，讓人不知不覺中就感受到她服務的真誠。

她一路走來，幾乎每一個男乘客都會不由自主的把目光在她的身上多流覽片刻。空姐似乎早已熟悉這種情形，對每個乘客都報之以甜美的微笑。

當空姐走到柳擎宇這邊的時候，空姐滿臉含笑的給柳擎宇拿了一份套餐，一瓶柳橙汁，柳擎宇笑著說了聲謝謝，空姐還給柳擎宇一個甜美的微笑。

這時，輪到程天宏了。

程天宏的兩眼帶著色光緊緊地盯著空姐的胸部，眼睛都直了。

他雖然見過不少美女，卻從來沒有見過像這名空姐這種超級美女，尤其是以他閱女無數的經驗，他一眼就看出來這名空姐絕對是個處女。他暗下決心，一定要把這個空姐給泡到手。

空姐見程天宏的目光一直盯著自己的胸部，心中十分厭惡，但是臉上還是帶著職業的微笑：「先生，您要點什麼？」

程天宏說道：「和他一樣。」說話的時候，用手指了下柳擎宇。

空姐把套餐拿給他，隨後把一杯柳橙汁遞給程天宏。

程天宏在接柳橙汁的時候，故意把手一抖，果汁一下就灑在了他的褲子上。

空姐看到這種情況一愣，程天宏臉色卻陰暗下來，用手指著被果汁弄到的襠部，不悅地說：「小姐，你知道我這衣服是花多少錢買的嗎？說出來嚇死你，這件褲子夠你賺上好幾年的，你說，你怎麼賠我吧？」

程天宏露出一絲戲謔之色，他之所以敢這麼囂張，是因為在他看來，到了東江市，便意味著到了自己的地盤上，他大可以為所欲為，而且調戲一個小空姐也不是什麼大不了的事。

空姐也不是傻瓜，她剛才遞果汁給程天宏的時候，絕不可能出現失誤，這個動作她早就訓練了幾萬次了，很明顯程天宏是故意的。

不過，由於是在飛機上，公司有規定，不能隨便得罪客人，她只能耐著性子，帶著幾分歉意地說道：「先生，真是對不起，要不你看這樣行不行，等下了飛機，你換條褲子，我找個乾洗店幫你乾洗一下。」

程天宏擺出高姿態說：「乾洗？你竟然要把我這價值八十八萬的褲子乾洗，你腦袋被驢踢了嗎，絕對不行。」

空姐依然微笑著問：「先生，那您想要我怎麼做呢？」

程天宏惡劣地回道：「雖然我的褲子很值錢，但是也不是沒有解決的辦法，只要你把褲子上的果汁給我舔乾淨就可以了。」

空姐臉色一沉，柳眉挑了挑，看得出極為氣憤，不過她還是忍住了：

「先生，請你不要鬧了，您的褲子可以等下飛機後，由我們公司負責處理。我先給其他乘客送餐去了。」說完，空姐轉身就要離開。

程天宏一看她要走，頓時大聲質問道：「怎麼？把我衣服弄髒了就想走，你把我當成什麼了？以為你們航空公司店大就可以欺客嗎？」

一邊說著，就伸手拉住空姐的玉手，把她往懷裡一帶，讓空姐直接坐在他的大腿上，兩隻手不安分地就向空姐的胸部抓了過去。

「哼，你今天不把我的褲子給我弄乾了，別想離開。」程天宏邊抓邊惡狠狠地說道。

這時，一名空警走了過來，想要制止道：「這位先生……」

結果他一看是程天宏，臉色立即一變，因為這個程天宏他是認識的，知道他是天宏建工的老闆，背後的能力非常大。

上回程天宏坐飛機的時候，就把另一名空姐好好的調戲了一番，當時一名同事把程天宏訓斥了一頓，結果下飛機後，程天宏一個電話，那個同事便被開除了。

空姐看到空警來了，立時低聲求救道：「小李，幫幫我。」

儘管小李對這個空姐頗有好感，也很想幫她，然而他對這個程天宏實在是太忌憚了，只能苦笑著說道：「小孫，我看你還是先把這位先生的褲子處理一下吧，不然他要是投訴我們的話，會非常麻煩的。」

空姐聽了一愣，萬萬沒想到小李竟是這種態度，這讓她的心一下子沉到了谷底，更讓她失望的是，小李說完之後轉身就走了。

程天宏臉上一陣得意，大手準備繼續進攻，空姐使勁的掙扎著。

「放開你的狗爪，放開她！」

一直在旁邊冷眼觀看的柳擎宇實在看不下去了，他本來以為空警會把這件事情給處理了呢，沒想到這個空警竟然如此懦弱。

程天宏掃了柳擎宇一眼，嗆聲道：「你誰啊？我告訴你，這年頭最好少管閒事，否則後果不是你能夠承受的。」

「如果我非要管呢？」柳擎宇冷回道。

程天宏眼神一寒：「我可以讓你下飛機後，直接就被抓進派出所去。」

柳擎宇笑了，從程天宏的話中，他聽出這個程天宏在地方上似乎很有能力，不然也不敢這麼囂張了。

柳擎宇把身上的安全帶解開，站起身來，走到程天宏的面前，一隻手掐住他的脖子，另一隻手抓住程天宏的手，微微一用力，程天宏只覺得呼吸困難，手腕劇痛，只得鬆開攬住美女空姐的手。

美女空姐總算逃出程天宏的魔掌，感激的看了柳擎宇一眼，趕緊推著餐車向前走去。柳擎宇這才鬆開抓住程天宏的手，坐回自己的座位上，若無其事的扣上安全帶。

程天宏充滿怨毒的瞪了柳擎宇一眼，咬著牙道：「你給我等著，看下飛機後我怎麼收拾你。」

柳擎宇不屑一笑，根本不鳥對方。

除了發生這麼一個小插曲，整個飛行的過程十分順利，平安抵達遼源機場。

待飛機停穩，乘客紛紛魚貫湧出。

程天宏走在後面，隨著眾人往外走。

等下了飛機，程天宏攔住了正要往前走的柳擎宇，威嚇道：「孫子，我告訴你，白雲省是我的地盤，這次你死定了，有種的敢不敢報上你的名字？」

柳擎宇冷哼一聲：「你配知道我的名字嗎？」

程天宏譏諷道：「一看你就是個慫貨，連名字都不敢留下。」

柳擎宇淡淡一笑：「能告訴我你的名字和身分嗎？如果你敢的話，我也可以告訴你。」

程天宏立刻一臉驕傲的說道：「告訴你又何妨，你聽清楚了，我是天宏建設工程公司的董事長程天宏，孫子，你敢說出你的名字和身分嗎？」

柳擎宇聽到程天宏的報名之後，不禁一愣，沒想到**自己一直在暗中琢磨該如何搞定的天宏建工的老闆，竟然就站在自己的面前！**

從程天宏的表現來看，柳擎宇便知道他是一個什麼樣的人了，而天宏建工承建的那段公路為什麼會成為豆腐渣工程，自然也可想而知了，**就程天宏的這種做派，根本不把法律和道德放在眼中，又怎麼可能不偷奸耍滑，上下其手?!**

「我叫柳擎宇，是東江市一名小小的公務員。如果你想要報復的話，儘管來東江市找我吧。」

柳擎宇說話時，那名空姐剛好經過柳擎宇身邊，聽到柳擎宇說的話。

「你就是柳擎宇？東江市紀委書記？」程天宏震驚的說道。

「沒錯，就是我。」柳擎宇眼珠一轉，道：「程總是吧，據我所知，你們天宏建工正準備競標那段豆腐渣公路的重建案啊，不知道你們現在把這個工程拿下來沒有？」

程天宏臉色一寒，語氣不善地說道：「託你柳書記的福，這個案子到現在還處於停滯狀態。」

程天宏突然壓低了聲音，恐嚇道：

「柳擎宇，你聽清楚了，這個案子我們天宏建工勢在必得，你最好不要做什麼手腳，別不識抬舉！否則，恐怕你連後悔的機會都沒有。在你之前，也曾經有人對我們天宏建工提出過質疑，只不過那些人不是死了，便是進了監獄。」

柳擎宇毫不畏懼地還擊道：「哦？是嗎？我這個人就是屬於那種不識抬舉之人，這個案子我管定了！我絕對不會讓品質不合格、信譽有問題的企業拿下這個工程的。」

程天宏冷笑道：「那我們就走著瞧，看誰笑到最後。」

說完，程天宏轉身就要離開。

這時，那個美女空姐卻突然喊道：

「程天宏，你等一下。」

程天宏一愣，有些驚訝的看著這個絕美的空姐。

只見絕美空姐先是衝著柳擎宇嫣然一笑，露出了發自心底的真誠笑容：

「柳先生，謝謝你在飛機上的援手，我叫孫綺夢。」

孫綺夢主動伸出手來和柳擎宇握了握，然後轉身看向程天宏，在程天宏不解和錯愕的目光中，猛的伸出玉手朝程天宏的臉上就是一個大嘴巴。

「程天宏，你記住了，我叫孫綺夢，姑奶奶我不是那麼好欺負的！」

就見之前還是滿臉春花一般燦爛笑容的孫綺夢，瞬間滿面寒霜，冷豔絕倫，猶如一個高高在上的女王，充滿蔑視的看著程天宏。

柳擎宇和程天宏都驚呆了，這個看似柔弱的絕美空姐竟然如此冷豔，如此犀利。

程天宏頓時暴怒。自己可是堂堂天宏建工的老總，啥時候被女人打過啊，他揮舞著大手就要去抽打孫綺夢，卻被柳擎宇一把給抓住了：

「程總，身為男人，還是紳士些的好，辣手摧花可不是男人的真本事。」

程天宏知道自己打不過柳擎宇，只能陰狠的瞪了柳擎宇一眼，隨即用手指著孫綺夢說道：「你給我等著，早晚老子都會把你給上了。」又用手指向柳擎宇道：「柳擎宇，早晚我會弄死你！」這才狼狽離去。

第七章

暗棋深藏

葉建群想都沒想到，平時和柳擎宇看似不合的鄭博方，竟然也是柳擎宇的核心班底，這是怎麼回事？原來鄭博方竟然是柳擎宇的一枚暗棋，而且這枚暗棋藏得如此之深，如此隱蔽，幾乎蒙蔽了市紀委內部所有人的眼睛。

柳擎宇冷視著程天宏的背影，眼神漸漸犀利。

透過這兩次短暫的接觸，他對程天宏有了一個初步的認識。

兩次交鋒中，程天宏雖然處於弱勢，但是柳擎宇深深的感受到，對這個人，自己還真不能掉以輕心，因為此人是一個能屈能伸之人，在被美女打了一個大嘴巴、如此丟人的情況下，還能夠保持冷靜，含恨離去，說明此人心中恐怕早已殺氣凜然了。

越是這樣的人，一旦動起手來越是狠辣無比。

雖然柳擎宇自持功夫不錯，卻也深知雙拳難敵四手，好漢架不住人多，尤其是自己身處官場，**很多時候，並不是用拳頭就能解決事情**，要是程天宏用官場的手段跟自己玩陰的，自己未必能招架得了。

而且以他的分析，天宏建工做成了豆腐渣工程以後竟然沒有人追究，還能夠繼續參加新的競標，說明此人背後的關係網十分強悍。

想到這裡，柳擎宇突然腦中靈光一閃。

他曾經仔細研究過天宏建工，據他的瞭解，天宏建工是在白雲省遼源市註冊的，但是天宏建工的大部分工程案都是在東江市得標的；也就是說，天宏建工的勢力觸角應該是在東江市。

既然如此，**天宏建工會不會也和東江市以煤礦資源為紐帶所形成的那個巨大的利益集團有所瓜葛呢？天宏建工會不會是這個龐大利益集團中一個小小的枝蔓呢？**

畢竟，像高速公路這種基本上是一本萬利、超級暴利的工程項目，如果再做些手腳的話，利潤簡直是高得嚇人，那個龐大的利益集團怎麼可能眼睜睜的看著巨大的利潤向外流失呢？

分析到此處，柳擎宇心中便是一動。

自己之前一直把注意力放在黑煤鎮，想要透過查處黑煤鎮的煤礦來撬開整個龐大利益集團的一個邊角，但是從這段時間的調查來看，對方在黑煤鎮的部署可以說是銅牆鐵壁，即便是鄭博方那樣能力超強之人，明察暗訪竟然都沒有能夠查出什麼蛛絲馬跡。

由此可以看出，黑煤鎮肯定是對方的核心利益集中區，他們是絕不可能放任自己在那裡大動干戈的，而且為了威懾自己，對方竟然連開車撞人這種惡劣手段都使出來了。

既然對方如此看重黑煤鎮，看來自己想要破開這個利益集團的窩，最終還是要從黑煤鎮入手。但是，如果現在就對黑煤鎮動手的話，恐怕自己不一定能夠取得什麼效果。所以自己勢必要調整一下在東江市的行動策略了。

當初他以為高速公路的案子是最難啃的骨頭，誰知對那個龐大的利益集團來說，只能算是九牛一毛，而且程天宏如此囂張的挑釁自己，如果不給他點顏色看看，他沒準還真的會對自己下黑手。

這年頭，**先下手為強，後下手遭殃**。

就在他琢磨著下一步該如何部署時，一陣香風直撲柳擎宇的鼻孔，他的肩膀被人拍了一下。

柳擎宇這才發現，原來自己竟然恍神了，在他的面前，那位絕美空姐孫綺夢正站在距離他不到二十釐米的地方，瞪著一雙充滿迷離、疑惑的眼神看著自己。

看到柳擎宇回過神來，孫綺夢臉帶嗔怒的說道：

「我說你這個人怎麼這樣啊，我這麼一個嬌滴滴的大美女站在你的面前，你竟然無視我，是不是故意在我面前裝酷呢？」

柳擎宇連忙解釋道：「不好意思啊，剛才想到一點工作上的事，抱歉抱歉。」

孫綺夢露出貝齒，咯咯笑道：「好啦，逗你的，今天還真得謝謝你兩次為我解圍。你手機號碼多少？有空我請你吃飯作為答謝。」

柳擎宇笑道：「答謝就不必了，誰看到一個猥瑣的男人調戲你這樣的女神都會出手相助的。如果沒有別的事，我就走了。」說著，轉身就要離開。

雖然孫綺夢長得非常漂亮，人也很有氣質，但是柳擎宇現在心中已經有了慕容倩雪的影子，還有曹淑慧和秦睿婕雙姝，僅僅這三個女孩就夠自己頭疼了，所以他並不想再去招惹其他的女孩。

雖然男人本色，喜歡美女是男人的天性，但是對柳擎宇而言，他是一個相對來說很保守的男人，對於感情，他有自己獨特的見解，他認為身為男人，對待女人應該一心一意，尤其是那些深愛著他的女人。卻沒想到，他這番話卻深深刺痛了孫綺夢。

一直以來，孫綺夢都是萬眾矚目的焦點，回頭率可以說是百分之百。然而，竟然有一個長得十分帥氣的男人在自己面前走神了，自己主動要他的電話號碼他也不給，這讓她的內心深處反而升起了一股強烈的征服之心。

她時常聽老媽嘮叨一句話：「男人靠征服世界來征服女人，女人靠征服男人來征服世界。」孫綺夢決定，她要征服柳擎宇！

這並不是出於愛，而是出於自尊心受到了傷害，出於對柳擎宇無視自己的反擊。

孫綺夢衝著柳擎宇甜美一笑：

「怎麼，你難道還擔心把電話號碼給我之後，我會騷擾你不成？你放心，我對你沒有興趣，我只是想要請你吃頓飯而已，我這個人不喜歡欠別人人情。」

話都說到這份上了，柳擎宇也就沒有堅持，把自己的名片給了孫綺夢一張，隨即轉身離去，沒有一絲一毫的留戀。

看著柳擎宇帥氣的背影，孫綺夢銀牙緊咬，使勁的跺了一腳地面，嗔怒的說道：

「哼，柳擎宇，你這個臭男人，竟然如此無視我，姑奶奶我就不信以我的魅力征服不了你！」一邊說著，一邊心中暗暗思考著該如何拿下柳擎宇。

出了機場，柳擎宇直接坐機場大巴趕到了長途客運站，隨後乘坐長途客運趕往東江市。靠在位置上，柳擎宇閉目沉思起來。

柳擎宇先琢磨著把戰略重心轉移到天宏建工所承建的這段高速公路上是否正確，經過再三反覆考慮之後，最終決定執行這個戰略。

戰略既定，那麼下一步就是該如何破局。

柳擎宇相信，既然黑煤鎮防守的猶如銅牆鐵壁一般，這個高速公路工程恐怕也不會太弱，如果自己無法制定正確的作戰方法，破敵會不會成功猶在未知。

柳擎宇一路思考著，天色將黑之時，終於到了東江市。

只不過，柳擎宇並沒有回新源大酒店自己的住所，而是來到東江市一個普通的社區內。進入社區後，走進十二號樓，坐電梯上了十二樓，出電梯向右一拐，便到了自己的新家——一二〇二。

這是柳擎宇特地讓龍翔幫自己租的。

身在官場，柳擎宇深諳狡兔三窟的道理。尤其是隨著自己介入東江市的局勢逐漸加深，他越發意識到自己的生命安全面臨著重大威脅，雖然住在新源大酒店十分方便，但是那裡人多眼雜，容易被安插眼線，所以他特地另外租了這套房子。

柳擎宇走進家門，客廳內已經坐了四個人。

這四個人分別是龍翔、鄭博方、葉建群、溫友山。他們便是柳擎宇在東江市紀委的核心班底。

柳擎宇是在客運上給四個人分別發的簡訊，讓他們在不同的時段進入房子內。

看到柳擎宇走了進來，四人都站起身迎了上來。

柳擎宇和他們一一握手後，笑著說道：

「好了，大家就不要客套了，都坐下吧，我不知道你們四個人聊得怎麼樣了，不過我還是給你們簡單介紹一下吧。」說著，柳擎宇用手一指龍翔說道：

「他叫龍翔，是我在蒼山市的老部下，半個月前我就已經把他給調到東江市來了，以後會擔任我的秘書一職，同時兼任辦公室副主任。」

接著，又把鄭博方等人一一介紹給龍翔。

龍翔和其他三人一一握手，大家算是正式認識。

這時，柳擎宇正色說道：

「既然大家聚齊了，我就開門見山的說吧，你們四個人是我在東江市的核心班底，我在東江市要做的事十分機密，就是要徹底撕開東江市存在的龐大利益集團，還東江市老部下一個晴朗的天空，追回所有被那些貪官污吏所斂取的國家資產。

「這件事利國利民，但是可能會有生命危險，我知道大家也都是上有老下有小的，如果誰想要退出，我也不會有任何責備，只要忘記剛才我所說的那番話就成了。」

說完，柳擎宇看向眾人。

聽到柳擎宇這番話，龍翔、鄭博方態度十分淡然，因為他們和柳擎宇的關係從來到東江市的那一刻起，便已經捆綁到一起了，而且三人有著共同的理想和奮鬥目標。

但是葉建群和溫友山卻感到震驚無比。

葉建群想都沒想到，**平時和柳擎宇看似不合、在會議上經常頂嘴的鄭博方，竟然也是柳擎宇的核心班底，這是怎麼回事？**

原來鄭博方竟然是**柳擎宇的一枚暗棋**，而且這枚暗棋藏得如此之深，如此隱蔽，幾乎蒙蔽了市紀委內部所有人的眼睛。尤其是嚴衛東，恐怕做夢都不會想到這一點。

葉建群心情有些激動，原本還有些搖擺不定的心，在這一刻徹底確定了下來。今天的會議，柳擎宇會讓自己參加，代表柳擎宇真正的信任自己了，這對自己來說是一個十分難得的機會。

畢竟，自己是前任紀委書記的人，柳擎宇能夠信任自己，說明他的心胸十分寬闊。最難得的是，柳擎宇如此年輕便坐在紀委書記、市委常委這個重要的位置上，說明其絕對不是一般人，甚至還可能有一定的背景；就算是沒有背景，能夠在如此年紀做到如此位置，又怎麼可能沒有前途。

如此年輕又能夠如此有心機，在輕描淡寫間就在紀委內部安插了鄭博方這樣一枚棋子，這可不是一般人能夠做到的。先不說跨區調動鄭博方的能量，僅僅是兩人表現出來的默契就足以震撼很多人。

更讓葉建群感到恐怖的，還是柳擎宇在市紀委辦公室主任人選問題上的態度。

在葉建群和很多市紀委內部工作人員看來，劉亞洲似乎比溫友山更獲得柳擎宇的賞識，尤其是柳擎宇好幾次重要的行動都是帶著劉亞洲去的，誰知道柳擎宇真正青睞的竟然是溫友山，也就是說，柳擎宇表面上看對劉亞洲信任，全都是假的。

如果順著這個思路，再回過頭去想想柳擎宇拉著劉亞洲所進行的那些行動，顯然那根本不是信任，而是在栽刺啊，透過那些行動，柳擎宇是在離間劉亞洲和嚴衛東間的關係啊。如果操作得當的話，也未必不能將劉亞洲拉入到自己這邊的陣營中。

此刻，葉建群對柳擎宇的感覺只有兩個字——可怕！

好可怕的年輕人啊！

和葉建群的想法相似，溫友山對柳擎宇也充滿了敬畏，不過他在敬畏之外，卻多了一份感激。他相信，辦公室主任的位置絕對是自己的了。

人心都是肉長的，這一刻，溫友山下定決心站在柳擎宇這一邊了，哪怕柳擎宇的決策是錯誤的。

就在大家浮想聯翩的時候，鄭博方第一個站了出來，說道：「擎宇啊，咱們之間的關係就不必講這些話了，從我到東江市的那一刻起，我就明白自己的使命、決心要站在你這邊了，我一定會大力協助你搞定東江市那群貪官污吏們！」

鄭博方雖然是柳擎宇的老領導，但是他並未在柳擎宇面前擺一點老領導的架子，因為他早知柳擎宇絕對不是池中之物。柳擎宇剛才那麼問的目的，他更是心知肚明，柳擎宇**這是在進一步收攏人心啊**，這時候，他怎麼能不配合呢?!

鄭博方表態完，龍翔也立刻說道：「老領導，我以前就是您的兵，現在依然是，老領導的槍指到哪裡，我就打到哪裡，絕無二話。」

兩個人說完，葉建群立刻跟進：「柳書記，我願意唯您馬首是瞻。」心中一陣熱血沸騰。

溫友山也說道：「我是辦公室副主任，您的指示就是我的行動。」

柳擎宇暗中衝鄭博方看了一眼，眼中帶著感激之色。對這位老領導的默契與支持，柳擎宇是發自內心的感謝他。

鄭博方的想法一點都沒錯，柳擎宇剛才之所以說那句話的目的，就是為了進一步拉攏人心，讓大家真正的融入到這個團隊內；而要想達到這一切，必須有一個人來啟動這種氣勢。這在心理學上講，算是一種從眾心理。

「好，既然大家都團結一致，那廢話我就不多說了，我先給大家簡單介紹一下我來東江市的真正目的，也算是給大家打打氣。

「我是受了省委書記曾鴻濤同志以及省裡其他省委、省政府領導的委託，到東江市來進行攪局的。任務就是要將東江市以孫玉龍為首的一群腐敗分子給揪出來，將這些腐敗分子全部繩之以法，同時追回被這些腐敗分子所貪污的民脂民膏和國家財產，所以，我們的任務非常艱巨。

「但是，我們卻並不是在孤軍作戰，我們的身後站著省裡的領導，站著省紀委，他們會在最關鍵的時刻站出來支持我們。

「當然啦，我們不能什麼都指望省裡的支持，畢竟，省裡的局勢也是錯綜複雜，幾大勢力之間鬥爭不斷，省裡的支持只有在最關鍵的時刻才會出現。所以，我希望大家做好打一場艱苦戰鬥的準備。大家有沒有信心？」

柳擎宇把自己在戰場上帶兵的手段給用了出來。

「有！」四人異口同聲的說道。

此刻，四人都是熱血沸騰，眼中露出充滿鬥志的火焰。身為黨員幹部，誰不希望自己能夠為國家、為人民的利益而奮鬥呢。

柳擎宇滿意地點點頭說：「好，下面我就先談談我們下一階段的主要目標——如何擺平天宏建工。對於這一點，大家有什麼好的建議沒有？」

葉建群第一個發言：

「根據我的瞭解，天宏建工的老闆程天宏的老爸是程書宇，程書宇和孫玉龍以及孫玉龍的老婆何曉琳是老同學，關係十分密切，天宏建工之所以能夠在東江市拿下這麼多的工程，和這層關係密不可分。

「如果我們要動天宏建工，就要做好和孫玉龍硬槓的準備，他肯定會千方百計的阻撓的。所以我建議，我們要想動天宏建工，不能採取強攻的方式，否則的話，逮不著狐狸弄一身騷，也曾經有省紀委的人想要動天宏建工，但是最後都以失敗告終。」

柳擎宇點點頭：「嗯，那你認為我們應該採取什麼方式來展開行動呢？」

葉建群沉聲道：「我認為我們應該採取**先外後內**的方式來展開行動，首先，應該先拿下和天宏建工關係密切的領導，從腐敗分子身上下手；拿到確鑿證據後，果斷出擊將其雙規，只要抓住這些腐敗分子，那麼他們與天宏建工之間的貓膩也將會一一起底。」

柳擎宇聽了，點點頭道：「嗯，這個建議不錯，其他人有什麼意見嗎？」

鄭博方道：「我同意葉同志的意見，我還聽說程書宇在遼源市，甚至是白雲省都有著相當深厚的關係網絡，而程天宏又是程書宇的獨生子，所以，如果我們要動天宏建工肯定麻煩重重。我的看法是先從東江市交通局局長陳富標那裡入手，據我所知，此人是孫玉龍的鐵桿嫡系人馬，在市交通局幾乎一手遮天，如果能夠把他搞定，到時候再收拾天宏建工就容易多了。」

葉建群也贊同道：「嗯，我同意，陳富標絕對是大貪官，根據我掌握的資料，這傢伙在省城僅僅是別墅就有五套，而且我手中掌握著不少有關他的舉報信。」

柳擎宇卻是獨排眾議道：「我看不能先從陳富標入手。」

眾人都是一愣，誰也沒有想到，柳擎宇竟然不同意這個方案。

葉建群不解的問：「柳書記，為什麼不能先從陳富標入手呢？」

柳擎宇說道：「從表面上，從陳富標入手能夠減少孫玉龍對整個案件的阻力，但實際上，作用有限。我們可以先做個假設，如果陳富標本身存在著嚴重的腐敗問題，甚至是整個腐敗勢力裡的重要棋子，那麼孫玉龍可能放棄陳富標嗎？答案顯然是否定的。而且一旦孫玉龍他們覺察到我們要對陳富標動手，勢必會打草驚蛇，讓他們意識到我們有可能會對高速公路項目動手，一旦他們有所警覺，之前我所做的很多部署就白費了。」

「那您說我們該怎麼做？我們要想動天宏建工，就必須要動陳富標，這一關是不可能繞過的啊。」葉建群困惑地說道。

柳擎宇笑道：「陳富標我們必須動，卻不能直接動，我相信以陳富標的身分，真正涉及到權錢交易的時候，未必會親自出馬，很可能會找一個代理人來代替他操作此事。

「如果有這樣一個人或者公司的話，我們可以從這邊入手，這樣一來，阻力會小很多，而且對這樣的人或者公司，我們需要顧忌的東西會少很多，只要實施突襲，以迅雷不及掩耳的速度將他們帶走調查，確保不洩露消息，也許能夠很快查到陳富標的破綻。」

鄭博方聽了，眉頭緊皺著說：

「柳書記，你的想法雖然不錯，但還是有破綻，比如說，陳富標一旦得知了他的人被帶走，會不會立刻消滅證據，甚至是潛逃？而我們紀委也沒有對陳富標實施監控的權力，就算是暗中實施監控，也得通過市公安局來配合實施，但是市公安局可是陳志宏掌控的，他知道了和孫玉龍知道了沒有什麼區別。」

柳擎宇點點頭道：「嗯，老領導說得沒錯，這種可能性非常大。所以我認為，我們可以把移花接木、瞞天過海、聲東擊西之計組合起來運用，以此來化解他們的疑心。」

葉建群一愣：「哦，怎麼組合？」

柳擎宇解說道：「這個簡單。首先，由老領導您來發動對陳富標的調查，調研的原因可以用接到了一份有關陳富標違法違紀的舉報信，或者其他理由。

「我估計調查一旦啟動後，嚴衛東肯定會跟你打招呼，讓你高抬貴手，那時，你就可以告訴嚴衛東，說我對此事十分關注，不能太過於放鬆，必須得認真調查。

「當然，你也要向嚴衛東表明，那就是你的調查只是為了應付我才做的，讓他無需擔心。但是，你的調查又必須要給陳富標一定的壓力，讓他無暇顧及其他的事，如此一來，只要你堅持個四五天，不觸及陳富標的核心問題，我相信陳富標那邊肯定不會有重大的動作，而且因為他已經習慣了你的調查，就會逐漸放鬆警惕。

「與此同時，葉同志，你要帶著你的巡視小組在外圍活動，確定到底是誰，或者哪家公司是陳富標的代理人，找到後，不要動作，而是要進行更加縝密的調查，為下一步行動做好準備。這一招是瞞天過海。

「等到了陳富標的警惕性降到最低的時候，葉同志你就可以出擊，把經過前期調查到的陳富標的代理人全部帶走。這時候，老領導你那邊也不要閒著，要和葉同志同時出擊，把陳富標給帶走，理由的話，可以是藉口是訓誡談話或者其他正常理由。

「你的主要任務是吸引孫玉龍、嚴衛東等人的注意力，同時與他們展開周旋；並且要向嚴衛東傳遞一個訊息，那就是你只是奉了我的指示行事，強調你並沒有拿到陳富標的證據，陳富標絕對不可能被雙規的。」

鄭博方邊聽邊頻頻點頭，柳擎宇的目的他已經明白了。柳擎宇這一招的確挺狡猾的，進可攻，退可守。

葉建群也領會了箇中奧妙，笑道：「那麼接下來，一旦我這邊掌握了陳富標的確鑿證據，陳富標就可以直接被雙規了，如此一來，就可以避免他潛逃的可能。柳書記，您這招真是太高了。我服了。」

柳擎宇笑了。

其他人也笑了。大家都是聰明人，柳擎宇這個計畫一說出來，他們就知道陳富標恐怕很難翻身了。

事情商量完，眾人紛紛告辭，龍翔卻留了下來，他是柳擎宇的秘書，所以其他人也不以為意。

「龍翔，你那邊的事，進展如何了？」

龍翔嘆了聲道：「老闆，這些天來，我一直按您的指示，在各路巡視小組的掩護下，在黑煤鎮進行暗中查訪。沒有想到，在黑煤鎮這個產煤大鎮，老百姓的生活竟然那麼淒慘，冬天幾乎無煤可燒，因為買煤的錢對他們來說是一筆相當大的開支。

「有的老百姓為了能夠冬天能有煤燒取暖，便天天苦守在運煤車的運送路線兩側，一日運煤車經過那些坑坑窪窪的道路，因為顛簸而掉落一些煤渣時，就把這些煤渣掃一掃帶回家去燒。根據我掌握的資料，這幾年因為撿煤渣被運煤車撞傷甚至是撞死的就有十多個人。

「不過這些還不是最慘的，最慘的是那些在煤礦裡挖煤的家庭，有些家庭因為男丁挖煤出事死亡，家庭面臨崩潰，他們的妻子為了養家糊口，不得不走上賣淫之路，靠自己的身體賺些辛苦錢來養活老人和孩子。」

龍翔哽咽地說著，一邊拿出厚厚一疊照片，放在茶几上。

柳擎宇接過照片翻看著，眼圈也紅了起來。

那些照片上面是一個個滿臉漆黑的煤礦工人，住在低矮的工棚，更多的是枯瘦失學的孩子、站街婦女強顏歡笑、充滿絕望的眼神，一張張，一幅幅，都在記錄著一個幾乎與現代社會格格不入的殘酷現實。

如果不是看到這些照片，柳擎宇簡直無法想像在高樓林立、燈紅酒綠的黑煤鎮竟然還有如此讓人不忍的一面。

一邊是豪宅林立、寶馬賓士穿流不斷；另一邊則是彼此相連的低矮工棚、老百姓推著獨輪車在街上穿行，形成了鮮明的對比。

柳擎宇的心在滴血，淚珠緩緩滑落。黑煤鎮的老百姓日子過得實在太苦了，明明守著寶山卻不得不忍受貧困饑餓，甚至是死亡。

黑煤鎮的這些領導到底是幹什麼吃的？孫玉龍、唐紹剛這兩個黑煤鎮的市委書記、市長到底是幹什麼吃的？為什麼黑煤鎮會是這樣？難道就沒有人去關心那些老百姓的生存狀況嗎？難道他們就不擔心黑煤鎮的老百姓壓抑的怒火突然爆發嗎？難道他們的眼中只有官位、利益嗎？

一時間，柳擎宇心潮起伏，他猛的狠狠一拍茶几，怒聲道：

「黑煤鎮案件不破，我柳擎宇絕不收兵，黑煤鎮貪官污吏不除，我柳擎宇絕不收兵！」

柳擎宇話音落下，茶几轟然倒塌——碎了！

柳擎宇這一掌飽含了滔天的怒火，飽含著他對東江市和黑煤鎮很多人的不滿。身為公職人員、國家幹部，他感受到自己身上責任的重大。

堅決反腐，刻不容緩！

龍翔看到柳擎宇暴怒，並沒有去勸阻，因為他所看到的實景遠比照片上所拍到的更加殘酷、更加令人心酸。

過了好一會兒，柳擎宇的心漸漸恢復平靜，但是他的眼神卻更加犀利：「龍翔，你繼續在黑煤鎮暗中查訪，不過千萬要注意自己的安全。」

龍翔點點頭，忍不住問：「老闆，為什麼今天這種場合，姚劍鋒書記沒有出現呢？」

柳擎宇淡淡說道：「因為他還在帶著他的小組進行巡視，而且，我馬上就要把他再次調回到黑煤鎮，一方面給黑煤鎮施加壓力，另一方面吸引他們的注意力，這樣方便你的暗中查訪。」

龍翔心頭不禁一暖。

此刻，一架飛機緩緩從白雲機場降落。飛機上的乘客魚貫而出，其中，有四名穿著黑色西裝的男人，走出機場後，分別各自搭了一輛計程車，目的地卻全都是新源大酒店。

當這四個人來到新源大酒店後，各自要了不同的房間住了進去。表面上他們看起來沒有任何關聯，然而，當四人進入房間後，很快便拿出隨身的筆電，連上網後，打開了一個屬於私人並且有加密設定的聊天室內，在這個聊天軟體內，四個人可以看到彼此的情況。

聊天軟體內，並沒有顯示四個人的真名，用的也是代號。長得很帥氣、留著一頭披肩長髮的男人代號「陽光」；皮膚黝黑、沉默寡言的男人代號「黑雲」；身材瘦削、個子矮小一點的男人，代號「雷霆」；總是一臉人畜無害、笑咪咪樣子的男人代號「狂風」。

陽光第一個發言：「狂風，我們四個直接住在新源大酒店是不是有些太草率了，我對你的這個指示心存疑慮，這與我們要執行的任務好像有些矛盾。」

狂風問：「矛盾？有什麼矛盾？」

陽光質疑道：「我們的任務是刺殺柳擎宇，柳擎宇可是劉飛的兒子，而新源大酒店和劉飛的關係十分密切，我們入住這家酒店，豈不是等於將自己的身分置於對方的眼皮下，一旦刺殺成功，我們的身分也就暴露了。」

狂風目光中射出兩道犀利的目光，道：

「陽光，你聽清楚了，這是我第一次解釋，也是最後一次解釋，如果以後再有質疑，你就不用待在這兒了，我有一百種方法可以讓你離開。」

哪怕是通過視頻對話，三人也可以感受到狂風身上所露出來的強烈殺氣，不禁都是一凜。三人都很清楚，刺殺柳擎宇的組織之所以讓狂風擔任組長，肯定是經過深思熟慮的。

以前，四人是獨行殺手，很少聯合行動，但是他們都聽說過狂風，知道他以陰險、狡詐、凶殘為名，凡是被他殺死的那些目標，沒有一個能留得全屍。

最重要的是，狂風從來沒有失過手。

狂風目光一一掃過其他三人，這才陰聲說道：

「我之所以選在新源大酒店有三個原因，第一，根據我所掌握的情報，柳擎宇現階段會住在新源大酒店，或是把這裡作為他的秘密工作地點。這對於我們行動十分有利。

「第二，雖然劉飛和新源大酒店的關係十分密切，但問題在於誰知道我們要進行刺殺柳擎宇的行動？而且，我們的身分全都是假造的，甚至整了容，誰能識破我們的真實身分？所以這一點我根本不擔心。

「第三，大家不要忘了柳擎宇是什麼出身，他的反偵察能力絕不比我們差，如果我們不住在這裡，又要如何近身距離的對他進行偵查而不被他發現？」

這時，黑雲突然說道：

「即便我們住在這裡，我們的行動恐怕也要受到限制吧？而且還不排除柳擎宇不住在這裡的可能，這種情況下，我們什麼時候才能真正完成刺殺柳擎宇的任務？」

黑雲雖然平時沉默寡言，但是做事手法十分犀利，戰鬥起來十分瘋狂，所以狂風對黑雲有些忌憚，耐心的回答他的問題：

「你說得很有道理，但是不要忘了，我們這次刺殺柳擎宇的任務是沒有時間限制的，即使我們失敗了，組織還會派出更高級別的殺手來刺殺柳擎宇，**這是一個死任務**，柳擎宇不死，我們的任務就不算完結。

「這也說明組織認為柳擎宇是不會那麼容易被刺殺的，否則，又怎麼會把任務設成死任務呢？這也代表這次任務的艱巨性。所以，在這個任務上，我的戰略就是不急於在最短時間內刺殺柳擎宇，而是要充分選擇最佳的時機。

「如果可能，我們最好採取遠距離的狙殺，或是利用柳擎宇開會、吃飯等機會伺機而動。無論如何，對柳擎宇，我們必須充分偵查後再行動，因為我擔心劉飛會不會在柳擎宇的身邊安插一些隱藏極深的保鑣。大家不要忘了，當年劉飛得勢的時候，多少頂級國際殺手因為刺殺劉飛而隕落。我們雖然是殺手，但是我們的性命也是十分寶貴的，我必須要為我們四個人的安全負責。」

狂風說完，其他三人才明白為什麼狂風刺殺的成功率可以高達百分之百了，他的心思實在是太縝密，太有耐心了。

此刻的柳擎宇當然不知道，四個國際上赫赫有名的頂級殺手已經悄悄潛入東江市，隨時會對他實施雷霆一擊；他更不會知道，這四個人為什麼要來刺殺他。

因為柳擎宇正把全部精力都放在如何擺平天宏建工、如何才能順利的拿下交通局局長陳富標上面。

這是一場十分艱難的戰役，這場戰役的成功與否，直接決定著柳擎宇在東江市的去留問題。因為如果他不能透過這次戰役拿下陳富標，那麼必然會引發孫玉龍等人的強勢反撲，那個時候，各種陰險手段輪流出手，他未必能夠扛得下來。

這場戰役，很快就正式打響。

第二天上午，柳擎宇召開了長假後的第一次紀委常委會議。

在常委會議上，第一巡視小組組長姚劍鋒拿出了幾份有關東江市交通局局長陳富標涉嫌受賄、貪污的舉報信，信上言之鑿鑿，甚至把陳富標受賄的時間、地點都寫得清清楚楚，姚劍鋒提出，為了肅清東江市的官場氛圍，應該對陳富標展開調查。

然而，姚劍鋒的話剛說完，便遭到嚴衛東的強烈反對：

「姚同志，我不同意對陳富標同志展開調查！首先，這些舉報信雖然言之鑿鑿，但問題是並沒有提供任何圖片、視頻等足以證明的東西。

「其次，陳同志可是遼源市交通方面權威專家級的人物，想動他，必須要考慮好後果。萬一我們調查後發現陳同志沒有問題，那麼對我們東江市紀委是十分不利的。」

嚴衛東的話剛說完，姚劍鋒便道：

「嚴書記，我不同意你的觀點，雖然你的意見表面上聽起來沒有任何問題，但是你不要忘了，我們是什麼單位？我們是東江市紀委，任務是調查、查處貪官污吏，而不是等到有了確鑿的證據之後再去採取行動！

「現在這些舉報信已經明確指出陳富標同志在什麼時間、什麼地點、受到了什麼人的賄賂，只要我們調查一番就可以核實了，為什麼不去調查呢？如果我們不去調查，那麼我們東江市紀委的存在還有什麼意義？

「另外，嚴書記，我們東江市紀委現在已經成為白雲省全新考核機制的試點單位，陳富標處於我們第一巡視小組的巡視範圍內，如果我們發現了問題卻不去調查，那麼萬一年終考核我的成績不佳，你來替我承擔這個責任嗎？」

不得不說姚劍鋒的詞鋒十分犀利，他這番話說完，嚴衛東一下子就理屈詞窮了，想要反駁，卻又不知道如何反駁才好。

就在這時候，鄭博方突然說道：「要不我看這樣吧，黑煤鎮那邊的案子到現在還沒有完成，姚書記，你就帶著你的巡視小組去黑煤鎮那邊進行查訪吧，爭取儘快把上次那些老百姓所反映的問題調查清楚了，陳富標這個案子就交給我來處理吧。」

鄭博方說完，所有人全都看向柳擎宇。

柳擎宇眉頭緊皺起來，思索道：「這樣不妥吧，姚劍鋒同志的巡視小組原本是負責各個機關單位的，我看黑煤鎮的事可以緩一緩嘛……」

嚴衛東聽著聽著，突然眼前一亮，如果由鄭博方來負責調查陳富標的案子的話，那麼自己就可以掌握這件事的大局和主動權，畢竟，鄭博方目前正在積極向自己這邊靠攏啊。所以，鄭博方立刻附和說：

「柳書記，我看鄭同志的意見很有見地啊，畢竟姚劍鋒同志前段時間就一直帶著巡視小組在黑煤鎮巡視，現在繼續巡視更是輕車熟路，如果換成了鄭同志，反而容易造成效率下降；而且這次的陳富標事件只是核實一些證據而已，任務並不重，如果因此而耽誤了黑煤鎮那邊老百姓的事，我們紀委官員怎麼能對得起自己的良心呢。」

柳擎宇因為早有盤算，所以假裝皺著眉頭沉思起來。

嚴衛東偷偷看了眼毛力強，暗示他，希望他能夠站出來說句話。

毛力強也知道陳富標的關係網，所以不敢推辭，也幫腔道：「柳書記，嚴書記的話很有道理啊，我看陳富標的事就讓鄭同志去核實吧。」

柳擎宇假做被說動了，緩緩點點頭道：「好吧，那這件事就由鄭同志去進行調查吧，不過，我看為了更好、更有效率，葉建群同志也加入調查小組吧，以鄭同志為主，葉同志為輔，你們兩人配合做好這件事，是非曲直給舉報群眾一個交代，也給陳富標同志一個交代，我們不能冤枉一個好人，但是也不能放過一個壞人。」

鄭博方和葉建群立刻答應。

見柳擎宇如此安排，嚴衛東總算放心了，如果柳擎宇不安排葉建群，他反而會懷疑鄭博方，因為柳擎宇配備葉建群的目的肯定是為了監視鄭博方，這說明柳擎宇對鄭博方是不信任的，也表示鄭博方是真的要投靠到自己這邊的。

散會後，嚴衛東回到自己的辦公室，先是給孫玉龍打了個電話，把柳擎宇要調查陳富標的事報告了。

孫玉龍聽了，憂心忡忡地說：「老嚴，這事可不能掉以輕心啊，你知道，陳富標那個位置十分關鍵，每年給我們帶來的利益十分可觀，而且他手中掌握著相當夠分量的資料，所以陳富標一定要保下來。」

嚴衛東立刻自信的說道：「孫書記，這一點您儘管放心，這件事是由鄭博方主導調查，而鄭博方基本上已經要加入我方陣營了，我正在對他進行考察，如果這次事情他能夠通過考驗，我建議直接把他納入我們的隊伍中，讓他分點好處，這樣一來，也方便把他綁在我們的圈子裡。」

孫玉龍不置可否地說：「嗯，這個由你決定就行。他要是加入，到時候我會給你那邊每年多分配一些，這都是小錢；不過你一定要注意，對鄭博方的考核必須非常嚴格，畢竟現在可是非常時期，而鄭博方和柳擎宇以前又都在蒼山市待過，雖然看來沒什麼交集，但我們還是要防備一些才是。」

「嗯，這一點我明白，否則的話，我也不會到現在一直都在考察他了。」

這時候，嚴衛東的秘書敲門走了進來，說道：「嚴書記，鄭書記來了。」

嚴衛東點點頭，和孫玉龍聊了兩句，掛斷電話，這才示意秘書把鄭博方喊進來。

鄭博方走進嚴衛東辦公室，立刻滿臉含笑道：「嚴書記，有關陳富標這個人的調查，您這邊有什麼指示沒有？」

嚴衛東見鄭博方這種凡事請教的謙卑態度，非常滿意，鄭博方對自己很是尊重啊，便沉聲道：

「老鄭啊，說實在的，對陳富標這個案子，本來我是不應該多說什麼的，但是我對陳富標這個同志很瞭解，據我所知，他出身商賈世家，家境殷實，為人正直，進入官場後，他的表現也非常出色，所以我是絕不相信他有什麼問題的。當然啦，既然有人舉報，我們市紀委就要介入調查，但是我希望你在調查的時候，一定要講究方法，不能鬧得人心惶惶的，更不能寒了陳同志的心。如果有什麼發現，要及時和我溝通，問題不大的話，就抬抬手算了；如果問題很嚴重，那我們再商量商量，盡可能讓有能力的同志能夠安心的在崗位上工作下去，繼續為我們東江市的發展做出貢獻。」

鄭博方立刻受教地說：「好的，嚴書記，我明白該怎麼做了。我這邊有什麼風吹草動會立刻向您彙報的，而且葉建群我會儘量把他帶在身邊，免得他添亂。我也相信陳同志是絕對不會有問題的，所以，在下一階段調查展開後，我會在表面上做得很嚴厲，看起來來勢洶洶，不過陳同志可以把心放在肚子裡，我的動作不過是在演戲而已，否則怕柳擎宇那邊不好交代。」

聽到鄭博方這麼上道，嚴衛東很是滿意，又好好的鼓勵了鄭博方一番。

等鄭博方離開後，嚴衛東又給陳富標打了個電話，讓他注意一點，市紀委要對他展開調查。

這個電話把陳富標嚇了一跳，他還真以為自己犯了事，等到嚴衛東說明白後，這才長長地鬆了口氣說道：

「哎呀，嚴書記，你剛才可差點嚇死我了。不過您放心，我這邊的屁股擦得很乾淨的，就算是鄭博方認真的調查，也未必會發現什麼。不過一會兒我再好好梳理一遍，看看還有沒有什麼漏洞，確保他們什麼都不會發現。

「不過今天的事真得多謝你了，這樣吧，晚上我在『碧海雲天』那邊給你安排一對雙胞胎姐妹花，讓你好好的爽一把。實話跟你說吧，這對姐妹花可是剛剛考上東江市廣播學院的美女，本來我想自己享用的，不過嚴書記你如此幫助兄弟，兄弟我就忍痛割愛，把她們兩個留給你了，這兩個絕對屬於超級清純的那種啊。」

說完，陳富標嘿嘿的淫笑起來。

聽陳富標這麼說，嚴衛東頓時感到小腹火熱起來，精神異常亢奮。對他來說，錢財只是身外之物，他真正在乎的是美女，他當初之所以被拉下水，就是因為美女，從此在這條道路上越走越遠。

陳富標雖然很有自信，但是接下來幾天裡，鄭博方的一連串行動還是把他嚇了一大跳。因為鄭博方幾乎每次出擊都直指他的死角，差點挖到了真相，不過好在每一次鄭博方都是點到為止，在關鍵時刻突然收兵，讓他有機會可以去擦屁股，毀滅證據。

這讓陳富標對鄭博方十分感激，還多次給鄭博方打電話，要請他去娛樂城好好輕鬆輕鬆，不過都被鄭博方給婉拒了，鄭博方的理由非常簡單，自己正在調查陳富標，如果跟著他去了娛樂城，一旦被柳擎宇抓住把柄，恐怕自己就危險了。

陳富標也只能作罷。隨著時間一天天過去，陳富標原本繃緊的神經終於緩緩放鬆了下來，警惕性逐漸消失。因為他相信，不管發現什麼問題，鄭博方那邊都會替他扛著的。

為了表示對鄭博方的感謝，陳富標在和嚴衛東一起吃飯、玩樂的時候，多次在嚴衛東的面前表揚鄭博方，說鄭博方這個人十分仗義，有能力，還說有他在，自己絕對安全。這讓嚴衛東對鄭博方又多了幾分信任。

忙活了一天，柳擎宇下班後向新源大酒店走去。

雖然他讓龍翔給他在外面租房子，但是那個房子只是他和嫡系人馬秘密聚會的場所，平時是不會去的，以免不慎暴露，平時他依然會住在新源大酒店內。

當柳擎宇走進酒店，目光隨意掃了一眼，便看到一個長得十分帥氣、留著一頭披肩長髮的男人正坐在大廳的沙發上，手中拿著一份報紙在流覽著。

這個男人正是那個代號「陽光」的殺手。

柳擎宇的目光只是微微瞄了一眼，便繼續向前走去。

雖然陽光的目光一直盯在報紙上，但是實際上，他眼角的餘光卻一直關注著柳擎宇的一舉一動。

等柳擎宇穿過大廳進入電梯間後，他才輕輕的咳一聲，翻過報紙繼續看了起來。

這是一個暗號，在陽光咳嗽的同時，在黑雲的房間內，黑雲已經通過駭客技術侵入了整個酒店的監控系統內部，通過攝影機即時監控著柳擎宇的一舉一動。

當看到柳擎宇進入房間後，陽光這才起身回到自己的房間，隨後立刻登入聊天軟體，四個人再次開始了討論。

第八章

突下戰帖

「程天宏，有關孫綺夢的事，我想和你做個了斷，是男人的話，咱們單挑，明天早晨六點半，我在東江市城東的東陽山山頂上等你，如果你贏了，從今以後，我不再管你和孫綺夢的事；如果你輸了，就不准你再騷擾孫綺夢。」

此刻，柳擎宇並不知道這個殺手集團的存在，因為，他的注意力仍然放在了陳富標的這個案子上。

這個案子可以說是他上任後主持的第二個十分重要的案子，這個案子的成敗，也關係到公路腐敗案是否能被揭發，更關係到黑煤鎮的弊案何時才能啟動。所以，從下班到進入酒店的過程中，柳擎宇的大腦一直都在思考著下一步到底應該如何行動。

回到房間後，柳擎宇便接到鄭博方打來的電話，電話裡，鄭博方把這段時間他所採取的一連串措施和結果向柳擎宇進行了彙報，並且提出自己的判斷：

「柳書記，根據我的分析，現在陳富標的警惕性應該已經放鬆了下來，我認為現在是收網的最佳機會。」

「那有關陳富標的證據收集的怎麼樣了？夠將他控制起來了嗎？」

鄭博方回道：「沒問題，證據足夠了。」

柳擎宇聽了道：「好，凌晨兩點，你和葉建群同步展開行動，你負責控制陳富標，將他帶到新源大酒店，算是明的目標，用以迷惑孫玉龍、嚴衛東等人。」

掛斷電話，柳擎宇立刻給葉建群打電話：

「葉同志，你那邊對陳富標下面的爪牙調查得怎麼樣了？」

葉建群迅速回道：「陳富標為了便於洗錢和利益輸送，讓他的小舅子范天華的妻子肖藝紅為法人代表，成立了一家天路交通建設有限公司，這家公司其實是天宏建工的子公司，專門負責處理一些天宏建工不方便處理的東西，好方便撇清陳富標與天宏建工之間的關係，以免被我們紀委發現。不過根據我們的調查，這家公司問題重重，一查準露餡。」

柳擎宇下令道：「好，既然如此，今天凌晨兩點，你和鄭博方那邊同步行動，將范天華、肖藝紅和天路交通建設有限公司的核心管理人員一併帶回，尤其是他們的帳本等重要證據都要帶走，你們直接找一家私人賓館住下來。對那些人展開秘密調查蒐證。」

一一部署完後，柳擎宇沉思了一下，突然撥通天宏建工老闆程天宏的電話：

「程天宏，有關孫綺夢的事，我想和你做個了斷，如果是男人的話，咱們單挑，明天早晨六點半，我在東江市城東的東陽山山頂上等你，如果你贏了，從今以後，我便不再管你和孫綺夢的事；如果你輸了，就不准你再騷擾孫綺夢，否則，見你一次就揍你一次。」

電話那頭，程天宏接到柳擎宇的電話後，不禁一愣。

自從上次坐飛機因為調戲孫綺夢被柳擎宇狠狠收拾了一頓，又被孫綺夢給狠狠扇了一個大嘴巴後，他對柳擎宇可說是恨之入骨。

加上柳擎宇一直在找天宏建工的麻煩，以至於這個工程一直無法正常開標，讓他相當不爽，所以，他正策劃著要怎樣狠狠的收拾一頓柳擎宇呢。

到目前為止，他已經安排了飛車撞擊、地痞圍攻、官場栽贓等多個收拾柳擎宇的計畫，並且這些計畫明天起就要正式實施了，卻沒想到，柳擎宇竟然約自己去單挑。

程天宏的第一個反應就是柳擎宇為什麼要找自己單挑？還主動約好時間和地點，他**是不是提前做好了布局呢？**

程天宏是一個極其陰險狡詐的小人，做事從來都是十分陰險，從不吃虧，所以，他在思考別人行為的時候，往往會按照自己的思路，把自己換到對方的角度去思考問題，因而他被別人算計的機率幾乎為零。

不過當他仔細一思考，柳擎宇在東江市基本上就是光桿司令一個，根本不可能做出什麼來，就算是布局，也應該是自己布局才是。

想到這裡，他心中另外一個問題又浮現了上來，柳擎宇為什麼要約自己去單挑呢？這樣做對他有什麼好處？難道柳擎宇真的看上了孫綺夢？

程天宏越想越覺得沒錯！嗯，一定是這樣的，孫綺夢的確是百裡挑一的極品美女，每次他和其他女人上床的時候，腦海中總會時不時的浮現孫綺夢的身影，暗暗把對方當成孫綺夢。

他還透過關係對孫綺夢進行了一些調查，發現孫綺夢竟然身兼二職，一周有兩天是當空姐，還有三天則是在東江市第一人民醫院當護士，在醫院頗有人氣，很多衙內、富二代為了能夠接近她，經常故意裝病住院，點名要她照顧。

當得知這些之後，程天宏對孫綺夢更加動心了，幻想著如果能夠把孫綺夢收入帳下，每天上床的時候，讓孫綺夢換上護士服或者是空姐服，那該有多撩人啊。

所以，當柳擎宇打來這個電話的時候，無異於打斷了他的美夢，豈能容忍！現在他提出要單挑，正合他意，因為在他想來，到時只要耍點賤招，輸的人一定是柳擎宇。於是，程天宏決定應戰：

「好，柳擎宇，我答應你，不過我得提醒你一下，在東江市最好不要跟我耍什麼花樣，否則的話，你會死得很難看。」

柳擎宇冷冷回道：「我早說過了，你還不配我耍花樣。廢話少說，明天早晨六點半，我在東陽山山頂等你，過時不候。」

東陽山是東山市城東的一座小土丘，山上有很多的樹，不過山頂上有一大塊平地，是東山市市民晨練的好去處。不過由於東陽山地處市郊，所以去那裡晨練的人並不是很多。

掛斷電話後，程天宏立刻對手下陳天傑說道：

「陳天傑，你一會兒給沈老七打個電話，讓他立刻派人去東陽山山頂，先淨空山上的閒雜人等，然後明天早晨六點半，埋伏二十個能打的打手，隨時聽我的指示。」

陳天傑連忙道：「好的，老闆，我馬上去辦。」

程天宏望著窗外的車水馬龍，滿臉自信的站在窗前，得意的說道：

「柳擎宇，想跟我玩單挑，你這不是自尋死路嘛?!我程天宏是什麼人？我可是天之驕子，堂堂天宏建工的大老闆，我會傻乎乎的跑去陪你玩單挑嗎？

「哼，在沈老七的人馬埋伏下，叫你死無葬身之地！哈哈，真是期待明天把你打倒後，用腳踩著你那讓人討厭的驢臉的感覺啊！柳擎宇，這次你死定了！」

這次，柳擎宇真的是凶多吉少了嗎？柳擎宇為什麼又要突然約程天宏單挑呢？

給程天宏打完電話後，柳擎宇躺在床上，心中再次盤算起來。

此刻，正是他東江市之行最為關鍵的時刻，也是戰鬥真正打響的時刻，這一仗能否取得勝利，十分重要，關係到他以後在東江市的佈局，所以，他的大腦一遍遍的梳理著這次的行動是否存在破綻，要如何補強，如果發生了意外，該如何應對。

在沉思中，柳擎宇呼呼的睡去，累得連晚飯都沒有吃。

第二天早上五點鐘，柳擎宇早早的起床了，洗漱後，他到酒店外的小攤上叫了碗豆漿，外加兩根油條，吃完，直接搭計程車趕往東江公園。

計程車司機是個皮膚黝黑、沉默寡言的男人，柳擎宇上車後，說出要去的地點，便油門一踩，直奔東陽山而去。

一路疾行，來到目的地，柳擎宇下車後，公園內一個正在散步的男人便用藍牙耳機低聲呼叫道：「黑貓注意，黑貓注意，柳擎宇已經進入公園，正在上山。」

「黑貓收到，今天一定要讓柳擎宇站著進來，躺著回去。」一個男人殺氣騰騰的說道。

在說話男人的四周，二十多個彪形大漢已經暗中潛伏在東陽山山頂附近和上山的必經之路上。

就在柳擎宇上山之後不久，程天宏也坐著一輛寶馬來到了公園，在八名彪悍保鏢的護衛下，向山頂進發。

公園門口，載柳擎宇來的那輛計程車並沒有離開，亮著空車燈，等柳擎宇已經走得很遠了，這才拿出手機，撥通了一個電話後低聲道：

「狂風，我是黑雲，柳擎宇早上五點多就出了酒店，來到東陽山公園，剛才我用望遠鏡觀察了一下，發現山頂上埋伏了不少人，看來有人要設計柳擎宇，我們要不要趁火打劫呢？」

狂風沉吟了一下，搖搖頭道：

「不用，你仔細盯著就行，我認為柳擎宇絕對不會打無把握之仗，萬一我們趁火打劫不成，反而會打草蛇驚，這對我們執行後面刺殺的任務十分不利。你就守在原地等著結果就可以。

「如果柳擎宇贏了，那麼他一定會在上班時間前趕往市紀委，因為經過這些天的觀察，我發現他上班從來沒有遲到過，所以今天也不會例外。

「如果柳擎宇輸了，那就更好辦了——死了，我們撿個現成的便宜，直接拍照回去交差；要是他逃了出來，你可以趁機直接幹掉他。」

黑雲得到指令，點頭說：「我明白了。」說完，收起手機，關掉空車燈，開始閉目養神。

這次，狂風為了能夠提高刺殺柳擎宇的機率，可謂處心積慮，每個人都有緊密的分工。黑雲負責每天凌晨四點到上午八點、晚上六點到晚上九點這兩個時段，對柳擎宇在酒店、東江市紀委的行蹤進行盯梢。

陽光則是負責在早晨七點到八點、晚上六點到九點，在新源大酒店的早餐廳、晚餐廳等不同地點進行蹲守，掌握和瞭解柳擎宇的生活習慣。

而雷霆和狂風負責機動刺殺任務，平時白天在市紀委對面的賓館內，通過架設在房間內的一台高倍望遠鏡對柳擎宇的辦公室進行秘密偵查。

他們為了防止引起柳擎宇的警覺，還在樓下的咖啡廳特別訂了一個靠近市紀委方向的臨窗座位，邊喝著咖啡，邊監控著柳擎宇。

早上七點，柳擎宇悠閒的走出公園，便看到了躺在車內假寐的黑雲。

柳擎宇走到車旁，輕輕敲了敲車窗。

黑雲打了個哈欠，「醒了過來」，搖下車窗。

柳擎宇問：「師傅，還出車嗎？」

黑雲點點頭，按下計費表，發動了汽車。

柳擎宇拉開車門上了車，吩咐道：「去市紀委。」

黑雲點點頭，汽車便駛離了東陽山公園，融入到漸漸增多的車流當中。

七點五十分，柳擎宇準時到達自己的辦公室。

剛剛坐下，葉建群的電話便打了過來：

「柳書記，天路交通建設有限公司的幕後老闆范天華、他的妻子肖藝紅，以及這家公司的核心高管、帳冊，我們都掌控住了；不過這些人嘴很嚴，我們已經整整審問了五個小時，他們一句話都不肯多說。」

「他們到案後的反應如何？」柳擎宇問。

葉建群回想道：「他們剛被抓住的時候先是一驚，不過很快就穩住了陣腳，和我們東拉西扯的，但是一旦問及他們與天宏建工之間的關係時，他們就矢口否認，頂多承認認識天宏建工的人而已。」

柳擎宇讓葉建群把審訊的視頻給自己發來，仔細研究後，分析道：

「從范天華、肖藝紅的表情來看，他們絕對是在撒謊，他們之所以敢這麼做，肯定是認為我們短時間內無法查出他們帳目上的玄機，你不用擔心，我一會兒給省紀委韓書記打個電話，申請從銀行方面調閱一下天路公司與天宏建工之間帳目往來情形，等拿到這些證據後再和他們談，就簡單多了。」

說到這裡，柳擎宇也不忘交代道：

「葉同志，等會兒打完電話，你立刻關機，另外準備一支電話作為和我聯絡的通訊工具。我估計孫玉龍、嚴衛東這時候應該醒悟過來了，鄭博方的身分也暴露了，所以他們一定會給我施加各種壓力，逼你們放人。」

葉建群立刻拍胸脯道：「請您放心，我這邊沒有您的親自指示，絕不放人。」

柳擎宇點點頭：「好，我們就溝通到這裡，你準備好新的通訊工具後，立刻給我發條簡訊，方便我隨時聯絡你。」

柳擎宇這邊剛掛斷電話，鄭博方的電話便打了進來：

「柳書記，我們還沒有撬開陳富標的嘴，而我已經接到嚴衛東三通電話，要求我儘快放人，我猜他應該發覺到情況不對勁了，不過我還在盡量應付他。」

柳擎宇說道：「好，只要陳富標沒有被雙規，嚴衛東便不能斷定你的真實立場，繼續虛應他，現在只要等葉建群那邊拿到了天路公司那幫人的口供和證據，到時候陳富標就無法抵賴了。」

掛斷電話，柳擎宇立刻和省紀委書記韓儒超聯繫，在韓儒超的協助下，從省級銀行調取到天路公司和天宏建工帳目往來的證據，柳擎宇拿到證據後，立刻和葉建群取得聯繫，發給了他。

葉建群拿到證據後，馬上對范天華等人展開重新審訊。

由於柳擎宇調取銀行記錄是由韓儒超親自出馬，所以具有極高的保密度，並沒有驚動遼源市以及東江方面。然而，就如同柳擎宇所預料的那樣，陳富標突然被鄭博方給帶走談話，還是引起了孫玉龍的警覺。

孫玉龍得到嚴衛東的彙報後，立即打給柳擎宇，憤怒的吼道：

「柳同志，你們東江市紀委到底是怎麼回事？為什麼在沒有證據的情況下就把陳富標同志給帶走了？陳富標的家人已經向我投訴你們市紀委了，而且反映到了上級領導那邊，你們東江市紀委到底想要做什麼？趕快放人！」

孫玉龍話中沒有給柳擎宇留下一絲一毫的餘地，完全是在以命令的方式在說話。如果是一般人，恐怕早就被孫玉龍的這種氣勢給鎮住了。

然而，柳擎宇卻只淡淡說道：「不好意思，孫書記，暫時我們還不能放人。」

孫玉龍一聽，更加憤怒了：

「柳同志，你必須放人，否則的話，我們東江市市委將會陷入極度的被動中，雖然我明白你一切都是為了工作，但是你必須要顧全大局啊，現在陳富標同志可是遼源市交通系統的明星級專家，在交通系統有著十分重要的地位，如果他要是被冤枉了，恐怕以後我們東江市的各種交通建設項目就很難在市交通局那邊通過了。柳擎宇同志，我希望你一定要顧全大局啊。」

柳擎宇搖搖頭說：「孫書記，我理解您的顧慮，但是有一點我也必須要向您澄清，第一，陳富標同志現在並不是被我們雙規了，只是被我們市紀委帶回去配合進行調查，他本人並沒有任何罪名；第二，如果在調查過程中證明他沒有問題，我們市紀委很快就會放人的。但是，如果證明他有問題，就算是省交通局局長親自給我打電話，該雙規還是要雙規的，法律是有原則有底線的。孫書記，不好意思，我這邊很忙，有事咱們再聯繫。」

說完，柳擎宇強勢地直接掛掉了電話。

電話那頭，孫玉龍氣得再次摔了電話：

「柳擎宇，你這個兔崽子，居然敢頂撞我，太沒水準，太沒教養了！這哪裡是一個紀委書記啊，簡直就是一個小無賴嘛！」

罵完，孫玉龍又撥了幾個電話。

瞬間柳擎宇變得十分忙碌，先是遼源市交通局局長來電話，詢問有關陳富標的事，並且向柳擎宇表示，陳富標是交通專家，即便有問題也要進行重點保護，畢竟培養一個既懂管理又懂業務的交通局局長不容易啊。

柳擎宇告訴對方，一切以調查結果和法律為準，這位交通局局長也直接摔了電話。

沒多久，主管交通的副市長又打來給陳富標說情，雖然意思很含蓄，但是話中的暗示已經明白到不行，柳擎宇偏偏裝傻充愣，把這個副市長氣得大拍桌子，問柳擎宇到底是什麼意思，柳擎宇告訴對方：我沒有什麼意思，只是做一個紀委書記應該做的事情而已。

之後，又有各種不同的人來給陳富標說情，而這些人說話都是先雲裡霧裡的繞了一大圈，最後才微微點一下，並不一開始就敞開來明說，以保全自己，接著才透出話風暗示柳擎宇，然而，柳擎宇仍是假裝聽不懂。

一直到上午十點左右，電話才算是安靜下來。然而，柳擎宇的臉卻沉了下來。因為他把打電話來關說的人都記錄了下來，包括有東江市市委書記、市委副書記、副市長，有遼源市的交通局局長、常務副市長、副市長、財政局局長、工商局局長等等，這一大串的實權人物都在為陳富標搖旗吶喊，足以說明陳富標背後利益網的龐大。

他們既是在替陳富標求情，同時也是在向他示威，他們在用這種方式告誡他，自己如果一意孤行的話，得罪的將會是一個龐大的利益團體。

如果是一般的官員，這時候自然不敢輕舉妄動，偏偏柳擎宇卻是個異類，他的眼中只有老百姓，只有國家、法律和公平。

柳擎宇繼續低頭忙碌。

然而，電話再次響了起來，柳擎宇不由得眉頭一皺。他相信自己的意思已經十分明確了，為什麼還會有人打電話來呢。

柳擎宇接通電話，電話裡立刻傳來一個十分威嚴的聲音：

「柳擎宇同志，我是遼源市市紀委書記郭天明，市委剛剛做出決定，由於陳富標一案關係重大，所以市委決定這個案子由我們遼源市紀委接手，你們東江市紀委負責周邊配合，現在我們市紀委的工作人員已經下去了，大概再半個小時就到你們東江市紀委了，請你配合一下，讓相關人員和卷宗進行交接。」

柳擎宇未置可否，只說聲知道了，便掛斷了電話。

電話那頭，郭天明嘴角露出一絲不屑之色：「哼，一個小小的縣級市紀委書記就想在我們遼源市翻出天去，柳擎宇啊，你是在做夢吧！」

電話掛斷不到二十分鐘，柳擎宇桌上的電話便響了起來，門衛告訴柳擎宇，說是遼源市紀委副書記孟慶義帶著五名工作人員過來了。

柳擎宇在窗口看了眼，發現孟慶義並沒有下車，汽車依然停在門口外面，只是一名紀委工作人員正在門衛值班室和門衛交涉著。

看這架勢，對方應該是在等自己下去迎接呢。

柳擎宇拿起電話：「哦，知道了，你讓他們進來吧，我就在辦公室裡。」

門衛傳達柳擎宇的話，那名工作人員聽了眉頭一皺，走到汽車旁，向孟慶義轉述柳擎宇的意思，孟慶義的臉瞬間變色，萬萬沒有想到，柳擎宇連下來迎接自己的意思都沒有！再怎麼說自己也是上級吧？柳擎宇這樣簡直是沒把自己放在眼中啊。

他鐵青著臉說道：「柳同志好大的譜啊，既然他不下來，那咱們上去，我倒要看一看，這柳擎宇到底長什麼模樣。」

汽車駛入大院，孟慶義帶著五名工作人員，氣勢洶洶的直接殺向柳擎宇的辦公室。

辦公室內，柳擎宇不慌不忙的喝著茶，透過電腦上的監控視頻同步查看著新源大酒店以及葉建群那邊審訊的情形。

就在這時，辦公室的門幾乎被人一腳踢開，隨即幾名人員魚貫而入，分左右站定，接著，遼源市紀委副書記孟慶義一臉傲然的走了進來，邊走邊諷刺地道：

「柳同志，沒想到你的工作那麼忙啊，你到底都在忙什麼啊？能否讓我也學習一下呢？」

孟慶義的語氣相當不善，直接向柳擎宇的辦公桌走來，想要來個突擊檢查。

然而，柳擎宇是做什麼的，在他還沒有進來前，便關掉了監控視頻。

看到孟慶義走過來，柳擎宇這才站起身來道：

「您就是孟副書記吧，不好意思啊，我實在是太忙了，一點都抽不開身，沒有下去迎接您，還請您多多見諒啊。」

話雖然這麼說，但是柳擎宇的臉上卻一點愧疚之色都沒有。

孟慶義看了柳擎宇的電腦一眼，沒有發現柳擎宇在玩遊戲或者幹其他的，感覺有些失望，他收回目光，陰沉地說：

「柳同志，讓你的人把陳富標和天路公司的人都交給我們吧，這件案子由我們市紀委接手了。」

柳擎宇假裝有些頭疼的揉了揉太陽穴說道：「哎呀，孟副書記，真是不好意思，我還不能把陳富標他們交給你們。」

「不能交給我們？為什麼？難道郭天明書記沒有跟你溝通過嗎？」孟慶義皺著眉道。

柳擎宇裝糊塗地說：「當然溝通過了，我也答應了，不過現在事情出了點變化。」

孟慶義怒道：「什麼變化？不管出了什麼變化，這些人必須要交給我們帶走。」

孟慶義話音剛剛落下，辦公室門一開，一個人邁步從外面走了進來。

「如果我們省紀委要插手此事呢？難道你們市紀委的人也要把人給帶走嗎？」

孟慶義轉頭一看，心就是一抖，走進來的人他認識，是省紀委副書記滕建華。

孟慶義對他並不陌生，因為此人號稱「**鐵門公孫策**」，是省紀委書記韓儒超的得力軍師，幾乎韓儒超每次所操盤的重大案件中，都可以看到滕建華的影子。

這位紀委副書記足智多謀，能力超強，白雲省上上下下的官員對他都十分敬畏，孟慶義也不例外。

孟慶義訝異不已的說：「滕書記，您怎麼來了？」

滕建華哼了聲道：

「我當然得來啊，如果我不來的話，萬一這個案子被某些勢力給接手，恐怕很難能夠水落石出啊。孟同志，你來得太晚了，我可是今天一上班的時候就來了。就算是要把陳富標帶走，咱們也得講個先來後到不是？而且，我可是奉了省紀委韓書記的指示前來督辦這次案件的。」

這一下，孟慶義徹底傻眼，他萬萬沒有想到，**柳擎宇竟然還準備了這麼一個伏兵**。

柳擎宇的這個伏兵也太強了，那可是實實在在的省紀委副書記啊，而且還是省紀委書記的鐵桿軍師，對這樣等級的伏兵，孟慶義徹底沒招了，別說是他，就算是遼源市紀委書記來，恐怕也得認輸。

孟慶義是個明白人，見勢頭不對，連忙說道：「滕書記，真是不好意思啊，沒有想到這麼小的一個案子竟然把你們省紀委都給驚動了。既然你們已經介入，那我們就作為輔助人員來幫幫忙吧。」

雖然無法主導查案過程，但是孟慶義也不想完全退出案子，因為他需要隨時瞭解案件的進展，以便向領導進行彙報，這是他身為下屬的職責。

滕建華聽了倒也沒有拒絕，反而說道：「好，既然孟同志這樣說，那就跟著我們的人一起去督導這個案子吧，案子的主導權還是讓東江市紀委來全權操辦，走，咱們去臨時辦公室好好聊聊。」

說著，滕建華拍了拍孟慶義的肩膀，先往外面走去。

孟慶義一看滕建華都走了，也只能跟上，隨著滕建華來到市紀委的大會議室內。

此刻，市紀委的大會議室內，三名省紀委的工作人員正忙著翻閱有關陳富標的各種舉報資料。

滕建華笑道：「為了確保辦案的保密性，請孟同志和市紀委的同志們，把通訊工具都放在桌上，由專人負責集中管理，等案子辦完，我們會發還給大家，還請各位配合。」

孟慶義一聽，頭徹底大了，心想：早知道如此，還不如不來呢。不過事到如今，後悔也太晚了，只能把手機等通訊工具都交了出來。

就在滕建華那邊暫時穩住了孟慶義這撥人後，柳擎宇也和葉建群再次取得了聯繫。然而，葉建群回報的情況卻讓柳擎宇眉頭緊鎖。

葉建群說，范天華和他的妻子一口咬定他們和天宏建工沒有任何關係，而且要求要有請律師為他們進行辯護。

對他們的抵賴，葉建群十分頭疼。因為他很清楚，由於這次行動是突襲式的，想要破案，關鍵便是效率和速度，他們必須與時間賽跑。因為時間拖得越久，柳擎宇那邊承受的壓力越大，整個案件發展的不確定性就越大。

柳擎宇沉思了一下，道：

「葉同志，你是老紀委了，我相信你的辦案經驗十分豐富，肯定有辦法的。說實在的，在審訊方面我是外行，不過，我可以提供一些我們在軍中審訊敵人的辦法。

「有時候，在敵人什麼都不肯交代的情況下，我們會以切入式詢問的方法，從細節入手，找出他話中的矛盾，然後逐步施壓。同時，要避開你們想要知道、而他們警惕性又十分高的敏感話題，以快節奏的詢問方式來加強對對方的心理施壓。

「我的建議是，可以在兩人間設置一個可以雙向互視但隔絕聲音的玻璃，讓他們彼此可以看向對方；同時，在審訊的時候，要不斷的暗示他們的同夥已經交代了一些東西，用這種方式，可以將他們夫妻內心的恐慌和畏罪感放射到最大，增加其壓力。」

葉建群聽了柳擎宇傳授的問供技巧，不禁頻頻點頭，若有所悟，他知道剛才自己在偵訊的時候有些急躁了。經過柳擎宇的提醒，他冷靜下來，心中便有譜了。

「柳書記，再給我半個小時，我保證讓對方開口。」

和柳擎宇通完電話後，葉建群親自出馬，再次對范天華和他的妻子肖藝紅進行問訊。

在工作人員不斷動之以情，曉之以理下，又讓他們夫妻可以透過玻璃觀察對方，半個小時後，范天華和肖藝紅終於承認了天路公司是專門為陳富標進行洗錢而成立的，並且以各種手段收取賄賂。

他們也供出這家公司百分之八十以上的利潤都匯入了陳富標用另外一個身分所開具的銀行卡裡，金額差不多有八千多萬。

此外，他們還用這個假身分為陳富標在遼源市購買了一棟價值八百多萬的別墅。別墅裡存有大量的金銀首飾、高檔皮衣、鑽石項鍊、翡翠玉石、名品字畫、名貴手錶、限量豪車等物品，價值差不多也有三四千萬左右。

葉建群這邊得到范天華和肖藝紅的口供後，立即派人進行核實，同時迅速向柳擎宇回報，並同步將相關資料發給在另一邊對陳富標進行審訊的鄭博方。

鄭博方拿到這些資料之後，柳擎宇、姚劍鋒先行討論後，綜合三人的意見，制定出一套全新的審訊方式。

考慮到陳富標具有極高的警惕性，所以鄭博方先把證據資料丟到陳富標的面前，然而，鄭博方並沒有馬上對陳富標進行審訊，而是暫時對他進行冷處理，把他晾了足足有一個小時。

這給陳富標造成了極大的心理壓力，因為當他看到這些資料後，便意識到自己基本上已經完蛋了，因為這些資料只有他的絕對親信才會知道。

又過了足足有半個小時，在陳富標的極度焦慮中，鄭博方這才帶著手下的監察室正副主任同時出場，對陳富標展現了十分嚴肅而且猛烈的審訊。

在他們鬆緊結合的審訊方式外加高壓的心理攻勢之下，陳富標終於挺不住了，不到半個小時便徹底交代了他的罪行，包括受賄、索賄、貪污、瀆職等罪狀。尤其是他與天宏建工相互勾結，在東江市到遼源市這段高速公路的工程中上下其手，通過各種手段貪污的不法情事。

不過讓鄭博方意外的是，雖然陳富標交代了自己的問題，卻矢口否認他與其他人間有任何牽連。

這讓鄭博方十分棘手，因為陳富標只不過是個小小的縣級市的交通局局長而已，手中的權力有限，而且很多事根本就不是他能夠做主的。

更離譜的是，紀委對陳富標的銀行帳戶進行調查後發現，如果按照范天華等人的供述，陳富標本人的銀行帳戶資產至少應該有八千萬，但實際上，他的帳戶裡卻只有三千萬，另外的五千萬不翼而飛；此外，別墅內的各種值錢物品也有三分之二不翼而飛，不知所蹤。

鄭博方立刻把這個情形向柳擎宇進行彙報。

柳擎宇沉吟道：「出現這種情況很正常，以他的身分，是絕對不敢將贓款全部獨吞的，大部分的利益都得上繳給那個龐大的利益集團。你繼續審訊陳富標，現在是時候對天宏建工主要責任人進行抓捕了。」

鄭博方補充道：「天宏建工雖然法人代表是程天宏，但是據陳富標交代，天宏建工的實際掌舵者是程天宏的老爸程書宇；天宏建工的大量資金，全都在程書宇的銀行帳戶中，所以，即便是我們抓住了程天宏，恐怕也不頂用，真正的巨鱷是程書宇。」

柳擎宇立即下達指令：「好，那我們就把他們父子一起給抓起來。」

接著，柳擎宇又給姚劍鋒打電話，讓他帶著巡視小組立刻去逮捕程書宇和天宏建工的高層主管。

然而，讓柳擎宇扼腕的是，程書宇早已得到內線的警告，在半小時前就登上了飛往美國的班機，此刻飛機已經飛出國境了。

姚劍鋒帶著百般歉意向柳擎宇回報這個消息，好在他發現一名給程書宇通風報信的內奸，也將其控制了起來。

柳擎宇聽了姚劍鋒的彙報後，安慰他道：

「姚書記，你不用愧疚，說實在，紀委內部有孫玉龍或者其他勢力的眼線，這一點我早就想到了，我讓你多帶一些人去的目的，就是為了方便內奸的混入。」

姚劍鋒一愣：「不會吧？柳書記，內奸讓程書宇逃跑了，估計程天宏也肯定跑了，到時候我們豈不是白忙活一場？」

柳擎宇卻是嘿嘿一笑，說道：

「程天宏並沒有逃跑，他還在我們東江市，程書宇就這麼一個兒子，就算是他和他老婆逃到國外又有什麼用呢？兒子如果被我們抓住了，他們也不會心安，肯定還是要回來想辦法的。我要讓他們飛蛾撲火自來投。

「至於說那些內奸，透過這次行動，我們正好可以清理一大批內奸，有效肅清東江市紀委內部隊伍，同時也可以震懾一下那些還沒有暴露的內奸，或者想要給孫玉龍和其他勢力通風報信之人，讓他們知道違法要付出多麼慘重的代價。」

聽到柳擎宇這樣解釋，姚劍鋒這才明白，柳擎宇肯定已經將程天宏給控制起來了。

但問題在於，**柳擎宇是什麼時候把程天宏控制起來的呢？他又是用了什麼手段、什麼人才控制住程天宏的呢？**

此刻，他雖然心中有一大堆的問號，卻並沒有提問，但是，他心中對柳擎宇的欽佩之意卻越發強烈，他有一種感覺，如果照這種態勢搞下去，未必不能在東江市撕開一條口子，有效肅清東江市的官場氛圍。

最讓他感到震驚的，是柳擎宇在不動聲色中就能搞定一切的魄力和手段。

兩人通完電話後，柳擎宇立刻又撥通了辦公室副主任劉亞洲的電話：

「劉同志，現在交給你一個任務，你立刻召開新聞發布會，向外界宣布：東江市交通局局長陳富標與天宏建工集團相互勾結、在高速公路工程案上上下其手，涉嫌貪污受賄索賄，現在正式被實施雙規。

「另外，你再宣布一件事，就說東江市方面會馬上凍結天宏建工一切資產，並且由有關部門介入展開調查。這件事你和嚴衛東同志商量著去辦，一定要在兩個小時之內把這個消息向外界公布，以彰顯我們東江市紀委堅決打擊腐敗的決心。」

劉亞洲聽了，心頭就是一顫，他沒有想到柳擎宇竟然把陳富標給雙規了！這種魄力和手段讓他感到有些恐怖，所以他趕緊給嚴衛東打電話，把柳擎宇的指示告訴嚴衛東。

嚴衛東聽了也是大吃一驚，這麼短的時間內，柳擎宇居然這麼快就行動了。也就是說，柳擎宇肯定掌握了充分的證據。

想到這裡，他連忙向孫玉龍報告現在的情況，憂心說道：

「孫書記，現在我擔心的不是陳富標，而是天宏建工那邊，我們和陳富標間幾乎沒有什麼交集，但是天宏建工卻是我們的軟肋啊，現在柳擎宇已經對天宏建工採取了行動，銀行和有關資產都被凍結了，這種情況下，我們怎麼辦？」

孫玉龍沉思了一會兒說道：

「天宏建工本身倒是沒有什麼問題，因為天宏建工的盈利並沒有進入我們的個人腰包，就算中紀委介入調查，也未必能夠查到我們的問題，我擔心的是程天宏和程書宇這父子倆，如果他們落到柳擎宇或者省紀委的手中，被他們攻破了心理防線，把我們給供了出來，那才是最令人頭疼的。」

嚴衛東忙道：「據我所知，程書宇已經逃到國外去了，不過他兒子程天宏卻不知所蹤，一直沒有露面，不知道他現在人到底在哪兒。」

孫玉龍點點頭道：「我立刻派人暗中查找程天宏的下落，你也和程書宇聯繫一下，看看他有沒有什麼線索。」

「好，我馬上和程書宁聯繫。有什麼情況及時向您彙報。」

掛斷電話後，兩人立刻分頭行動起來。

讓孫玉龍感到百思不解的是，他已經派出去很多人了，卻沒有得到任何有關程天宏的消息，程天宏就好像是憑空從東江市消失了一般。而嚴衛東那邊和程書宇聯繫後得到的結果是，程書宇也不知道兒子人在哪裡，他也正在焦慮不安呢。

就在這個時候，東江市的城市論壇上突然傳出了一個小道消息，這個發帖人聲稱他親眼看到天宏建工的大老闆程天宏被幾名黑衣人給帶走了，帶到一輛寫著紀委字樣的車上，隨後便消失了。

由於天宏建工在東江市具有極高的知名度，這個論壇又是東江市民們經常會上去瀏覽的網站，所以這個消息很快就像插了翅膀一般流傳開來。

孫玉龍和嚴衛東也聽到了這個消息。孫玉龍立刻給嚴衛東打了個電話問道：

「老嚴，難道程天宏是被你們紀委給帶走了？」

嚴衛東搖搖頭道：「這個我還真不太清楚，因為我所有的眼線都沒有向我報告這件事，如果這個消息屬實，應該是柳擎宇秘密派人幹的。」

孫玉龍眉頭緊鎖，沉思道：「如果程天宏真是被柳擎宇的人給帶走的話，那這件事可真的麻煩了。看來，我們得做好壯士扼腕的準備。」

嚴衛東聽了心頭一顫：「孫書記，難道現在就要放棄程天宏了嗎？」

孫玉龍面色凝重地說：「不得已時也只能放棄，否則他們後面的人一旦被查出來，距離我們就不遠了。」

嚴衛東眼中露出寒光：「好，我明白了，我立刻召集人手，讓程天宏閉嘴。」

東江市城郊的一座別墅內。

程天宏的老爸程書宇和他的妻子肖美豔正滿臉愁容的看著手機上的照片和微信裡的訊息。

就在剛才，程書宇接到程天宏發給他的一條微信，上面是程天宏雙手戴著手銬的照片，以及程天宏的求救視頻。

視頻裡，程天宏說他被東江市公安局的人給帶走了，這是他趁員警不注意，用自己私藏在褲兜裡的手機發出來的；視頻裡，就看到一名身穿警服的工作人員粗暴地搶走了程天宏的手機，還順手打了程天宏一巴掌。

看了這段視頻，程書宇和肖美豔急得有如熱鍋上的螞蟻，完全亂了頭緒。

程書宇拍著桌子怒吼道：

「這東江市公安局到底是怎麼回事？為什麼會把我們天宏給抓走了，難道以前我們天天給他們請客送禮還沒有把他們餵飽嗎？」

肖美豔雖然四十多歲了，但是保養得很好，看起來就像三十多歲的少婦一般，風韻猶存，豔光四射。此刻她的臉上也是烏雲密佈，一臉憤怒：

「是啊，陳志宏這個公安局局長也太不靠譜了，發生了這麼大的事，也不跟我們打個招呼。過分，太過分了！」

兩人商討著應對之策，然而，商量來商量去，卻總是得不出一個比較好的救援方案出來。

這時，程書宇猛的抬起頭來，用一種異樣的眼神看向妻子說道：「美豔，現在只能由你親自出馬去找孫玉龍了。」

「找他？有什麼用？」肖美豔有些心虛的道。

程書宇的臉突然變得異常扭曲，雙拳緊握，額頭上青筋暴起，咬著牙道：「天宏是孫玉龍的親生兒子，就憑這層關係，孫玉龍難道能見死不救嗎？」

肖美豔聽了瞬間變色，渾身顫抖，臉上表情既尷尬又難堪，看向程書宇的眼神中充滿了震驚和惶恐，程書宇怎麼會知道了她隱瞞多年的秘密?!

如果不是她暗中拿了程天宏的頭髮與孫玉龍的頭髮進行了親子鑑定，就連她自己也不能確定程天宏到底是誰的孩子。因為在懷孕前後那段時間，她和程書宇、孫玉龍都上過床。

在確定程天宏是孫玉龍的孩子後，肖美豔毅然決然的把這個秘密藏在心中，卻沒想到現在被程書宇揭穿了，讓她感到無地自容。

不過肖美豔臉上卻故意裝出不解之色，說道：「老程，你在胡說八道什麼啊，天宏就是你的孩子啊。」

「夠了！夠了！肖美豔，你還要騙我到什麼時候！」

程書宇狠狠的給了肖美豔一個大嘴巴。把肖美豔打倒在地，她嘴角的鮮血滴滴答答的往下流。

程書宇面色猙獰，用手指著肖美豔的鼻子吼道：

「肖美豔，不要再把我當成傻子了，你以為我不知道你幾乎每個週六都出去和孫玉龍開房嗎？你以為在結婚前我不知道你同時和我與孫玉龍有親密關係嗎？錯了，你大錯特錯了。

「肖美豔，我程書宇不是傻子，我什麼都知道，甚至你與孫玉龍在什麼酒店、幾號房開房，我都知道，你不要忘了，現在可是資訊時代，我只要輸入你的身分證，就可以查到你所有的資訊。

「肖美豔，你走吧，我不想再看到你了。」

肖美豔徹底呆住了，美豔絕倫的臉慘澹得幾乎沒有血色，顫抖著說道：「書宇，你是怎麼知道的？」

「哈哈哈哈，我怎麼知道的？我當然知道了。因為那段時間，我的身體一直處於生病狀態，根本不能生育，所以聽到你懷孕，我就知道你在外面有男人。

「經過調查後我才發現，那個男人竟然是孫玉龍！後來，我花了一年多的時間，吃了不知道多少中藥，終於把病給治好了。所以，孫玉龍雖然占了你的便宜，但是我也並不吃虧。」

程書宇發出幾近病態般的瘋狂笑聲，聲音是那樣的嘶聲力竭，是那樣的張狂和得意，聽得肖美豔顫抖不已，她認為程書宇開始在胡說八道了。

肖美豔看著程書宇近乎瘋狂的樣子，心中隱隱作痛，雖然她每個月都要和孫玉龍上兩三次床，但是對一直守候在自己身邊的丈夫，她還是有感情的。

肖美豔痛苦的抽泣道：「書宇，既然你知道我和孫玉龍的關係，為什麼不制止我呢？為什麼不打我罵我呢？」

「制止你？我為什麼要制止你？如果我制止你，我還憑什麼去找孫玉龍辦事？正是因為你和孫玉龍保持著那種關係，所以這些年來我去找孫玉龍辦事幾乎無往不利！也正是因為借助孫玉龍的權勢，我的天宏建工才能發展到如今這種規模，才能像如今這樣家產數十億。」

說到這裡，程書宇的聲音中帶著幾分痛苦、幾分頹廢、幾分自責，他突然用力的打了自己幾個耳光，瘋狂的大笑道：

「因為我是商人啊，我追求的是利益，為了金錢獻出自己的女人，是很多商人慣用的伎倆，如今你自願獻身，還少了我去說服規勸的麻煩，我又何樂而不為呢！」

程書宇的聲音中帶著哭腔，隨即淚水嘩嘩嘩的順著他的眼角往下流。

此刻的程書宇心情異常複雜，懊悔、自責、自卑、憤怒、怨恨又無可奈何，在這些情緒之外，**一個叫做「痛苦」的東西在他內心深處深深的扎根。**

他雖然家財上億，卻享受不到真正的愛情；他雖然有妻有兒，卻只是借用別人的，他感覺自己是天底下最可憐的男人，也是最自卑的男人。

然而，在別人面前，他卻不得不裝出一副趾高氣揚的樣子指點江山，操控一切；也只有不斷的賺錢，才能讓他感到一絲成就感。

看到泣不成聲的程書宇，肖美豔噗通一聲跪倒在程書宇面前，聲淚俱下地說道：「書宇，是我對不起你，是我……」

程書宇卻擺擺手道：「肖美豔，我們的夫妻關係到今天為止就一刀兩斷吧，財產我早已經分好了，咱倆一人一半。」

說著，程書宇從口袋中拿出一張銀行卡遞給肖美豔說道：

「這裡面是一億，你拿著這筆錢，不管是出國也好，在國內也好，都可以過上十分逍遙自在的日子，一輩子都不用因為生計而發愁；咱們夫妻一場，你雖然對不起我，但是我也利用了你，就算扯平了吧。」

程書宇長嘆一聲道：

「去吧，你趕快去找孫玉龍去吧，只要你告訴他天宏的真實身分，我相信孫玉龍一定會出手相救，不然，他絕對會落井下石的，一旦天宏的藏身之處被孫玉龍的人發現，孫玉龍絕對會採取殺人滅口的手段的，這一點你比我更清楚。」

聽到程書宇的提醒，肖美豔心中一凜，以她對孫玉龍的瞭解，她相信孫玉龍真的會幹出這樣的事出來。

她略微猶豫了一下，把銀行卡放入提包中，充滿愧疚、感激的看了程書宇一眼，咬了咬銀牙，站起身道：「好，書宇，那我們夫妻便緣盡於此吧，你自己多多保重。我這去找孫玉龍救天宏。」

第九章

移花接木

程書宇解釋道：「曉琳，我沒有和你開玩笑，我人就在東江市，拿著我護照的那個是我的替身，是我花了二十萬元雇來的，只是為了吸引警方的注意力而已，用這招移花接木，我才可以金蟬脫殼，不用擔心警方來找我。」

等肖美豔離開後，程書宇卻馬上就恢復之前那種冷靜沉穩之色，拿出手機撥通了孫玉龍老婆何曉琳的電話．

「一個小時後，老地方見。」

電話那頭，何曉琳用帶著幾分震驚、幾分欣喜的聲音說道：

「書宇，你不是已經搭飛機逃往美國了嗎？怎麼還說什麼老地方見呢？你不會是和我開玩笑吧？」

程書宇苦笑道：「曉琳，我並沒有和你開玩笑，我人就在東江市。」

何曉琳不相信地說：「不可能，孫玉龍得到確切的消息，說你已經飛往美國了，這是從航空公司那邊查到的，絕對不會錯的。」

程書宇再三解釋道：「曉琳，你聽我說，我沒有和你開玩笑，我人的確就在東江市，拿著我護照的那個程書宇不過是我的替身而已，是我花了二十萬元雇來的，只是為了吸引警方的注意力而已，用這招移花接木，我才可以金蟬脫殼，不用擔心警方來找我。」

聽程書宇這樣說，何曉琳才有些相信了，不過她還是有些質疑的說：「書宇，你真的在國內？」

「沒錯，曉琳，一個小時後老地方見，有問題沒？」程書宇又問了一次。

「沒問題沒問題，我馬上出發，孫玉龍估計今天不可能回家了。」

「嗯，他肯定不會回去了。」

一個小時後，程書宇和何曉琳在離程書宇所住別墅不到一公里遠的另外一處別墅內見面了，一見面，兩個人便緊緊的抱在一起，來了個法國式熱吻。

纏綿良久後，這才分開，何曉琳看著程書宇說嬌嗔道：「書宇，這段時間你怎麼不和我聯繫，你知不知道我很寂寞？」

程書宇抱歉地說：「我最近非常忙，自從柳擎宇到了東江市，尤其是開始盯上我們天宏建工之後，我就預感到天宏建工早晚要出事，所以提前把重要的財產進行了轉移。」

程書宇從口袋拿出一張銀行卡，遞給何曉琳道：「曉琳，這張卡是給你和咱們女兒綺夢的。」

何曉琳眉頭一皺：「我要你的錢做什麼，我和女兒生活得非常好。」何曉琳把銀行卡推回去。

程書宇再次把卡拍在何曉琳的手中，沉聲道：

「曉琳，你聽我說，我之所以給你這張卡，是希望你把這張卡交給咱們女兒綺夢，雖然她跟著孫玉龍的姓姓了孫，但是她畢竟是我的女兒，所以我不能虧待她。

「根據我的分析，這次柳擎宇來勢洶洶，而且有白雲省高層的支持，雖然以前孫玉龍都能夠把那些人擺平，但是這次我看誰勝誰敗尚未可知，如果孫玉龍要是敗了，那麼他的一切家產必定會全部沒收，到時候你可能也會受到牽連，我的意思是你和女兒拿著這筆錢趕快移民國外，以免到時候受苦。」

何曉琳聽了一愣，不敢置信地說：「書宇，你該不是在胡亂分析吧？孫玉龍雖然這些年來作惡多端，但是他背後的關係網絡是非常強大的，別說是柳擎宇了，就算是下來一個比柳擎宇更大的官，也未必能動得了孫玉龍啊！」

程書宇嚴肅地說：「雖然這只是我的猜測，但是我有一種預感，我總感覺這次孫玉龍碰到柳擎宇未必能夠挺得住，無論如何，不管我的分析準不準，我看你和綺夢都還是趕快移民吧。」

何曉琳無奈地說：「綺夢這孩子的個性你又不是不知道，她現在根本就不搭理孫玉龍，就連我也很少說話，從她十七歲上大學後，就再也沒有向家裡要過一分錢，學費都是她半工半讀賺來的，她寧可在外面租房子，也不願意和我們一起住，這些年回家的次數不到五次吧，你說我的話她可能會聽嗎？如果她不跟我一起走，我自己走又有什麼意思呢？」

聽到何曉琳的話，程書宇臉上露出一絲苦澀：

「是啊，綺夢這個孩子從小就很倔強，還特別要強，一個人竟然同時身兼空姐和護士兩份職業，那得多累啊，這孩子真是不聽話。」

何曉琳嘆了口氣：「是啊，這孩子就是太要強了。」

程書宇再次交代道：「不管怎樣，這張卡你一定要找機會交給綺夢，就算是我這個不合格的父親能為她所做的唯一一點事了吧。卡裡面有三億，足夠她後半生衣食無憂了。」

此時如果肖美豔聽到程書宇的話，一定十分鬱悶，因為當時程書宇告訴她卡裡的一億是他一半的財產，事實上，程書宇欺騙了肖美豔，畢竟在他眼中，一個即將分手的妻子與自己的親生女兒比起來，分量還是差了許多。

雖然孫綺夢這個女兒從來沒有管他叫過一聲爸爸，雖然這個女兒從小是在孫玉龍家長大的。但是，這個女兒卻是他的驕傲。是他和孫玉龍打交道的時候，能夠挺直腰桿的唯一精神支撐。他相信，孫玉龍一直都蒙在鼓裡。

孫玉龍絕對不會想到，他睡了程書宇的老婆，有了孩子，而程書宇也勾引了他的老婆，並且也有了孩子。身為商人，程書宇的為人原則一向都是不做虧本的買賣。

何曉琳猶豫了一下，最終點頭說道：「好吧，我想辦法把這張卡交給綺夢，也算是我們兩個人對她的補償，畢竟她是我們唯一的骨血啊。書宇，那你現在準備怎麼辦？你還有錢嗎？」

程書宇笑道：「你不用擔心，錢的話，我一輩子都花不完，而且，『我』不是已經飛往美國了嗎？我相信警方不會再找我的麻煩了，所以我可以在東江市好好的安頓下來，只要不拋頭露面，沒有人會拿我怎麼樣的。我現在生活的唯一動力，就是希望默默的守在女兒身邊，看著她嫁人結婚生子。」

何曉琳長嘆了一聲，雖然程書宇的這個要求看起來並不高，但是想要實現卻是千難萬難，因為女兒根本不知道程書宇才是她的親生父親，而她永遠都不可能管程書宇叫一聲爸爸。

就在程書宇和何曉琳兩人談論著女兒孫綺夢的時候，孫綺夢也拿出手機撥通了柳擎宇的電話。

「柳擎宇，晚上有空嗎？我想請你吃飯，算是答謝你在飛機上幫我收拾程天宏。」

孫綺夢聲音清脆，猶如黃鶯出谷，繞梁三日餘音不絕，在她好聽的聲音中，還帶著一絲柔媚和撒嬌的味道。

接到孫綺夢電話，柳擎宇頓時有些頭大，因為他現在的確非常忙。

在柳擎宇眼中，孫綺夢是一個百變嬌娃型的女人，這樣的女孩個性強勢，愛恨分明，又很有心計。對這樣的女孩，柳擎宇並不是太喜歡。

可是他也清楚，這樣的女孩還真不能隨便應付，不然她有可能會一直糾纏自己，給自己帶來麻煩，所以有些話，必須當著她的面跟她明說才行。

想到這裡，柳擎宇點點頭道：「好吧，那今天晚上七點，新源大酒店咖啡廳見，我請你喝咖啡。」

孫綺夢高興地說：「好，我一定會準時到的。」

電話的那一頭，孫綺夢比出一個勝利的手勢，心中暗想道：

「柳擎宇啊柳擎宇，不要以為我聽不出來你對我的疏遠畏懼，哼，今天晚上，我一定讓你改變對我的看法。居然敢無視我這樣一個大美女?!就不信我不能征服你！我孫綺夢想做的事，還沒有一件不成功的。」

她立刻準備起來，要在晚上的約會給柳擎宇留下終身難忘的印象，把自己的美好形象深深的烙印在他的腦海中。

……

與此同時，程書宇的妻子肖美豔也與孫玉龍在一家茶館內見面。

孫玉龍是在百忙之中抽出時間來與她相見的。因為此刻的孫玉龍因為柳擎宇的突然出手給弄得焦頭爛額，尤其是當他聽到程天宏已經被東江市警方的人給控制起來之後。

但是，雖然工作上的事情重要，肖美豔的電話邀約他卻不能不去，一是因為肖美豔很少主動要求他去做什麼事，二則是因為肖美豔在電話裡，態度十分堅決。

當孫玉龍走進茶館包間內的那一剎那，立時愣住了。一向嬌媚、性感的肖美豔此刻卻是淚眼迷離，精心化好的妝容也被淚痕給浸濕了，看起來令人無比的憐惜。

孫玉龍坐在肖美豔的身邊，摟住肖美豔的肩膀說道：「美豔，你怎麼哭了？是不是我哪裡做得不好，讓你生氣了？」

肖美豔悲從中來，淚水猶如斷了線的珍珠一般，劈里啪啦的往下掉，哭聲也越發悲淒，卻依然一句話也不說。

孫玉龍更加困惑了，反思了一下，自己沒有做錯什麼啊，他連忙撫摸著肖美豔的頭說道：「美豔，到底怎麼了？你怎麼哭得這麼傷心啊？」

良久後，肖美豔才止住抽泣，聲音哽咽著說道：

「玉龍，我和程書宇已經分開了。」

孫玉龍一愣：「分開了？不會吧？」孫玉龍隨即反應過來，說道：「哦，我想起來了，程書宇已經離開國內了，你們自然會分開了，這也沒有什麼好傷心的啊。」

肖美豔再次哇的一聲哭了出來：

「嗚嗚嗚……玉龍，他並沒有離開國內，還在東江市，他跟我攤牌了，他早就知道我們之間的事情，隱忍了這麼多年，他還知道程天宏是我們的孩子。」

「什麼？程天宏是我們的孩子？你不是在開玩笑吧？」

這一下，孫玉龍也頭大了，肖美豔的這番話直接將他雷倒了。

肖美豔苦澀一笑，從手提包中拿出一份檢驗報告，遞給孫玉龍說道：「玉龍，你看，這是十年前我拿著你的頭髮與天宏的頭髮所做的親子鑑定。」

孫玉龍接過檢驗報告一看，頓時呆住了。

這時，肖美豔又拿出一大疊的照片，這些照片分成兩組，一組是孫玉龍的照片，一組是程天宏的照片。

當肖美豔把孫玉龍年輕時的照片與程天宏的照片放在一起之後，孫玉龍整個呆住了。因為從照片上看，程天宏簡直就是活脫脫年輕時的自己啊。

僅僅從照片上他就可以斷定程天宏是自己的親生兒子了。

一直以來，孫玉龍都因為自己沒有兒子而苦惱，也曾經和老婆何曉琳努力想要生個兒子，但是卻一直未能如願，萬萬沒有想到，老天竟然如此眷顧自己，讓自己在無意間得到了兒子，瞬間，孫玉龍的心中被幸福、興奮的感覺給占滿了。

肖美豔的淚水卻再次嘩嘩的流了下來：

「玉龍，我們的兒子現在被東江市警方給抓起來了，東江市是你的地盤，只有你才能救他，求求你，救救我們的兒子吧！」

肖美豔的哭聲把孫玉龍從興奮中拉了出來，這才意識到肖美豔來找自己的目的——救程天宏。

孫玉龍這下真的有些頭疼了。

對孫玉龍來講，如果不是肖美豔突然的供出實情，他可以非常瀟灑的脫身，因為任何人都是可以拋棄的棋子。包括程天宏和程書宇。

然而，肖美豔卻告訴他程天宏是他的兒子，**他能把自己的親生兒子都拋棄了嗎？**

孫玉龍只糾結了三四秒鐘，立即便做出了反應。

他當即拿出手機撥通嚴衛東的電話，吩咐下去：

「立刻停止一切對程天宏的行動，想辦法找到程天宏的具體位置，我要你不惜一切代價把程天宏給我弄出來！」

嚴衛東接到孫玉龍的指示後不禁傻眼，他不明白不久前孫玉龍才剛剛下了程天宏的死令，怎麼突然間就變了呢？這樣對他們整個勢力來說可是非常不利的。

所以，嚴衛東同嘴道：「孫書記，你的意思是要救程天宏？這樣不妥吧，一旦程天宏什麼都交代了，對我們相當不利啊。」

孫玉龍不耐煩的說：「嚴衛東，我就問你一句話，你聽不聽我的話？」

嚴衛東知道孫玉龍生氣了，連忙道：「聽聽聽，我馬上按照您的指示去做。」

孫玉龍憤怒的掛掉了電話，心情卻焦躁起來，踱著方步在包廂裡走來走去，無法靜下心來。

此刻的孫玉龍心情十分複雜，一方面，他認同嚴衛東所說的，如此冒失救人可能會危及到組織；但是，程天宏是自己的親生兒子，虎毒不食子啊，他無法置之不理，袖手旁觀。因此，交代完嚴衛東後，他又給東江市政法委書記、兼公安局局長陳志宏打電話：

「老陳啊，我聽說程天宏被你們公安局的人給抓去了，現在他的情況如何，你那邊有沒有什麼最新的消息？」

陳志宏此刻也正在頭疼呢，因為他的的確確沒有得到什麼確鑿的消息，傳聞說程天宏被市公安局的人給帶走，他也給市公安局的幾個親信詢問了一番，但是他們的答案是根本不知道有這麼一回事。

因此，他只好滿臉苦澀的說道：「孫書記，說實在的，這件事的真假我也不確定，我正在進行核實，但是目前為止，我還沒有發現我們市公安局內有人做了此事。」

孫玉龍聽了陳志宏的回答以後，心情更加焦躁了。

……

柳擎宇辦公室。

柳擎宇一邊端著茶輕輕的品著，一邊大腦在飛快的轉動著，思考著下一步該如何布局。

這時，龍翔走了進來，手中拿著幾張照片，走到柳擎宇辦公桌旁，把照片放在桌上，說道：「老闆，我發現了一個十分有意思的事。」

柳擎宇看了看照片，不假思索地道：「咦，這兩個人怎麼長得這麼像啊。」

龍翔笑著點點頭說：「嗯，沒錯，您看，這是孫玉龍年輕時的照片，這是天宏建工老闆程天宏的照片，從照片上看，他們兩個幾乎是一個模子裡刻出來的！我認為，程天宏很可能是孫玉龍的私生子！也許我們可以從這一點找到掌控東江市大局的辦法。」

柳擎宇沉思了一下，不禁拍案叫道：「好，好，龍翔，你真是太聰明了！沒錯，這些照片對我們來說可是一個天大機遇啊！」

此刻，饒是一向沉穩大器、喜怒漸漸不形於色的柳擎宇也忍不住卸下平時掩蓋在表面上的那層偽裝，露出了他最真實的一面，興奮和欣賞的看著龍翔不住的點頭，還豎起了大拇指。

龍翔卻沒有被柳擎宇的讚揚沖昏頭，嘿嘿笑道：

「老闆，您別這樣說，我可承受不起，我認為在巡視小組還沒有對程氏父子倆展開行動前，您便將程天宏給控制住，這一招才是真正的高明，這才是布局深遠啊。誰能夠想得到程天宏竟然在您的掌控中，而且程天宏還是心甘情願自己鑽進您的陷阱中去的。

「我估計您當初在設局困住程天宏的時候，便想到了要為後面對付孫玉龍等人埋下伏筆。我之所以會想到這個辦法，也是在您的布局基礎上的一個小小的發揮而已。」

龍翔說完，柳擎宇笑了。

龍翔說得沒錯，當初柳擎宇之所以約戰程天宏，目標就是為了困住和控制住程天宏，以方便之後獲得證據，因為以柳擎宇對孫玉龍和他背後那個利益集團的瞭解，如果自己不提前下手，他們是絕不可能讓程天宏落在自己手中的，那時候，程天宏只有兩種結局，一是被滅口，另一個則是被送到國外，逃過法律的懲罰。

這兩種結局不管哪一種，都是柳擎宇無法接受的，所以，柳擎宇故意下戰帖，提出單挑程天宏，順利解決了程天宏。

程天宏被自己控制後，柳擎宇再次面對東江市的大局之時，心態便安定許多，因為他知道**自己的手中握著程天宏這張好牌**。不過柳擎宇沒想到，**龍翔竟然又幫他翻出了另一張好牌，讓他可以在東江市這個大棋盤上從容的布置一手好棋**。

柳擎宇吩咐龍翔道：「你立刻找些人放出消息，說程天宏其實是孫玉龍的私生子，然後再把兩人的照片都放上網路論壇，把這個話題炒得更加火爆些。但是一定要注意一點，那就是所有的行為絕對不能觸及到法律，這是我們的底線。」

龍翔點點頭：「老闆，這一點您放心，跟在您身邊這麼久了，什麼該做，什麼不該做我還是清楚的。」

柳擎宇讚許道：「嗯，你知道就好。等孫玉龍和程天宏的關係在東江市徹底火爆起來後，你再放出另一個消息，說程天宏其實是被公安局局長陳志宏給控制起來了，他之所以要控制住程天宏，目的非常簡單，就是為他自己留一條退路，以免在關鍵時刻，孫玉龍把他當成棄子，丟卒保車，他看準了程天宏是孫玉龍的軟肋，所以才出此下策，以圖自保。」

龍翔立即心領神會地說：「好，我馬上去做。老闆，我看這一次，咱們真正可以坐山觀虎鬥了！」

柳擎宇也笑說：「是啊，來東江市有段時間了，一直在和孫玉龍那些爪牙鬥來鬥去的，真是有些累了，這次咱們也放鬆放鬆，看看好戲。」

不得不說，柳擎宇這一步棋下得實在是太妙了。

龍翔的行動效率非常高。下午還沒有下班呢，整個東江市上下有關孫玉龍與程天宏之間的關係、陳志宏派人暗中抓走程天宏以圖自保的消息，便甚囂塵上，沸沸揚揚了。

隨著陳富標的落馬，以及天路公司高層徹底曝光，天宏建工已經完全浮出水面，而天宏建工的老闆程天宏和他的老爸程書宇則成了眾矢之的。

程書宇逃往國外，在東江市早已是不宣的秘密，而程天宏被陳志宏抓走，以及孫玉龍、程天宏的關係這兩個消息一傳出來，程天宏的失蹤便有了一個合情合理的解釋。

雖然大家都是在同一條利益紐帶上生存，但是這種利益圈子也是分層次的，孫玉龍是在東江市這個圈子裡絕對是屬於最高級別的人物，對他來說，下面的人不過是他攫取利益的輔助和手段，僅僅是盟友和相互利用的關係而已，一旦到了重要時刻，隨時都可能被孫玉龍給拋棄犧牲，這一點，從柳擎宇前兩任的紀委書記就可以看得出來。

正因大家對孫玉龍的人品十分瞭解，所以當這兩個消息散播出來後，很快就被大眾認同。

孫玉龍自然也聽到了傳聞，這時，他正在和肖美豔合計著該如何尋找和營救兒子程天宏呢。聽說兒子是被陳志宏給抓走的，孫玉龍當時便火了，拿出手機撥通公安局局長陳志宏的電話。

陳志宏自然明白孫玉龍打電話來的目的，孫玉龍還沒開口呢，他就趕忙先自己澄清道：「孫書記，我向您保證，這個傳言是假的，程天宏絕對不是我派人抓走的，這個傳聞我也是剛剛才聽說到的。孫書記，我們合作這麼多年了，我的個性您還不瞭解嘛？我怎麼會做出這種事來呢！」

然而，陳志宏如果不開口解釋還好，孫玉龍也許還會認為是有人在背後挑撥。但是陳志宏這一解釋，孫玉龍的懷疑就更重了，因為這分明是**此地無銀三百兩啊！**

畢竟，能夠在東江市這潭渾水中站到現在，陳志宏又怎麼會是一個善與之輩呢？陳志宏是絕對不會束手就擒，心甘情願的成為棄子的，**為了自保，什麼手段使不出來?!**

陳志宏信誓旦旦的說事情不是他幹的，在孫玉龍看來，這根本是陳志宏心虛的表現。

孫玉龍哼了聲道：「老陳，咱倆共事這麼多年，你拍著胸脯說說，我對你到底怎麼樣？是，我承認我這個人為人自私了點，甚至不惜把別人當棄子來用，但是，歷次危機中，哪一次我拋棄了你？沒有吧?!

「我對你一向都是賞識有加，你能夠從一個鄉鎮的派出所所長提拔到如今東江市公安局局長、政法委書記的位置上，沒有我你辦得到嗎？你以為我會犧牲你這樣能力強、和我一起共事了這麼多年的得力屬下嗎？絕對不會的。我現在就可以告訴你！對別人，我或許會考慮放棄，但是對你，我永遠都不會！

「志宏啊，如果程天宏真的是被你抓起來的話，你只需要把他給偷偷的放了就行了，我就假裝這件事從來沒有發生過。我們還是以前那樣的好兄弟、可靠的盟友，你看怎麼樣？」

聽到孫玉龍這樣說，陳志宏知道孫玉龍仍然懷疑是自己抓走了程天宏，而真正讓他感到震驚的，卻是孫玉龍這番話所代表的另外一層意思，那就是孫玉龍為了救程天宏，竟然會向自己服軟，從這一點看出，外面所流傳的程天宏是孫玉龍的私生子的事絕對是真的。

陳志宏太清楚孫玉龍的個性，孫玉龍之所以能夠走到今天依然穩坐釣魚臺，和他生性多疑加上十分敏感有著密切的關係，正因如此，也養成了孫玉龍極度自信的性格，如果孫玉龍對自己產生了疑心，那麼自己可就真的麻煩了。

陳志宏連忙解釋道：「孫書記，您聽我說，我的的確確沒有派人去抓程天宏，我認為這是有心人的造謠，您想想，這絕對是別有用心之人故意散佈我抓走程天宏的消息，從而離間你我之間的關係。孫書記，您千萬可不能上當啊。」

雖然事情果然如陳志宏的猜測，但問題在於，孫玉龍對陳志宏已經生出疑心，在這種情況下，不管陳志宏如何解釋，他都不會完全相信的，哪怕陳志宏說得很有道理，但是在孫玉龍看來，這都是他為了讓自己相信他的話所做的種種掩飾。

人與人之間最為珍貴的便是信任。信任可以建立在各種基礎上，有的是建立在彼此間利益關係的輸送上；有的是建立在愛情或血源關係上；有的是建立在互相利用上；有的是建立在彼此制衡、各有把柄的情形上，使雙方誰也不敢輕易違背盟約。

當親情出現，在利益關係外便多了另外一種難以衡量的砝碼，原來那種單純靠利益所形成的平衡關係便立刻被打破了。

孫玉龍是個老謀深算之人，聽陳志宏這樣解釋，便知道對方是不會把程天宏給放出來了，便故意說道：

「嗯，老陳啊，你不用多心，我只是想要瞭解一下你的真實想法，你剛才說得很有道理，不能排除是有人在背後煽風點火，想離間我們。不過老陳，身為市公安局局長，你一定要想盡一切辦法搜尋程天宏的影子。

「你應該知道，程天宏的嘴裡掌握著相當多的重磅資料，那些資料一旦被曝光，對我們來說將會是沉重的打擊，到時候不僅你沒有辦法向上面交代，我也未必能保住自己的官帽啊。」

陳志宏趕忙說：「您放心，我立刻加派人手全城搜索，一定想盡辦法去搜尋程天宏的。」

掛斷電話後，陳志宏的臉色顯得十分難看，以他對孫玉龍的瞭解，孫玉龍肯定徹底對自己起了疑心。因為最後孫玉龍的那番話說得太客氣了，這不是他的風格。而他對某人越是客氣，那個人就距離倒楣便不遠了。

果然，電話另一頭的孫玉龍氣得狠狠一拍茶几，咬牙切齒的說道：「他奶奶的！陳志宏，你竟然敢跟老子玩陰招，你等著，看老子如何收拾你！」

晚上六點五十五分，柳擎宇回到新源大酒店，直接來到八樓的咖啡廳。

剛走進咖啡廳，便看到靠窗位置上一個千嬌百媚的大美女正在衝著他揮手。

這個美女正是絕美空姐孫綺夢！

此刻的孫綺夢穿著一身藍色連身吊帶短裙，腳上穿著一雙粉紅色水晶高跟鞋。往那裡一站，頓時驚豔四座。

吊帶裙前面那一抹高高聳立、白皙渾圓的酥胸，美豔絕倫的容顏，還有短裙下那雙修長、筆直、幾乎看不出一絲瑕疵的玉腿，讓在場男人的視線很難離開孫綺夢的身體，更為之呼吸急促，忍不住咽下幾口吐沫。

如果說飛機上穿著制服的孫綺夢是端莊、典雅、溫婉的空姐，那麼眼前的孫綺夢則是一個火辣、性感又充滿了知性美的辦公室美女。

在柳擎宇和在場男人震驚、羨慕、嫉妒、恨的目光中，孫綺夢邁步向柳擎宇走了過來。

孫綺夢伸出膚如凝脂般的玉臂挽住了柳擎宇的胳膊：「柳擎宇，怎麼樣，我今天漂亮嗎？」

孫綺夢的聲音充滿了得意。

柳擎宇卻只能苦著臉點點頭說：「嗯，非常漂亮。」心裡卻想：最近是怎麼了，自己總是與美女發生交集，難道最近走桃花運嗎？

走到座位上，孫綺夢喊來服務生，為柳擎宇點了杯藍山咖啡，服務生離開後，孫綺夢柔媚一笑：「柳擎宇，非常感謝你那天替我解圍，也非常感謝你能夠在百忙中抽出時間來陪我。」

「你太客氣了，我只是在做我認為應該做的事而已。」柳擎宇淡淡說道。

雖然孫綺夢長得十分漂亮，但是對柳擎宇而言，她的漂亮只能算是養眼而已，在對美女的審美觀上，秦睿婕和曹淑慧那種風格的美更能打動他；當然了，慕容倩雪那種淡定從容的美更讓他心動。

所以，雖然孫綺夢儀態萬方，驚豔四座，但是柳擎宇坐在她的對面卻是淡然處之，看向孫綺夢的目光清澈自然，沒有一絲一毫的非分之想。

兩人就這樣有一搭沒一搭的聊著，而柳擎宇的目光卻更多的放在窗外那斑斕炫麗的東江市夜景上。

此時，柳擎宇和孫綺夢誰都沒有注意到，一個陽光帥氣的男人，戴著一副淡藍色眼鏡走進了咖啡廳，在進門處可以直接看到柳擎宇的桌子坐下。

在等待服務員上咖啡和餐點的時候，這個男人四處張望著，似乎是在流覽大廳內的美女。最後，男人把目光落在孫綺夢的身上。

如果有人戴著這個男人的眼鏡，就會震驚的發現，在男人眼鏡鏡片的內側出現了一串資料，包括咖啡廳的平面圖，以及和柳擎宇、孫綺夢的距離等，所有的參數一一顯示在上面。

與此同時，距離新源大酒店直線距離兩百米的一處高樓樓頂上，一個狙擊手正透過紅外線掃瞄器對著柳擎宇和孫綺夢的方向。

在他的手腕上有一塊腕表，腕表嘟嘟一響，狙擊手打開腕表螢幕，咖啡廳內那個陽光帥氣男人眼鏡上的資料立刻同步出現在他的腕表上。

咖啡廳內的男人，正是殺手集團中的陽光，狙擊手則是最為陰險狡詐的組長狂風。

狂風仔細研究了所有資料後，再次調整了一下瞄準角度，他並沒有立刻開槍，而是在默默的等待著。

狂風的狙擊槍屬於輕型狙擊槍，子彈的口徑和槍的聲音相對來說比較小，所以威力比起大口徑狙擊槍來說差了很多。

柳擎宇的警惕性十分高，他故意把座位向後靠了靠，半邊身子處於窗戶一側，另外半邊身子卻隱藏在牆壁之後。所以，他必須等到柳擎宇完全出現在窗戶之後才能開槍。

狂風是一個充滿耐心的獵人，他的腕表每隔二十秒鐘便會更新一次現場的即時資料和畫面。

看到柳擎宇對自己興趣不大，孫綺夢的大腦開始飛快運轉起來，思考著如何讓柳擎宇對自己產生興趣。

突然，孫綺夢心生一計，站起身來說道：「我去趟廁所，你稍等一下。」

孫綺夢邁步的時候，故意腳下高跟鞋一歪，然後大叫一聲，身體向前方摔倒。

在地上了。

孫綺夢在賭。她賭柳擎宇一定會去救她。如果柳擎宇不救她的話，她只能重重地摔在地上了。

孫綺夢賭對了，就在她的身體向前撲倒的那一刻，柳擎宇發現情況不對，立刻向外移動，一把抱住孫綺夢，防止她摔倒在地上。

其實柳擎宇已經看出孫綺夢這一摔是故意的，但他還是伸出手救援，因為有紳士風度的男人都會這麼做的。

然而，就在這個時候，對面的樓頂上，狂風眼中寒光一閃，手指毫不猶豫的扣動了扳機。

因為機會來了。柳擎宇為了要救孫綺夢，所以他的身體直接暴露在沒有任何遮蔽物的狀況下。

子彈以超高的速度從狙擊槍的槍膛裡射了出來，在空中劃過一條拋物線，向柳擎宇的腦袋直射而來。

此時，抱著孫綺夢的柳擎宇腦中突然生出一股強烈的危機感，感到危險正在向自己迫近。他毫不猶豫的將孫綺夢撲倒在地，用身體擋住身下的孫綺夢。

就聽噗嗤一聲脆響，子彈射進旁邊的空沙發上。

聽到這個熟悉的聲音，柳擎宇立刻意識到發生了什麼事。他敏銳地聽到遠處傳來槍栓與槍膛的撞擊聲。他知道，又有一顆子彈即將射了出來。

如果只有自己，他要避開子彈絕對沒有問題，但是對方是瞄準自己開槍，那麼被自己壓在身下的孫綺夢就危險了。

孫綺夢這時被柳擎宇撲倒在地，心中頓時浮想聯翩，暗自喜道：柳擎宇，你要做什麼，該不會想在這大庭廣眾之下把我推倒吧？這也太瘋狂了吧，我可不是這麼隨便的女人。

她一邊想著，一邊用手去推柳擎宇，想要把柳擎宇給推開。

子彈再次劃出一道拋物線，向柳擎宇的後心打來，越來越近……

如果沒有孫綺夢，柳擎宇是完全有時間可以躲開的。

如果孫綺夢保持原來的姿態不動，柳擎宇也可以躲開。

但是，就在柳擎宇決定採取冒險的方式，單手摟住孫綺夢的身體，想以最快的速度向前側滑動以避開子彈的時候，孫綺夢因為擔心柳擎宇對她不軌而伸出了玉臂，想推開柳擎宇，使柳擎宇的身體為之一滯。

就是這麼一瞬間的延遲，導致柳擎宇錯過了最佳避開子彈的時間，子彈從柳擎宇的肩膀噗嗤一聲射了進去，殷紅的鮮血瞬間順著彈孔汨汨湧出。

這時，柳擎宇也已經帶著孫綺夢錯開了最佳射擊角度，並且找到了掩體。

狂風暗罵一聲，迅速收好槍枝和設備從容離去。陽光則依然留在咖啡廳內，觀察著情況。

一開始咖啡廳內並沒有出現混亂情形，很多人只是驚訝的看著柳擎宇他們坐著的那個位置上玻璃杯打出來的彈孔充滿了疑惑，並沒有意識到剛才有殺手在開槍。

那枚子彈雖然是小口徑的，但是威力卻不小，卡在柳擎宇的肩胛骨裡，柳擎宇在瞬間受了一點內傷，雖然沒有暈厥，但是身體卻暫時失去了力量。

孫綺夢只感覺柳擎宇依然趴在自己的身上，焦急得連忙用手去推柳擎宇，柳擎宇失去抵抗的力量，被孫綺夢一把推開。

而孫綺夢這一把正好推在柳擎宇的傷口處，頓時劇烈的疼痛讓柳擎宇發出一聲悶哼，露出痛苦的表情。

當孫綺夢從地上爬起身來，見手上滿是鮮血，嚇了一跳，驚聲尖叫起來。

大家注意到孫綺夢手上、身上也沾染著鮮血，有女客人立即大聲喊著：「殺人了，殺人了。」人們嚇得趕緊向外逃去，原本平靜的咖啡廳一片大亂。

這時，柳擎宇在疼痛的刺激下，勉強撐著身體從地上站起來，大聲道：「大家不要慌張，不要亂跑。」

眾人見柳擎宇站起身來，雖然他的肩頭還流著鮮血，這才漸漸冷靜下來，不再慌成一團。

孫綺夢的心神也很快穩定下來，迅速恢復平時訓練有素的護士專業，撕開柳擎宇的襯衣弄成布條幫柳擎宇止血、包紮了傷口，一邊要其他人呼叫救護車並且報警。

直到此刻，孫綺夢才明白原來柳擎宇並不是對自己動了欲望，想到剛才柳擎宇把自己撲倒，為了保護自己而受傷，卻把他的後背留給了恐怖的殺手，差一點命喪當下。女人都是感性的動物。在這一刻，孫綺夢心中的感動無以復加，淚水瞬間湧滿了眼眶。

弄定一切後，柳擎宇對孫綺夢說：「你拿出我的手機，調出陳志宏的號碼，我要和他通電話。」

孫綺夢照著柳擎宇的吩咐，幫柳擎宇拿出手機，將電話撥了出去。

陳志宏低沉、煩躁的聲音從電話中傳了出來：

「柳同志，這麼晚了給我打電話有事嗎？」

柳擎宇沉聲道：「陳志宏，我在新源大酒店的咖啡廳受到狙擊手的刺殺，肩頭中槍，你看著辦吧。」

因為孫玉龍對他生了疑心之事而煩躁不安的陳志宏聽了，一下子就蹦了起來，眼睛瞪得大大的，聲音也顫抖起來，稱呼也改了：

「柳書記？你真的被人刺殺了？」

孫綺夢拿著打電話，忍不住罵道：「你這不是廢話嘛！柳擎宇現在肩頭鮮血直流，子彈還留在他的肩頭裡呢，你們警方是幹什麼吃的啊？堂堂東江市的市委領導竟然被人在光天化日之下給暗殺，你們是不是該全部引咎辭職啊！」

電話那頭，陳志宏真的害怕了。

他萬萬沒有想到，柳擎宇竟然會被暗殺！

雖然他這個公安局局長在東江市勢力十分強大，但那是建立在社會治安沒什麼大問題的情況下。

以前，他們也曾經對某些不聽話的官員下過狠手，但是下手時都很有技巧，對方不是出車禍，就是死於突發疾病，從來沒有出現過殺人或槍擊事件。

現在，柳擎宇不僅受傷，還是被人用狙擊槍打傷的，這事情的性質可就嚴重了，弄不好自己是要承擔責任的。

陳志宏立刻撥通了東江市公安局辦公室主任的電話，讓他立刻派人趕到新源大酒以及對面的幾棟高樓去進行勘察，封鎖現場，同時協調醫院派出最精銳的護理人員、治療小組趕往新源大酒店。

掛斷電話後，他又給孫玉龍打了個電話，告訴他柳擎宇遇刺的事。

孫玉龍得知後，心頭亦是一顫。

雖然他看柳擎宇極其不順眼，但是他很清楚，柳擎宇遇刺的事一旦曝光，他這個市委書記也逃不了責任的。畢竟，柳擎宇可是東江市的市委常委，竟然被人狙擊，這絕對是一起十分惡劣的恐怖攻擊事件。所以，孫玉龍二話不說，立即趕往新源大酒店，陳志宏也乘車前往酒店進行現場指揮。

此時，酒店的總經理得知受傷的人是柳擎宇時，嚇得差點尿褲子，馬上用最快的速度向上級報告，一邊派出酒店的保安維持現場秩序。

就在柳擎宇遇刺後不到五分鐘，柳擎宇的老媽柳媚煙、老爸劉飛便得到了消息。

柳媚煙一聽兒子受傷，眼淚便流了下來，心疼不已，這個優秀的寶貝兒子可是她精神上最大的寄託。

她一邊抽泣著，一邊立刻給柳氏家族的人打了個電話，安排專機準備連夜飛往東江市去看兒子。

而劉飛在聽到柳擎宇竟然被人用狙擊槍給打傷了，憤怒地直接把茶杯狠狠的摔在地上，茶杯瞬間破碎。

「是誰？**是誰敢刺殺我的兒子？真當我劉飛是泥捏的嗎？**我劉飛不發威你們就當我是病貓了嗎？我倒要看看，到底是誰這麼大的膽子，讓我查出來是誰不按遊戲規則出牌，可別怪我劉飛不客氣了。」

就在劉飛震怒的同時，北京幾個震天價響的大家族：柳氏家族、謝氏家族、曹氏家族等，紛紛連夜召開家族會議，一股緊張的氣氛在夜色中蔓延開來。

劉飛一怒，風雲變色；柳氏一出，誰與爭鋒！

劉飛放下了手中的全部工作，拿起桌上的專線電話，撥給高級智囊諸葛豐：

「擎宇在東江市被人刺殺，你把這件事調查清楚，弄明白後，暫時不要採取任何行動，先向我彙報。」

諸葛豐聽到柳擎宇被刺殺，也氣得臉色鐵青，咬牙道：「好，老大，我明白了。我看有些人是越來越過分了，竟然敢對擎宇下手，他們簡直是無法無天啊。如果真是那些人幹的話，我們這次絕對不能再忍了。」

劉飛的眼中閃過兩道寒光，身上散發出一股強烈的殺伐之氣。

不過劉飛畢竟是劉飛，雖然心中怒火滔天，卻依然保持著相當程度的冷靜，說道：「我估計那些人應該不敢對柳擎宇動手，我的性格他們應該是知道的，我的底線他們也應該知道，如果這件事真是他們動的手，或者是和他們有關聯，我絕對不會善罷甘休的。」

諸葛豐點點頭：「老大，我立刻前往東江市調查。」

劉飛的電話剛掛，胖子劉臃的電話打了來：

「老大，我聽說擎宇被人給打傷了？真是豈有此理。我已經下令一支由資深刑偵專家組成的調查團隊連夜趕往白雲省，明天我會親自趕去督導此事。老大，這件事應該不是那邊的人幹的吧？」

劉飛眯著眼說道：「現在還不能下論斷，還是以調查結果為準，但是不管是誰，我都要他們付出慘重的代價。」

「我明白了。」

就在劉朧給劉飛打電話的時候，劉小胖正在旁邊，一聽說柳擎宇受傷了，急得立即放下碗筷，拿起車鑰匙便飛快的向外面跑去。

劉朧大聲喊道：「臭小子，先吃飯啊。」

劉小胖邊跑邊說道：「吃什麼吃啊，老大都受傷了，我哪裡還有心情吃飯，我得馬上趕往東江市。」

這時，劉小胖的老媽正好端著一大盆劉小胖最喜歡吃的紅燒排骨走了出來，看到劉小胖連飯都不吃了就往外跑，連忙大聲呼喊，不過劉小胖的身影已經消失在門外。

劉朧擺了擺手道：「讓他去吧，他和擎宇是從小一起長大的，感情比我和老大之間只深不淺。」

第十章

群雌會

目前圍繞在柳擎宇身邊的女孩除了自己，還有曹家那位公主以及韓香怡那個小魔女，加上最近來勢洶洶的慕容倩雪，這些女人哪一個不是國色天香、傾國傾城？現在又半路殺出一個孫綺夢，這些人中，到底誰能夠笑到最後？

柳家。

柳媚煙集合了家族所有的骨幹力量，在柳氏山莊大會議室召開緊急會議。

這次參加會議的人員規格之高，在柳氏家族的歷史上都屬於極其罕見的。

通常這種家族會議頂多只是負責家族日常管理，或者是商業經營的人才會出席，人數不過十二個，但是這次會議，會議室內卻坐滿了三十幾個人，而且還有人在陸續趕來。

這些人不乏在國內各個領域內耳熟能詳的名字，包括頂級經濟專家、高級智庫、軍事專家、外交專家等等，雖然沒有出現官員，但是僅憑已經出現的這些大眾耳熟能詳的名字，參加家族會議的人便可以深深的感受到柳氏家族的雄厚底蘊。

這是一個老牌的家族，他們平時十分低調，但是其中有許多都是當初為國家、為民族奮鬥的英雄豪傑、開國元老，**他們不說話便罷，一出聲便能震天駭地**。

最令在場之人感到側目的，是在與會議室僅有一塊特殊玻璃之隔的旁邊房間內，那是一個小型會議室，裡面只有八個座位，此刻坐了五個人。這些人哪怕是那些頂級專家也沒有資格能夠近距離見到他們。

柳媚煙坐在大會議室的主席位上，雙眼淚光隱隱，聲音中帶著幾分顫抖地說道：

「各位，今天召開家族緊急會議只有一個原因，那就是我兒子柳擎宇在東江市被人用狙擊槍給打傷了，如果不是因為他有極其敏銳的第六感，此時便慘遭毒手了。對此，我這個當媽的感覺到非常憤怒，我決定，柳氏家族全面出動，必須將這件事查個水落石出，如果發現是誰主使的，哪怕天涯海角，也要將之徹底誅滅。」

一個長老級的人打斷了柳媚煙的話：

「侄女啊，我認為只是為了擎宇一個人就如此大動干戈，這是不應該的。你應該知道，我們柳氏家族一向秉承的是低調、內斂的原則，不輕易參與俗世間的權力紛爭，也只有如此，才能保證我們柳氏家族的長治久安。」

柳媚煙反駁道：「天啟叔叔，我再次鄭重的提醒你，我現在不是在和大家商量，而是以代理族長的身分在進行部署，你可以有異議，但是我仍然堅持我的命令。擎宇是我的兒子，也是柳氏家族未來唯一的繼承者，未來族長的不二人選，如果柳氏家族連族長被人刺殺了都不敢出面維護，那麼柳氏家族就算是再強大又有什麼用？我不希望再聽到類似的話。請你記住，擎宇即將繼承柳氏家族，這是任何人都無法改變的。」

說完，柳媚煙以極其強勢的目光冷冷的掃過所有人。

這個古老家族因為柳擎宇的受傷，開始緩緩的啟動它巨大的影響力了。

北京市西郊別墅區。

劉飛的老爸、柳擎宇的爺爺劉楓宇，和老婆梅月嬋正在散步，聽到自己最疼愛的孫子遇刺，頓時怒火沖天。

尤其是梅月嬋，柳擎宇可是她的心頭肉啊，柳擎宇小時候，她可沒少帶著他玩，祖孫兩個感情非常深。柳擎宇也很貼心，每次回來都會來陪自己。

梅月嬋的關係網之深，不是一般人能比擬的，即便是劉楓宇的人脈關係比起梅月嬋來也相形見絀。尤其是在商界，梅月嬋的影響力之大，除了新源集團、柳氏家族和一些古老的大家族之外，無人能出其右。

梅月嬋怒了！早已退出江湖許久，不再料理旗下產業的梅月嬋怒了！

梅月嬋基金，這個曾經縱橫國際金融界，曾經與金融巨鱷索羅斯多次合作的巨獸再次因為梅月嬋的暴怒而蘇醒。

梅月嬋在家中專用的視訊會議室內，大螢幕上出現的是梅月嬋基金的諸多幕後大股東和高層管理者，平時，主要是這些人掌控著整個基金會的運作。

這些人隨隨便便拿出一個來，都是跺跺腳周邊數個國家都要顫一顫的牛人。但是，不管他們面對外人多麼狂傲，不管何時何地，只要梅月嬋出現，他們全都得屏息凝神，顯得異常的低調。

因為就是螢幕裡的這個女人，曾經憑藉一己之力，白手起家締造了**金融界的神話**，打造了梅月嬋基金這個讓索羅斯都要處理好關係的**金融界超牛俠客**，同時也是**中國金融安全的守護神**。

梅月嬋掃視了眾人一圈後，以一種平淡卻帶有威勢的語氣說道：「我的孫子柳擎宇在白雲省東江市遇刺了，我想知道是誰幹的，不管對方人在國內還是國外，不管黑道還是白道。」

這些人大都是跟了梅月嬋很長的時間，是梅月嬋讓他們從一文不名到如今腰纏萬貫，貴富一方，他們太瞭解這位大老闆了。

梅月嬋平時是很少發怒的，因為到了她這個層次，已經很難有什麼事情讓她發怒了，哪怕是手下在金融市場上不慎賠掉七八億，她都未必會責罵一句，錢在她的眼中，只不過是個數字而已。

但是，卻沒有人敢隨便對待這個表面上和普通的老太太沒有多大差別的女人，她曾經在肅清基金內部的叛徒時衝冠一怒，血流成河；更是將多家參與和策劃那次叛亂的中小型基金和多家大型基金搞得支離破碎，近乎崩盤。即使金融界的超級巨頭出面想要勸解都無濟於事。

當時梅月嬋只說了以下的話：

「首先，錯不在我，別人想要殺我，我能不反擊嗎？其次，如果你們插手，哪怕我把整個梅月嬋基金都玩光了，玩死了，我也無怨無悔，因為我原本就是一無所有。」

霸氣！這就是霸氣！正是因為這句話，那些策劃叛亂的人註定了悲劇的結局。

他們雖然有力量毀滅梅月嬋基金，但是梅月嬋的話讓他們不敢輕舉妄動，因為他們如果想要毀滅梅月嬋基金，自己也要付出巨大的代價。

而且梅月嬋掌控梅月嬋基金那麼多年，深深知悉很多金融界的黑暗內幕，她既然敢放棄偌大的梅月嬋基金，未必不敢將那些內幕全部抖出來，真到了那個時候，大家只有一起玉石俱焚，對誰都沒有好處。

梅月嬋說完，就見參與視訊會議的眾人在一瞬間都立刻起身向外跑去，展現了驚人的效率。

身為柳擎宇的奶奶，梅月嬋是真的怒了，劉楓宇身為柳擎宇的爺爺，又怎麼可能不生氣呢？梅月嬋進入視訊會議室後，他也在不斷的撥打著各種電話。

北京市。

曹淑慧正在健身房運動，手機突然響起，當她接到電話聽到柳擎宇遇刺受傷後，頓時柳眉倒豎，杏眼圓睜，一向在運動後要沖個澡的她，直接用毛巾簡單擦了一下，便換上衣服衝出健身房，發動汽車，風馳電掣一般駛往東江市。

……

白雲省蒼山市。

秦睿婕正在接見外賓，得知柳擎宇的消息後，當即向外賓致歉，表示家有急事要離開，隨即在外賓錯愕的目光中向外跑了出去，留下一臉不解的老外們彼此面面相覷。

在駕車前往東江市的路上，秦睿婕這才給同事們打了個電話，讓他們做好善後接待的工作，隨即，加足馬力，火速駛往東江市。

……

此時此刻，從北京市到白雲省，從政界到商界，從金融界到各大領域，一場尋找真凶的行動正如滾雪球一般，從一個小雪球逐漸變成大規模的雪崩。

而且，參與到這次行動中的人幾乎都保持著極其一致的默契，都沒有讓別人知道他們行動的真實原因是為了柳擎宇。

所有的行動都以一種低調得不能再低調的方式默默展開著，大家都有一個共同的想法，那就是不能讓柳擎宇在東江市的身分因為這次行動而暴露。

此刻，在東江市。新源大酒店柳擎宇遇刺現場。

受傷的柳擎宇並不知道他遇刺後大江南北所發生的種種變化。因為此時他根本無暇顧及這些，他的傷口處鮮血還在緩緩向外滲著，那種鑽心的疼痛不時在折騰著他的神經。

不過柳擎宇對這種疼痛早已習慣了，他躺在那裡，臉上依然掛著淡淡的微笑。

他身邊，孫綺夢正在幫柳擎宇按著傷口，以防血液一直溢出，一邊在不斷的道著歉。

柳擎宇安慰她說：「你沒有必要向我道歉，因為狙擊手的目標是我，如果因為我的閃避而讓你受傷，那我這個男伴也太不稱職了。」

孫綺夢卻不認同柳擎宇的觀點，但是她沒有說什麼，只是默默的半跪在柳擎宇的身邊，好讓柳擎宇以最舒服的姿勢等待救護車的到來。

時間一分一秒的過去。十分鐘了，救護車竟然還沒有到。

柳擎宇的臉沉了下來。孫綺夢也急眼了，她給自己服務的第一人民醫院打電話，得知醫院早就派救護車出去了，卻被堵在半路上過不來。

怪的是前往新源大酒店的幾條主要公路竟然全都發生堵車的情況，柳擎宇立即便意識到這很有可能是殺手那邊故意搞出來的，目的是為了拖延時間，一方面有利於他們逃跑，另一方面自然是好讓他傷勢加重，甚至是流血過多而亡。

大概又過了足足有二十分鐘，東江市公安局局長陳志宏和市委書記孫玉龍兩人相繼趕到現場，他們身後跟著救護車和醫生護士。

當孫玉龍看到在柳擎宇身邊的竟然是自己女兒的時候，當時便愣住了，再看到女兒今天這身打扮，更是氣得鼻子差點沒歪了。

尤其是女兒看柳擎宇的眼神是那樣的深情，那樣的專注，她的手還不時的在柳擎宇身上幫柳擎宇按摩著，孫玉龍雙眼一下子就冒起火來。

開什麼玩笑！自己如花似玉的閨女竟然在柳擎宇的面前做出如此低三下四的事情出來，還半跪在柳擎宇旁邊，這要是讓其他人看到了，還不笑掉自己的大牙?!尤其是女兒穿得那麼妖豔，豈不是更讓人誤會？

想到這裡，孫玉龍立即邁開大步向柳擎宇和孫綺夢的方向走去。

跟在孫玉龍身後的陳志宏也發現了半跪在柳擎宇身邊的孫綺夢，看到孫綺夢的穿著打扮，更是驚得兩隻眼珠子差點沒掉出來。

這是怎麼回事？孫玉龍的女兒怎麼和柳擎宇搞到一起去了？

孫玉龍走到孫綺夢面前，一把拉住孫綺夢，把她給拽了起來，差點沒讓她摔倒。

孫綺夢站穩後，看到拉扯自己的竟是老爸孫玉龍的時候，頓時大怒：「你有病啊？拉我做什麼？」

孫玉龍不滿的瞪了女兒一眼，暗道：「等一會兒再跟你算帳。」

接著，孫玉龍趕緊走到柳擎宇身邊，滿臉含笑說道：「柳同志，你現在感覺怎麼樣？沒有傷到要害吧？你放心，我已經帶著醫生和護士過來了，馬上就把你送到醫院去，我們東江市市委市政府會盡一切努力保證你的人身安全的。」

柳擎宇苦笑道：「孫書記，你能讓醫務人員趕快過來嗎？」

孫玉龍這才意識到自己作秀做得有些過頭了，連忙讓開身體，對身後的醫務人員說道：「快點，你們把柳書記的傷勢先處理一下，然後帶往醫院去急救。」

醫務人員很快拿出酒精、棉球、繃帶等物品，先簡單給柳擎宇重新處理了一下傷口，然後把柳擎宇抬上擔架，就要向外走去。

看到柳擎宇要走，孫綺夢也跟了上去，卻被孫玉龍一把給拉住了：「你幹什麼？」

孫綺夢冷冷的瞥了孫玉龍一眼：「我跟柳擎宇去醫院。」

孫玉龍怒道：「去醫院？你跟他什麼關係？跟去做什麼？」

孫綺夢回嘴道：「柳擎宇是我朋友，我跟我朋友一起去關你什麼事！」說著，便不理會孫玉龍的勸阻要過去。

「孫綺夢，你給我站住。」孫玉龍緊緊的拉住孫綺夢。

這一次，孫玉龍真的生氣了，拉扯孫綺夢的時候稍微用了些力，孫綺夢被孫玉龍一下子拉倒在地上。

這一摔，也摔出了孫綺夢的火氣，孫綺夢站起身來，用一種十分陌生的眼神看著孫玉龍說道：

「不要以為你是我爸就可以對我橫加干涉，我告訴你，我早已經過了十八歲，可以為我自己負責了，我的一切事情都不需要你干涉，我也不是你的那些手下們，沒有必要像他們那樣對你卑躬屈膝。看著你們醜惡的嘴臉，我感到的只有噁心！」

說完，孫綺夢再次邁步朝柳擎宇的方向走去。

由於進出咖啡廳的人太多，現場有些混亂，所以柳擎宇躺在擔架上還沒有離開咖啡廳，父女倆的對話他全都聽到了耳裡。

當他聽到孫綺夢說她是孫玉龍的女兒時，柳擎宇驚得眼珠子都要掉下來了，沒想到孫玉龍那樣一個大貪官會有這麼漂亮的女兒。

而令人訝異的是，父女倆似乎不和，孫綺夢甚至對孫玉龍充滿厭惡。

孫綺夢話說完，現場一片安靜，就連抬擔架的醫護人員也停住了腳步，一時間，幾乎所有的眼睛都聚焦到了孫玉龍的身上。

眾目睽睽之下，孫玉龍只感覺到臉龐發熱，熱血上湧，自己的尊嚴和面子受到了空前的挑戰。

在東江市，還沒有人敢如此對自己，哪怕這個人是自己的女兒也不行！尤其是在這麼多人的注視下，他不能讓別人看到他軟弱的一面，否則以後將會無法服眾。

所以，孫玉龍毫不猶豫的揮起手來朝孫綺夢的臉打了一巴掌，怒道：「混帳東西，立刻給我滾回家去，看我好好教訓教訓你。」

如果是一般人，在這種情況下早就順從的屈服了，然而，孫綺夢本來就是因為看不慣孫玉龍的所作所為，在一考上大學後，便和孫玉龍幾乎斷絕了往來，即便是逢年過節回家，也不和孫玉龍說話，只和老媽聊幾句便走了，也不在家留宿。

孫玉龍的這一巴掌把她僅存的一點父女之情也給打醒了。以她的聰明，自然明白此刻孫玉龍的想法，原來在他的眼中，他的尊嚴、面子要比女兒的幸福更重要。

這一刻，孫綺夢的眼中露出一份深深的悲痛，深深的絕望，她冷漠的看了孫玉龍一眼，沉聲道：

「孫玉龍，從今天你打我的這一個嘴巴開始，你我父女間徹底恩斷義絕，從今以後，你們孫家我永遠不會再踏足一步，而你，也再也沒有任何資格對我指手畫腳。」

說完，孫綺夢直接走到柳擎宇的擔架旁邊，又回過頭來，對孫玉龍補了一句道：

「你知道嗎？你還不如一個外人關心我，你知道柳擎宇為什麼會受傷嗎？是因為我，如果不是為了保護我，他自己一點傷都不會有。你呢？」然後對抬著擔架的醫護人員說：「快點走，柳擎宇已經中彈二十多分鐘了，必須趕快動手術。」

來的醫生和護士都是第一人民醫院的，自然認識這位男醫生眼中的女神，孫綺夢在女護士中的人緣也非常好，只不過大家並不知道孫綺夢的真實身分，此刻看到孫綺夢竟然敢對東江市老大級的人物挑釁，心中雖然有不同的想法，但是更多的卻是對孫綺夢勇氣的一種欽佩，所以身不由己的按照孫綺夢所說的快步向外走去。

孫玉龍則是徹底呆住了。孫綺夢所說的那番話深深的刺痛了他的心。

他沒有想到柳擎宇的受傷會和自己的女兒有關係，原來他是為了救自己的女兒受傷的，這讓他十分吃驚。

孫玉龍是個生性多疑的人，心中立刻升起了許多的疑問：

柳擎宇為什麼要接近自己的女兒，是看中了女兒的姿色？還是想要透過女兒扳倒自己？他是不是想要利用自己的女兒？柳擎宇和女兒又是什麼時候認識的、怎麼認識的？他們來這裡做什麼？柳擎宇的受傷是不是一起精心策劃的陰謀？或者是為了博得女兒對他傾心的一種手段？

這一連串湧出的疑問在孫玉龍的腦海中不停地翻攪，讓他龍對孫綺夢話中的那種絕望刻意忽略了，他認為，無論如何，孫綺夢終歸是自己的女兒，根本翻不出自己的手掌心。

他把公安局局長陳志宏給喊了過來：「老陳，你調查一下，柳擎宇是什麼時候和我女兒認識的，認識多久了……」

陳志宏立馬答應道：「好，您放心，我一定會儘快查出來。」

孫玉龍看著女兒跟著柳擎宇一起上了救護車，眼中不禁露出兩道寒光：「柳擎宇，不管你到底玩的是什麼手段，我都不會讓你得逞的。哼，我孫玉龍打了一輩子，怎麼可能會被你這隻小鳥給啄到眼睛呢？」

救護車到了東江市第一人民醫院，柳擎宇立刻被推進手術室。

整整一個半小時過去，手術室的燈依然亮著。

手術室外面，孫綺夢一動不動的站在手術室門口，默默守候著。

就在這時候，一輛轎車疾馳而來，在停車場一個緊急剎車，隨即車門一開，一個頭髮凌亂、滿臉焦急之色的大美女從車上跳了下來，連車鑰匙都沒有拔便直奔手術室。

衝來的美女是秦睿婕。

秦睿婕一路狂奔，打聽到柳擎宇所在的急診室外。

站定後，秦睿婕已是香汗淋漓、嬌喘吁吁。

稍微喘息了一下，看向正在發呆的孫綺夢道：「美女，請問一下，這手術室是柳擎宇動手術的那間嗎？」

孫綺夢點點頭：「是的，就是這裡。你是？」

秦睿婕道：「我是柳擎宇的朋友。」

此刻，站在手術室門外守候的不只有孫綺夢，還有龍翔、鄭博方、姚劍鋒、葉建群等人。

幾乎柳擎宇在東江市的所有嫡系人馬都出現在手術室外。

孫綺夢不認識秦睿婕，但是龍翔卻認識，連忙走了過來：

「秦主任，你來了。老領導正在裡面做手術呢，現在已經兩個小時了。」

秦睿婕看到龍翔，臉色稍微緩和了些，和龍翔低聲交談起來，瞭解柳擎宇受傷的經過。龍翔便把柳擎宇今天晚上與孫綺夢約在新源大酒店咖啡廳的事說了一遍。

秦睿婕聽著龍翔的描述，眉頭不禁皺了起來，目光向孫綺夢的方向看了過去。

孫綺夢也正用疑惑的目光看了過來。兩女的目光在空中相遇，微微點了點頭，同時斂去，兩人的心都起了陣陣波瀾。

秦睿婕是個極其聰明和具有遠見的官場女強人，龍翔雖然只是簡單的敘述，她便猜到眼前這個氣質、相貌一流的孫綺夢恐怕和柳擎宇之間的關係沒有表面上看起來那麼簡單，但是這種關係卻又不太深厚。這一點從她和龍翔等人的熟悉程度就可以看出來。

順著這種思路去推想，秦睿婕便斷定兩人之間，肯定孫綺夢是主動的那個。

對柳擎宇的個人魅力，秦睿婕自然十分清楚，她也相信柳擎宇不是個愛拈花惹草的人，然而，正是因為這樣，秦睿婕反而更多了幾分憂慮。

目前圍繞在柳擎宇身邊的女孩已經不少了，除了自己，還有曹家那位公主，以及韓香怡那個小魔女，加上最近來勢洶洶的慕容倩雪，**這些女人哪一個不是國色天香、傾國傾城？現在又半路殺出一個孫綺夢，這些人中，到底誰能夠笑到最後？**

此刻，在憂慮柳擎宇生命安全的同時，秦睿婕又增加了另外一重煩惱。

那麼孫綺夢呢？

在看到秦睿婕的那一瞬間，她感到似乎有一記重錘狠狠的敲在自己的心頭上，她的自信心在剎那間突然有些動搖了。

一直以來，在她的生活圈子裡，不論是醫院還是航空公司，她都是最頂尖的美女。從來都是別人捧著她，她的心態也一直很高傲。這也是她自認能夠征服柳擎宇的自信來源。

然而，當她看到充滿成熟風韻、氣質高貴的秦睿婕時，她發現原來這個世界上具有出色相貌的並不只有自己一個。最讓她感覺到不安的，還是龍翔對待秦睿婕的態度。

由於眾人一直在手術室外面等待，所以當她看到龍翔和秦睿婕的交談，便知道這位美女以前和柳擎宇是相識的，而且會如此焦慮，顯然這個女人對柳擎宇有著特殊的感情。

面對這樣一個氣質、相貌都不遜於自己的女人，自己還有什麼優勢嗎？自己真的能夠征服柳擎宇嗎？

當這些疑問剛剛在她的腦中升騰而起的時候，便立刻被她給按了下去。

孫綺夢從小便是一個性格極其高傲之人，從來不會被任何困難所嚇倒，越是具有挑戰性的事她越感覺到興奮，眼前的秦睿婕讓她感受到前所未有的壓力，卻也讓她心中的那種求勝欲望變得更加強烈了。

孫綺夢的目光再次向秦睿婕看了過來，只不過此刻的目光中充滿了挑釁。

似乎是心有靈犀一般，秦睿婕的目光也再次看了過來，看到孫綺夢不善的眼神，秦睿婕明白，這個女人以後也會加入到爭奪柳擎宇的行列中。

秦睿婕衝著孫綺夢淡然一笑，大有泰山崩於前面不改色的氣度。

就在這時，一陣直升機的轟鳴聲突然在醫院上空響起，螺旋槳盤旋時帶出的狂風捲得地上塵土飛揚，兩邊的柳樹枝條也被吹得劇烈的搖擺。

兩架直升機一前一後緩緩的降落在醫院正中央的空地上。

第一架直升機上，曹淑慧、韓香怡、柳媚煙、梅月嬋、薛靈芸、謝雨欣、李小璐等一眾女將從上面一一跳了下來。

第二架飛機上跳下來的則是八名身強力壯的保鏢，這些人統一穿著淺灰色制服，衣服下面腰間鼓鼓囊囊的，耳朵上還帶著藍芽耳機。

這些人下了飛機後，立刻圍繞著梅月嬋、薛靈芸等人形成一道警戒線。隨即走出兩人在前面開路，徑直來到手術室外面。

曹淑慧下飛機後，和韓香怡乖巧的待在梅月嬋的身邊，做出一副乖寶寶的樣子。

尤其是下飛機時，她第一個跳了下去，然後再一一幫助後面的梅月嬋、柳媚煙、薛靈芸等人出來，她這種低調內斂、體貼照顧長輩的舉動贏得在場眾女的一致讚賞。

當她們來到手術室時，手術室外面的走廊一下子就顯得有些擁擠。

尤其是這群女人所形成的強大氣場，更是讓龍翔、鄭博方等人都充滿了震撼，身不由己的生出不敢妄動的想法。

秦睿婕的目光直接落在曹淑慧的臉上，雖然她不認識梅月嬋她們，但是她極其聰明，立即猜到這些人很可能是柳擎宇的親人，而曹淑慧能夠陪同這些人一起前來，說明曹淑慧和這些人的關係十分親近，在這一點上，她已經落了下風。

想到這裡，秦睿婕立刻主動迎了上來，先是朝曹淑慧微微點了點頭，隨即看向走在最前面的梅月嬋說道：

「奶奶您好，柳擎宇正在手術室內進行手術，目前已經進行了兩個小時又三十五分鐘了，應該快出來了。大家不用擔心，柳擎宇只是肩部中彈，並沒有性名之憂，請大家稍等片刻，我給大家倒點熱水去。」

隨即，秦睿婕立刻拉上了孫綺夢跑去端來一壺熱水和紙杯，為梅月嬋、柳媚煙等人一一倒了水。

梅月嬋看到秦睿婕和孫綺夢，先是愣了一下，隨即觀察起兩人來。

看到秦睿婕處理事情冷靜有條理，心中不禁暗暗稱許。尤其是秦睿婕拉著孫綺夢一起去找熱水這個小動作，更是表現出這個女孩的優點，一是她不貪功，願意把找熱水的功勞分給孫綺夢一份，同時也把孫綺夢引入眾人的視野中；此外，說明秦睿婕很聰明，因為孫綺夢對這家醫院很熟悉，這一點從她向孫綺夢詢問哪裡能找到熱水時便可以看得出來。

如此一來，秦睿婕的地位再次和曹淑慧持平。

而柳媚煙對兒子又招惹了一個氣質相貌絕佳的美女，又是開心，又是生氣，還有幾分得意。她的目光在曹淑慧、秦睿婕、孫綺夢三個女孩的臉上一一掃過，心中暗道：

「柳擎宇這個臭小子，別的不行，泡妞的本事倒是深得他老爸的真傳，眼光還真不是一般的高啊，看看這三個女人，一個賽一個的漂亮，還都不是花瓶，只不過這小子在感情方面和他老爸處理問題的方式似乎不太一樣，不知道**這三個女人之中，到底誰會真正成為擎宇的最終伴侶**？那時候，其他女孩恐怕只能黯然神傷了。」

此刻和柳媚煙一樣有這種想法的不在少數，薛靈芸、李小璐、謝雨欣、梅月嬋等人也都是這麼認為的。

尤其是梅月嬋，看到三個女孩都是如此漂亮和有氣質，心中要說不高興那是假的。

剛才秦睿婕的安慰之語，更是讓梅月嬋對秦睿婕多了幾分好感。

柳媚煙對這幾個女孩的評價，和兒子柳擎宇選擇對象的標準顯然並不相同。

從情感上講，曹淑慧和兒子青梅竹馬，如果兩個人能夠在一起，絕對是一對歡喜冤家，日子肯定會過得非常幸福。

但是，從大局上來看，柳媚煙卻清楚曹淑慧絕對不是最佳人選，因為一旦曹淑慧與柳擎宇結合，也就意味著劉飛和曹晉陽將來必定要有一個人失去角逐巔峰的機會，這對兩人，甚至國家來說，都是一個巨大的損失。

因為劉飛和曹晉陽在治國理念以及為官原則上，有著相當程度的默契，兩人都是把以民為本、國家利益放在首位的人。

所以，在柳媚煙的內心深處，雖然非常喜歡曹淑慧爽朗的個性，卻又不希望柳擎宇娶曹淑慧，反而秦睿婕和那個慕容倩雪更符合她的理想。

對梅月嬋而言，曹淑慧和秦睿婕兩個女孩都深得她的喜歡，所以她認為從這兩個女孩中選擇任何一個，她都可以接受。

就在眾女各自想著自己心事的時候，一旁的龍翔、鄭博方等嫡系人馬卻都看得呆住了。沒想到柳擎宇開刀竟會引來這麼多的女將。而且每一個的氣場與氣質都與眾不同，讓人不敢逼視。

尤其是梅月嬋，顯然是眾女的核心，這個老太太穿著打扮並不誇張，但是明眼人一看，就知道她的服飾十分精緻高檔。

這些到底是什麼人？為什麼來看柳擎宇呢？鄭博方、龍翔等人都充滿了疑惑。

鄭博方由於長期鑽研經濟領域，所以對金融界的事很關注，當他第一眼看到梅月嬋的時候，便覺得這個女人自己似乎在哪裡見過，但是一時間卻又想不起來，但是他可以肯定梅月嬋絕對不是普通之輩，因為能夠讓自己有印象的女人，一定是在商界跺一腳四處顫抖的人物。

而龍翔對李小璐則感覺十分熟悉，因為李小璐一直活躍在歌壇和影視圈，每隔幾年就會推出一些膾炙人口的好歌和叫好叫座的影視作品，屬於天后級的人物。只不過龍翔不明白，柳擎宇怎麼會和天后級人物扯上關係?!

就在這時候，手術室的門打開了，幾名穿著白袍的醫生走了出來。

一名醫生問道：「病人的家屬來了沒有？」

梅月嬋等人一下子圍攏上去。

柳媚煙聲音中帶著焦慮問道：「醫生，我是柳擎宇的媽媽，他現在怎麼樣了？」

醫生自然是知道柳擎宇的身分，看到柳擎宇老媽出現，連忙恭敬地道：

「這位女士您好，病人經過我們十分仔細的手術後，嵌在骨頭裡的子彈已經取了出來，由於病人本身身體狀況很好，正常的話，兩三個月的靜養就可以完全康復了，不會留下任何後遺症。」

聽到醫生這樣說，柳媚煙和梅月嬋等都長長的出了口氣，紛紛對醫生表示感謝。

這時，柳擎宇躺在病床上被護士推了出來。一眾人等再次圍攏上來。

梅月嬋趕緊問道：「擎宇，你感覺怎麼樣？」

柳擎宇笑著看向梅月嬋說道：「奶奶，我沒事，只是小傷而已。」又對薛靈芸等人說道：「讓各位阿姨擔心了，還這麼大老遠的跑來，真是罪過啊。」

李小璐瞪了柳擎宇一眼說道：「臭小子，你和你老爸一個樣，就知道讓別人擔心，以後少結點仇敵。」

柳擎宇只能苦笑。

護士在一旁說道：「請大家先讓一讓，病人需要好好休息。」

柳媚煙等人急忙讓開，護士推著柳擎宇到早已收拾好的高級病房內，不忘叮囑道：「病人現在剛剛手術完，不宜說話動作，所以請大家保持安靜，不要吵到病人，以免影響恢復效果。」

梅月嬋等人自然對護士的話言聽計從。把柳擎宇給圍了起來，當起了保鏢。

看到這種情況，龍翔、鄭博方等人和柳擎宇打了個照面，慰問一下便回去了。

市委常委中，只有唐紹剛趕來探視了一下便離開了，其他常委們，包括孫玉龍在內，再也沒有人過來。

時針指向十點鐘，柳擎宇有些睏了，便在眾女的注視下緩緩閉上眼睛，睡著了。

眾女見狀，在梅月嬋的指示下，讓李小璐、薛靈芸和謝雨欣三人先回去，今天晚上由她和柳媚煙負責照顧柳擎宇。

然而，當梅月嬋把目光看向曹淑慧、秦睿婕和孫綺夢三個女孩的時候，三人都顯出了堅定的目光，看到這裡，梅月嬋便說道：「那你們三人也留下吧。」

三人臉上立刻露出喜色。

柳擎宇其實並沒有真正睡著，只是在裝睡而已。因為他看到曹淑慧、秦睿婕和孫綺夢三個女孩圍在自己的身邊，感覺到自己的頭都大了。尤其是老媽和奶奶都在，他真不知道該如何向她們解釋，所以乾脆閉上眼睛裝睡。

同時，柳擎宇的心中也感覺到些許微微的失望，因為慕容倩雪並沒有來。

不過柳擎宇在失望後，也意識到慕容倩雪是不可能來的，因為她對自己並沒有表現出興趣，兩人也沒有任何男女之情，甚至與自己相親都是家族安排的。再加上兩人頂多也就是見過兩三面而已，人家憑什麼會喜歡上自己呢？

然而，人就是這樣奇怪。**越是得不到的東西，越是心中充滿了嚮往**。在眾女的環繞下，柳擎宇卻開始思考自己該如何才能把慕容倩雪給追到手的事來。

柳擎宇用假寐的方式暫時逃避掉奶奶和母親的追問，但是因為他太過於專心思考慕容倩雪的事，又因為閉上了眼睛，讓他忽略了要保持警覺，不自覺的用沒有受傷的右手輕輕的叩擊著床邊，一邊喃喃低語道：

「慕容倩雪啊慕容倩雪，你可真是讓我頭疼啊。」

這句話一出，病房內的氛圍一下子變得詭異起來。

梅月嬋和柳媚煙震驚的看著柳擎宇，這小子此刻在三大美女的關懷下，腦中想著的竟然是慕容倩雪?!

曹淑慧、秦睿婕和孫綺夢則是柳眉倒豎、杏眼圓睜，臉上帶著一絲憤怒、不滿和哀怨。

曹淑慧直接對梅月嬋和柳媚煙說道：「奶奶，阿姨，我想單獨和擎宇談一談。」

梅月嬋和柳媚煙知道想要阻止是不可能的，不過兩人也是十分開明之人，知道年輕人的事只能讓年輕人自己去解決，所以便站起身來向外走去。

曹淑慧的目光落在秦睿婕和孫綺夢的臉上。

秦睿婕若有深意的看了曹淑慧一眼，轉身向外走去。孫綺夢見狀，也只能跟著秦睿婕離開。

病房內只剩下曹淑慧和柳擎宇了。

曹淑慧一下子揪住柳擎宇的耳朵，輕輕用力一擰，把柳擎宇從深思中給擰醒了。

他睜開眼一看，發現曹淑慧正柳眉倒豎，杏眼圓睜怒視著自己。

柳擎宇暗暗叫道不好！這次算是栽了跟頭，立刻嘻皮笑臉地對曹淑慧說：「我說淑慧妹妹，能不擰耳朵嗎？我可是病人耶。」

「病你個頭！我看你左擁右抱的，是不是非常爽啊？」曹淑慧怒斥道。

曹淑慧用手指著柳擎宇嬌斥道：「柳擎宇，你可真是個花心大蘿蔔，這才多久時間沒見，在秦睿婕外，你不僅又泡了一個大美女，還和某人勾勾搭搭的，是不是得給你建個後宮啊？」

柳擎宇只能苦笑無語。

對孫綺夢，他絕對是冤枉的，因為他根本就不曾對孫綺夢動過任何心思。但是對慕容倩雪，柳擎宇卻是真的動心了。

當然，這種動心只是基於他的一種十分奇怪的感覺。他說不清楚那種感覺到底是什麼，但是他冥冥中感覺到自己應該和慕容倩雪在一起。

剛才曹淑慧提到了秦睿婕和孫綺夢，卻故意跳過慕容倩雪的名字，顯然她對慕容倩雪十分不滿。

這其實還有另外一層意思，她不願意過分刺激柳擎宇，因為她對於人的心理也相當有研究，知道男人，尤其是像柳擎宇這種十分高傲的男人，天生就有著叛逆心理，如果大力的反對，他們反而會做出讓人意想不到的事情出來。

然而，越是如此，曹淑慧心中越是堅定了要把柳擎宇和慕容倩雪給拆開的決心。

曹淑慧是一個敢愛敢恨的人，對於她認準的東西，她會毫不猶豫的付出，毫不猶豫的出手，就像對柳擎宇，兩人青梅竹馬一起長大，當她對柳擎宇生出愛意之後，她便毫不保留的表達出來。曹淑慧始終相信只有自己能夠給柳擎宇帶來幸福。

柳擎宇對曹淑慧的想法自然心知肚明，他心中對曹淑慧有些愧疚，認為自己虧欠了曹淑慧，所以對曹淑慧的指責也只能悶頭認了。

房間內的氣氛一下子詭異和尷尬起來。

就在這時候，柳擎宇的手機突然響了起來。柳擎宇拿起手機一看，竟然是慕容倩雪的電話，立即激動的接通了電話。

不管多冷靜的男人，在感情上，尤其是在遇到自己喜歡的對象的時候，哪怕是對方的一個眼神、一個肢體語言，都會讓他浮想聯翩，柳擎宇雖然是個牛人，卻也不能免俗。

然而，當他接通電話後，卻聽到慕容倩雪急切的聲音從電話裡傳了出來：

「柳擎宇，我現在在你們東江市七星KTV裡面，正被人追蹤，我躲了起來，我的女同學們被一個叫九哥的人給帶進一間叫『霸王』的包間內，柳擎宇，求求你，快過來救救我們吧，越快越好，要不我和我的同學都……」

說到這裡，慕容倩雪的聲音中已經帶著一絲哭腔了。

柳擎宇一聽，二話不說便坐起身來，大聲道：「慕容倩雪，你不要著急，自己躲好，我馬上過去。」

自始至終，曹淑慧都在旁邊聽著，當她知道是慕容倩雪打來的求救電話時，眼珠子都瞪了起來，怒視著柳擎宇道：

「柳擎宇，你要做什麼？你現在可是病人，好好在醫院裡待著，我立刻帶人過去救她！」

柳擎宇搖搖頭說：「不行，我也要過去。她現在形勢危急。」

曹淑慧怒道：「我去也一樣，我保證把慕容倩雪給你完好無損的帶回來。」

柳擎宇卻堅持說：「不行，我必須去。」

說話間，兩個人的聲調都高了起來。尤其是曹淑慧因為著急和關心柳擎宇，說話的聲音不禁高了八度。

這時候，門一開，柳媚煙和梅月嬋等人走了進來。

她們其實一直在病房門外待著，並沒有離開。聽到兩人似乎吵了起來，梅月嬋和柳媚煙擔心他們發生什麼矛盾，所以立刻推門進來關心。

柳媚煙見兩人面紅耳赤的樣子，立刻說道：「擎宇啊，你怎麼回事？怎麼能欺負你淑慧妹妹呢？是不是找揍啊？」

柳擎宇連忙把慕容倩雪求救的事簡單說了一下，隨即道：「奶奶，老媽，我必須要去，刻不容緩。」說完便邁步向外走去。

曹淑慧還想阻攔，梅月嬋輕輕拍了拍曹淑慧的肩膀說道：

「淑慧啊，我理解你的意思，我知道你擔心擎宇的傷勢，其實我也擔心，但是劉家的男人沒有一個是孬種，該承擔的時候必須要承擔，這樣個性的男人不也正是你所看重的嗎？讓他去吧。」

曹淑慧聽到梅月嬋這番話，立刻想通了，點點頭道：「奶奶，我明白了，我和他一起去。」說著，也趕緊追隨柳擎宇的腳步向外走去。

看到這種情況，秦睿婕和孫綺夢自然不想落於人後，她們都十分好奇，想知道那個讓柳擎宇如此不顧傷勢、接到電話就立刻衝出去的女孩到底是個什麼樣的人？以便做到知己知彼，百戰不殆。

兩人毫不猶豫的跟梅月嬋和柳媚煙打了個招呼，便也向外追了過去。

柳擎宇剛衝出醫院，正好遇到劉小胖、小二黑、韓香怡以及黃德廣、梁家源、陸釗、林雲。

七個人是來探視柳擎宇的，結果看到柳擎宇肩頭上還纏著繃帶就從裡面跑了出來，不禁一愣。

「老大，你這是要去做什麼？怎麼不在醫院好好養傷？」劉小胖問。

柳擎宇看到劉小胖他們，臉上一喜，立刻說道：「你們來得正好，立刻跟我去個地方，做好打架的準備。慕容倩雪遇到危險了。」

幾個人一聽慕容倩雪遇到危險，當時就紅眼了。身為柳擎宇的好兄弟，自然知道柳擎宇最近正在苦追慕容倩雪的事。

劉恆二話沒說便拉開車門讓柳擎宇坐在副駕駛座上，隨後把司機的位置讓給小二黑，因為小二黑是頂級特戰精英，開車技術在眾人中是數一數二的。

小二黑也不客氣，眾人上車後，立刻腳下油門一踩，按照柳擎宇提供的方向風馳電掣的向七星ＫＴＶ衝了過去。

在前往七星ＫＴＶ的路上，劉恆不禁說道：「老大，你怎麼不給市公安局局長打個電話，這事由公安局出面恐怕效果會更好一些吧？」

柳擎宇苦笑道：「如果可以的話，我怎麼會不打這個電話呢，我擔心的是，我這個電話一打反而起反作用。據我所掌握的情況，東江市凡是叫『七星』的產業，都屬於七星集團，這個集團的老闆叫沈東鵬，綽號沈老七，是東江市的黑道老大，他背後的保護傘就是陳志宏。

「現在沈老七已經漂白了，還當上了政協委員，在後面幫忙和操控的就是陳志宏。而他們之所以關係如此密切，是因為在黑煤鎮的煤礦利益上，他們是都屬於一個巨大的利益關係網絡上的一員。所以，如果我給陳志宏打電話的話，恐怕慕容倩雪和她的那些女同學將會更加危險。」

說到這兒，柳擎宇不由得眉頭一皺道：「真是奇怪了，慕容倩雪和她的同學怎麼跑到東江市來了，我之前沒有得到什麼消息啊。」

韓香怡出聲道：「這個我知道，我有一個好姐妹和慕容倩雪一個學校，她說她們學校最近成立了一個調研團，性質就是一邊旅遊一邊進行社會調研，慕容倩雪也被選入這個調研團。我猜她是跟著這個調研團過來的，很有可能東江市是屬於這個社團的行程之一。我那個姐妹還跟我抱怨根本就進不了這個團呢。」

聽到韓香怡的話，柳擎宇這才恍然大悟。隨即催促起小二黑來：「開快點，再快一點！」

從東江市第一人民醫院到七星ＫＴＶ的距離，本來需要十分鐘，然而在陸釗的瘋狂飆車下，不到五分鐘便趕到了。

車子直接停在七星ＫＴＶ的門口，還沒停穩，柳擎宇便打開車門從上面跳了下來，一馬當先向著ＫＴＶ的大門衝了過去。

其他人擔心老大吃虧，二話不說，趕忙也跟著柳擎宇跳下車衝了進去。

此刻，在七星ＫＴＶ的大門口，站著六名彪形大漢，這些都是ＫＴＶ請來鎮場的黑道分子，以他們老大在東江市的身分，沒有任何人膽敢在七星ＫＴＶ鬧事，因為這裡可是七星集團高層很喜歡來的地方，隨便惹惱了哪個大老都會遺禍無窮。再加上這裡的設備和服務都是超一流的，所以這裡的人氣相當之高。

這六個傢伙此刻雖然筆直的站在那裡，但是彼此間卻在有說有笑的聊著如果追到某個ＫＴＶ裡的靚女，如何把對方弄上床。

然而，就在這個時候，他們突然發現一個手臂上纏著一圈繃帶的男人向大門的方向衝了過來，在他的身後還跟著六七個人。

看到這種架勢，他們立刻意識到要出事，紛紛擋在門口，用手指著柳擎宇大聲道：「站住，不許動，否則別怪我們不客氣了。」

此刻，柳擎宇只擔心慕容倩雪的安危，哪裡有空跟他們囉嗦，雖然他的肩膀受傷了，但是腿腳卻沒有受傷，直接上去一腳踹飛一個，右手一扒拉又弄開一個，打出一個空位衝了進去，隨後進來的小二黑和陸釗等人也依樣而行。

等他們幾個衝進去的時候，門口這幾個鎮場的全都東倒西歪的躺在地上，罵罵咧咧的鬱悶不已，趕緊撥通上司的電話，把情況報告了。

柳擎宇進去的同時，已經打開手機的定位系統，確定慕容倩雪的位置後，立刻一路向二樓狂奔。

曹淑慧、秦睿婕、孫綺夢、韓香怡也坐著秦睿婕的車趕了過來，在面對慕容倩雪這個共同情敵的威脅下，四個女人暫時站在了一條陣線上。

門口的保安一看，不禁說道：「這個世界也太瘋狂了，那幾個男的要衝進去也就罷了，你們幾個漂亮妞居然也要往裡闖，真不把爺們當男人呢！兄弟們，給我攔住，帶回去咱們好好操練操練她們。」

其他人一看這種情況，都興奮起來，他們清楚這是老大發信號了，如果把這幾個小妞給攔住的話，那今天晚上就歸他們享用了，所以全都摞胳膊挽袖子，想要擺平曹淑慧她們。

然而，這幾傢伙忘記看黃曆了。曹妹子的脾氣從來都不是很好，小魔女韓香怡更是魔鬼一般的存在，她的悶棍是隨身攜帶的。

那個領頭的保安話音剛剛落下，曹淑慧和韓香怡便發出攻擊。

曹淑慧接受的可是特種兵級別的訓練，魔鬼般的身材下卻隱藏著狂野的爆發力，三五個男人都近不了她的身。

而她身邊還有擅長打悶棍的小魔女韓香怡，兩人配合下，這幾個保安很快便悲催的再次倒在地上，而且直接被小魔女用悶棍上所帶的超強高壓電擊功能給電暈了過去。

柳擎宇趕到二樓，往樓頂東側的秘道而去，這時，他已經聽到了慕容倩雪的驚呼怒喝之聲。

柳擎宇更加焦急了，無奈身體有傷，陸釗則是一個箭步越過柳擎宇，一腳踹開秘道的木門，快步走了進去，柳擎宇、小二黑兩人隨後。

進入秘密通道，柳擎宇便看到讓他憤怒的場景。

在樓道裡，慕容倩雪站在那裡，死死的抱住牆角處的樓梯扶手，她的身邊，兩個彪悍的男人正在掰扯著慕容倩雪的手指，其中一個蕩笑著說：

「美女，我奉勸你最好還是不要做無所謂的掙扎，沒有用的，這裡是我們九爺的地盤，告訴你，在東江市，七爺是天，九爺就是地，九爺看上的女人，除了七爺之外，沒有任何人能夠搶得過去，也沒有任何人能夠逃脫得了。跟了九爺，我保證你今後可以享受一輩子的榮華富貴，寶馬別墅應有盡有。」

此刻慕容倩雪一句話都不說，只是雙手用力的抓住樓梯欄杆的把手，死死不肯鬆開，和兩個彪形大漢在那裡對峙著。

因為她相信，自己只要再堅持一會兒，柳擎宇就會來了。對柳擎宇，她的內心深處充滿了信任。

果然，陸釗、柳擎宇等人終於衝了進來。

看到眼前的情況，陸釗和小二黑二話不說，劈里啪啦就把兩個傢伙給擺平，把慕容倩雪給救了下來。

柳擎宇來到慕容倩雪的身邊，關切的問道：「慕容倩雪，你沒事吧？」

慕容倩雪搖搖頭，催促道：「我沒事，柳擎宇，趕快去救我的同學們吧，我擔心她們會出事。」

柳擎宇點點頭：「好的，你前面帶路。」

慕容倩雪雖然注意到柳擎宇肩頭上纏著的繃帶，但是由於擔心同學遭遇不測，所以沒有多問，帶著柳擎宇順著秘密通道，來到一個門口站著八名彪形大漢的房間，用手一指身後的房門說道：

「柳擎宇，我的同學都被他們帶到了這個房間裡。」

柳擎宇一看，毫不留情，轉眼之間，門口那幾名保鏢都被放倒在地。

隨後，柳擎宇一腳踹開房門第一個衝了進去，快速掃了現場一眼，心中立刻生出熊熊的怒火。

房間的沙發上坐著五個男人，他們身邊都摟著一個大學生模樣的女孩，些女孩正被他們瘋狂的灌酒，看樣子他們似乎是想要把這些女孩們給灌醉之後好一逞獸欲。

在靠近南邊的主位上，坐著一個四十歲左右的中年人，身體十分彪悍，光頭，脖子上紋著九條形態各異的盤龍，龍頭在脖子上，龍身和龍尾則分別向身體的其他部位延伸而出。

此人就是東江市地下勢力七星集團的二號人物，江湖人稱九爺，綽號「九紋龍」。

他懷中摟著的是這些女學生中除了慕容倩雪外身材最好、長得最漂亮的那個，當柳擎宇他們闖進來後，九爺抬起頭，冷冷的看了柳擎宇他們一眼，以他的閱歷，自然看出柳擎宇他們不是一般人。他冷冷的說道：

「朋友，這裡是我九紋龍的地盤，如果你們想要鬧事的話，最好先掂量掂量自己的分量。我九紋龍不想無謂的樹敵，願意結交各路江湖朋友，把你們身後的那個女孩給我留下，我便可以當做一切都沒有發生過。如果你們缺錢的話，我可以給你們，保證讓你們滿意。怎麼樣，給個準話吧。」

九紋龍這套恩威並施的手法幾乎是百試不爽，只要是混跡道上的人，都會好好琢磨琢磨的。然而，他不知道，柳擎宇他們根本不是道上的人。

他剛說完，劉恆便直接抓起門口的垃圾桶丟了過去，怒罵道：「給你面子，你算個屁啊！」

劉小胖這一招可是夠損了。要知道，垃圾桶裡面裝的可全都是香蕉皮、蘋果皮、西瓜皮、瓜子皮等東西，撒了九爺一身。

這一下，九爺的面子可掛不住了。臉色陰沉著說道：「朋友，既然你們不仁，可別怪我不義了。」說著，他掏出一把鋒利的匕首放在那個女同學的咽喉處，隨即威脅道：「你們最好不要輕舉妄動，否則，我不敢保證我的手會不會刺進這個美女的咽喉裡去。」

其他幾個傢伙有樣學樣，也拿出匕首放在自己摟著的女同學的咽喉處，看著柳擎宇他們。

看到這種情形，柳擎宇眉頭一皺。

「怎麼，想威脅我們？」

九爺嘿嘿一笑：「威脅？談不上！我只是想打個電話而已，我想你應該不會連這麼一點時間都等不了吧？」

「好，我等著，你打吧，不過我先把醜話說在前頭，如果這些女孩任何一個身上有一點傷，我會讓你們吃不了兜著走。」

九爺露出不屑的冷笑，拿出手機撥通了市公安局局長陳志宏的電話：

「陳局長，我是沈老九啊，我現在在七星ＫＴＶ，有幫人突然衝進我們ＫＴＶ，不僅打傷了我們的保安，還威脅我和我的兄弟們，你看你們警方是不是應該保護一下我們這些合法納稅人的人身和財產安全呢？」

陳志宏聽了就是一愣，沈老九手底下那些保鏢實力都很不錯，有些還是從特種部隊退役下來的，最重要的是，七星ＫＴＶ在東江市幾乎無人不知，無人不曉這個地方是自己罩著的，從來沒有人敢在那裡鬧事，現在明顯是有人不把自己放在眼裡啊。

不過陳志宏能夠走到今天，自然不是一個魯莽之輩，否則早就被別人抓住把柄給辦了，所以他並沒有立刻答應，而是官腔官調地說：

「好，我立刻派人過去調查一下，我們警方不會冤枉一個好人，但是也絕對不會放過任何一個壞人，一定會保護東江市老百姓的生命和財產安全。」

哪怕是當著盟友的面，陳志宏在說話辦事的時候，也不會露出一點點的破綻，這也是他的立身之道。

柳擎宇默默聽著，心中琢磨沈老九打電話的這個人是不是陳志宏便大聲說道：

「陳志宏同志，我是柳擎宇，我要和你說話。」

電話那頭，陳志宏聽到竟是柳擎宇的聲音，心頭就是一驚，柳擎宇不是住院了嗎？

怎麼會出現在七星KTV呢？

他立刻低聲問道：「沈老九，柳擎宇同志在你們那兒嗎？」

沈老九從陳志宏越發謹慎的話語中，感覺到柳擎宇的身分似乎有些不一樣，要知道，如果是一般人，根本還不夠資格讓陳志宏叫一聲同志。

沈老九看著柳擎宇，瞇著眼道：「陳局長，那個人的確自稱是柳擎宇，他的左臂肩頭處還纏著紗布。」

聽到沈老九的描述，陳志宏就知道事情有些麻煩了。如果立刻掛斷電話的話，反而會讓事情發展到自己無法掌控的程度，所以，他略微沉吟了一下後，說道：

「沈老九，現在站在你對面的那個人，是我們東江市紀委書記柳擎宇，你最好自己掂量掂量，把電話給他。」

請續看《權力巔峰》9 美人心計

權力巔峰 卷8 移花接木

作者：夢入洪荒
發行人：陳曉林
出版所：風雲時代出版股份有限公司
地址：10576台北市民生東路五段178號7樓之3
電話：(02) 2756-0949
傳真：(02) 2765-3799
執行主編：朱墨菲
美術設計：吳宗潔
行銷企劃：林安莉
業務總監：張瑋鳳

初版日期：2020年2月
版權授權：蔡雷平
ISBN：978-986-352-787-9
風雲書網：http://www.eastbooks.com.tw
官方部落格：http://eastbooks.pixnet.net/blog
Facebook：http://www.facebook.com/h7560949
E-mail：h7560949@ms15.hinet.net
劃撥帳號：12043291
戶名：風雲時代出版股份有限公司

風雲發行所：33373桃園市龜山區公西村2鄰復興街304巷96號
電話：(03) 318-1378
傳真：(03) 318-1378
法律顧問：永然法律事務所 李永然律師
北辰著作權事務所 蕭雄淋律師

行政院新聞局局版台業字第3595號 營利事業統一編號22759935

定價：270元

國家圖書館出版品預行編目資料

權力巔峰 / 夢入洪荒著. -- 初版. -- 臺北市：風雲時代, 2020.01- 冊； 公分

ISBN 978-986-352-787-9（第8冊：平裝） --

857.7 108020333